아빠에게 배우는 사자소학

四字小學

아빠에게 배우는
사 자 소 학

초판 1쇄 발행 | 2012년 8월 20일
초판 2쇄 발행 | 2013년 8월 20일
초판 3쇄 발행 | 2015년 8월 15일

지은이 | 한학중
펴낸이 | 양기원
펴낸곳 | 학민사

등록번호 | 제10-142호
등록일자 | 1978년 3월 22일

주소 | 서울시 마포구 합정동 373-4 성지빌딩 715호(121-897)
전화 | 02-3143-3326~7
팩스 | 02-3143-3328

홈페이지 | http://www.hakminsa.co.kr
이메일 | hakminsa@hakminsa.co.kr

ISBN 978-89-7193-208-7(03710), Printed in Korea

ⓒ 한학중 2012
• 잘못 만들어진 책은 구입하신 서점에서 바꿔드립니다.
• 저자와 출판사의 허락없이 내용의 일부를 인용하거나 발췌하는 것을 금합니다.
• 책값은 표지 뒷면에 있습니다.

이 도서의 국립중앙도서관 출판시도서목록(CIP)은 e-CIP홈페이지(http://www.no.go.kr/ecip)와
국가자료공동목록시스템(http://nl.go.kr/kolisnet)에서 이용하실 수 있습니다.
(CIP제어번호 : CIP2012003523)

아빠에게 배우는 사자소학

四字小學

지은이 · 한학중

학민사
Hakmin Publishers

최고의 **인성교육** 지침서

요즈음 초등학교를 다니는 동네 꼬마들에게 말을 걸다보면, 예전과 달리 황당함을 느낄 때가 많다. 길이 아닌 곳으로 가는 꼬마를 보고, 왜 길을 두고 엉뚱한 곳으로 다니느냐고 하면, 십중팔구 아저씨가 뭔데 참견이냐는 식의 대답이 돌아온다. 또 친구를 따라 집에 놀러온 아이들 가운데 마치 자기 집인 양 여기저기 멋대로 뛰어다니는 놈들을 보고 충고라도 할라치면 휙 하니 가버린다. 가면 될 것 아니냐는 투다. 다들 바쁘게 살다 보니 자연 가정과 자녀교육에 소홀할 수밖에 없고, 따라서 아이들도 제멋대로 자랄 수밖에 없겠지만, 그러나 이 문제는 우리가 그냥 쉬이 넘겨버릴 사안이 아니다. 우리 사회의 내일에 관련된 매우 중대하고도 엄중한 일이다.

최근 들어 '젊은 아빠'들의 자녀교육에 대한 관심이 높아 보이는 것은 고무적인 일이다. 그들과 이야기를 나누다 보면 어린 자녀들의 인성교육에 많은 관심을 가지고 있다. 그들도 그 동안의 방임이 예사로 보이지 않았던 모양이다. 그러나 그들에게도 어떻게 가르쳐야 할지에 대한 구체적인 답은 없었다. 어떻게 해야 할 것인가?

　방법이야 여러 가지가 있겠지만, 나의 둔한 소견으로는 무엇보다도 부모의 끊임없는 관심과 절제된 사랑이 가장 중요하지 않을까 생각한다. 그리고 될 수 있으면 어린 자녀들과 함께하는 시간을 많이 가지면 좋을 것이다. 시간을 공유하는 것, 부모와 자식이 함께한다면 무슨 일인들 어떻겠는가. 그 과정에서 추억을 만들고 미래를 꿈꾸며 더불어 살아가는 재미를 느끼게 한다면, 가족 간의 사랑이나 인간다운 사회 같은 말은 굳이 하지 않아도 될 것이다.

　우리 집에도 개구쟁이 같은 어린 두 놈이 있다. 큰놈은 초등학교에 갓 입학한 여덟 살이고, 작은놈은 유치원에 다니는 여섯 살배기이다. 어릴 적의 가정교육이 중요한 줄 알면서도, 정작 이들을 어떻게 가르쳐야 할지는 여전히 막막하다. 그때그때 잔소리를 하고 야단을 치며 타일러도 보지만, 그렇게 한다고 해서 만족할 수는 없었다. 보다 체계적으로 소위 '가정교육' 이라는 것을 해보고 싶지만, 마땅한 방법을 찾을 수기 없었다. 그러던 차에 우연히 케케묵은 것으로 알고 있던 《사자소학(四字小學)》을 펼쳐보게 되었다. 그리고는 내심 무릎을 쳤다. 바로 "이것이다!" 싶었다.

　　잘 알다시피,《사자소학》은 옛날 우리 선조들이 〈천자문(千字文)〉에 앞서 공부했던 기초학습서이다. 이 책은 효행(孝行), 형제(兄弟), 사제(師弟), 붕우(朋友), 수신(修身) 등에 관련된 내용 전체가 사자일구(四字一句) 형식으로 되어 있다. 우리 선조들은 이 책으로 한자(漢字) 공부는 물론, 효와 우애, 대인관계 등 생활윤리까지 함께 가르쳤다. 말하자면,《사자소학》은 학문 입문서이자 인성교육 지침서였던 것이다.

　　《사자소학》이 어떻게 제작되어 오늘에 전하는지는 분명하지 않다. 어떤 사람들은 이 책이 중국 송나라의 주희(朱熹)와 유자징(劉子澄, 본명 淸之)이 합찬(合撰)한 《소학(小學)》에서 입교(入敎), 명륜(明倫), 경신(敬身) 등의 내용을 발췌하여 만들었다고 하지만, 내가 보건대 이 책은 분명 우리나라 학자에 의해 독자적으로 편찬된 순수한 우리 유산이다. 필자의 조사에 따르면, 아직까지《사자소학》은 중국의 문헌자료에는 보이지 않는다. 뿐만 아니라, 주희나 유자징과도 직접적인 관련이 있어 보이지 않으며, 또한 단지《소학》의 내용을 발췌하여 만든 것으로 보이지도 않는다. 부분적으로 〈소학서(小學序)〉와 입교(立敎) 편의 내용이 얼마간 인용되기는 하였지만,《사자소학》 전편의 구성과 내용은 기존의 여러 경전 내용을 종합적으로 참고한, 그래서 《소학》과는 완전히 다른 매우 독창적이고 창의적인 저작이다.

오늘날 우리가 보는 《사자소학》은 필자 미상의 필사본으로 전해 내려오면서 개인의 의도에 따라 부분적으로 첨삭되고 교정이 가해진 몇몇 이본(異本)으로 존재한다. 사자일구(四字一句)가 200구절인 800자로 된 것이 있는가 하면, 238구절 952자, 240구절 960자, 250구절 1,000자, 256구절 1,024자, 276구절 1,104자, 320구절 1,280자로 이루어진 것이 있다. 따라서 내용 또한 얼마간의 차이를 보인다.

이 책은 유도회(儒道會) 유성(儒城)지부가 영인 제작한 250구절의 1,000자본 《사자소학》을 저본으로 하였다. 영인본 앞머리에 '孝悌忠信 能成人倫(효제충신 능성인륜―효도하고 공경하며 충성하고 믿음을 보이면 사람의 도리를 다 할 수 있다.)'이라는 글귀 아래 '癸卯季夏(계묘계하―계묘년 늦은 여름)'가 있는 것으로 보아, 계묘년(1963)에 누군가가 아이들이 쉽게 공부할 수 있도록 필사 영인한 것으로, 다른 판본에 비해 상대적으로 쉽고 재미있는 내용으로 엮어졌다는 특징을 지닌다. 또한 이 250구절의 1,000자본 《사자소학》은 최근 경남 산청군 금서면에서 필사 영인한 것과 내용이 동일한 점으로 보아, 유림계에 상당히 보편화되었던 것으로 여겨진다.

1998년 어느 봄날 우연히 서가에 꽂혀있던 이 책을 펼쳐 보고, 아이들과 함께 보면 좋겠다는 생각을 하였다. 맹자(孟子)가 제 자식은 직접 가르치지 못한다고 하였지만, 명색이 대학 서생이 되어 수많은 학생들을 가르치면서, 정작 내 자식을 나 몰라라 한다는 것도 문제라는 생각이 들었다. 이에 쇠뿔은 단김에 빼랬다고, 바로 그날부터 매일 저녁 2, 30분의 여가를 할애하여 어린 두 놈을 앉혀 놓고 이른 바 '강의'라는 것을 해나갔다. 다행히 나는 한문(漢文)을 전공하였고, 어린 두 놈 또한 막 한자에 관심을 갖도록 하였기에 별 무리 없이 내용을 소화하면서 한자 공부를 겸할 수 있었다.

그해 따뜻한 봄날이었던 4월 15일 처음 시작한 이 강의는 오곡이 누렇게 무르익던 가을, 10월 5일 한가위 저녁에 끝이 났다. 우리는 그날 저녁 하늘에 밝은 달을 두고 마지막 강의를 하였다. 무엇보다도 책의 내용이 재미있고 이해하기 쉬우며 의미가 심장하다는 점이 우리로 하여금 이 책을 끝까지 다 볼 수 있게 하였다.

당시 '강의'를 시작한 이튿날인가, 번뜩 머리를 스치는 단상이 있었다. 그것은 우리만 이렇게 보고 끝낼 것이 아니라, 이를 강의록으로 남긴다면 더 많은 사람들이 자신들의 자녀와 함께 볼 수 있지 않을까 하는 일종의 주제넘은 생각이었다. 아울러 보다 많은 아이들의 인성교육과 함께, 국어를 포함한 학습능력 배양에

사 자 소 학 (四字小學)

필수적인 한자를 동시에 익히게 할 수 있으니, 그야말로 일석이조요 금상첨화라는 생각도 들었다.

마침 주변의 많은 동료들이 요즘 아이들의 인성에 적지 않은 문제를 제기하고, 또한 자신들의 자녀교육에 큰 관심을 가지고 있던 차였다. 이에 나는 아내에게 협조를 구하여, 우리가 책을 보며 주고받는 모든 대화 내용을 기록해 달라고 도움을 청하였다. 아내는 우리의 이 부탁을 기꺼이 들어주었다. 게다가 하루도 거르지 않고, 또 타자 작업까지 해주었다. 이 책 -《사자소학》 강의록은 이렇게 해서 남겨진 우리 가족의 한 순간의 삶의 흔적이 되었다.

이제, 부끄럽지만, 우리 가족만의 이 기록을 굳이 책으로 엮어내고자 하는 것은, 오직 이 책의 내용이 너무나 훌륭하여 남들과 함께 보고자 하는 교육적 욕심과, 또한 전공자로서 일반인들도 쉽고 재미있게 볼 수 있도록 해야 한다는 직업적 소임에 기인한다. 새삼 출판을 하겠다고 하니 많은 걱정이 엄습해오지만, 나는 오직 이 두 가지만 생각하고 다른 것은 모두 잊기로 하였다.

《사자소학》의 내용은 옛날에만 유용했던 것이 아니라, 현대 문명에 물든 오늘날 우리 사회에도 여전히 매우 유용하고 유익한 인성교육 학습서이다. 특히 가정교육 방면에서는 이보다 더 구체적이고 체계적인 교재가 없을 만큼 완벽해 보인다. 부모와 자녀가 함께 읽어간다면 우리가 할 수 있는 최선의 가정교육이 될 것이며, 동시에 자녀와 함께하는 인생 최고의 추억이 되리라 믿는다.

나는 이 책을 부모와 자녀가 함께 읽어가기만 하면, 가정교육은 물론 한자 학습까지 덤으로 할 수 있도록 하였다. 그렇기는 하지만, 이 책은 또한 우리 가족의 실록이라는 점에서, 독자들에게는 쓸 데 없는 말이나 잡스러운 내용들이 적지 않으리라 생각된다. 그럼에도 불구하고, 나는 가능한 한 당시 우리가 주고받던 대화 내용을 그대로 살리되, 최소한의 보충과 윤문만 거치도록 하였다. 가감을 하자면 끝이 없을 것이라는 생각에, 부끄러움을 무릅쓰고 당시의 기록을 그대로 싣는다. 책 군데군데 군더더기나 쓸데없는 말들이 존재하는 것은 바로 이에 연유한다. 독자들의 관대한 양해를 구할 뿐이다. 아울러 비록 전공자라고는 하지만, 오인과 편견으로 잘못된 부분이 적지 않으리라 생각한다. 독자들의 질정을 구하며, 삼가 머리글로 삼는다.(초고 - 1999년 봄)

* * *

돌이켜보니, 이 책은 나의 마흔 시절에 기록한 가장 행복했던 순간의 기록이 되었다. 당시 어렸던 두 놈은 이제 성인이 되었다. 그러나 인간다운 사람으로 자라나고 있는지는 늘 걱정이다. 이 책을 출판에 부치자니 더욱 그러하다. 그러나 인간사의 일이 반드시 부모의 의도대로 되는 것은 아니라는 생각에, 용기를 내어 원고를 출판사에 넘긴다.

출판에 즈음해서는 또 삽화의 필요성이 제기되었다. 내용의 이해를 돕고 독서의 재미를 더하기 위해서는 이 부분도 충분히 고려되어야 할 사항이었다. 고심 끝에 평소 존경하던 건청재(乾靑齋)의 배기찬 화백을 찾아가 도움을 청하였다. 배 화백님께서는 언제나 그러하셨듯 일언에 흔쾌히 청을 들어주셨다. 배 화백님은 특별히 영애 배윤정 화가에게 이 책의 삽화를 완성하게 했다고 하셨다. 공사다망한 가운데에서도 어려운 삽화를 멋지게 그려주신 배윤정 화가와 배 화백님께 진심으로 감사를 드린다.

올해도 나뭇잎이 시리도록 푸르다.

2012년 여름, 한 학 중

02
兄弟
형제편

03
朋友
붕우편

05
修身
수신편

아빠에게 배우는 사자소학

四字小學

아빠 : 한문학자

짱이 : 만 7세, 초등학교 1학년

하리 : 만 5세, 유치원생

- **기록** : 매촌 강연실(梅邨 姜連實)　　- **삽화** : 배윤정

아빠　짱이, 그리고 하리.

짱이, 하리　예.

아빠　우리 오늘부터 매일 저녁 같이 책 좀 보자. 짱이 하리, 어떻게 생각해?

짱이, 하리　좋아요. 그런데 무슨 책을 볼 건데요?

아빠　응, 《사자소학(四字小學)》이라는 책을 볼 거야.

하리　아빠, 그런데 《사자소학》은 어떤 책이에요?

아빠　응, 《사자소학》이라는 말은 바로 '네 글자로 이루어진 어린이들이 해야 하는 공부'라는 뜻이야. '사자(四字)'라는 말은 '네 글자'라는 뜻이고, '소학(小學)'이라는 말은 바로 '어린이들이 하는 공부'라는 뜻이야. 그러니까 이 글자들을 모두 합치면 '네 글자로 이루어진 어린이들이 하는 공부'라는 뜻이 되겠지. 그렇지?

땅이, 하리   예.

땅이   '넉 사(四)', '글자 자(字)', '작을 소(小)', '배울 학(學)', 아빠 맞죠?

아빠   응, 그런데 어떻게 그렇게 잘 알아?

땅이   그냥 제가 다 알아요.

하리   아빠, 하리도 이건 알아요. '넉 사(四)', '배울 학(學)'. '학(學)'자는 아빠 이름에 있는 글자잖아요.

아빠   와, 하리도 잘 하는데. 하리가 그걸 어떻게 알지?

하리: 다 아는 수가 있어요. 히히.

아빠   좋아. 너희들이 잘 하니까 문제없겠다. 그럼 이제부터 아빠가 하자는 대로 같이 하는 거야. 매일 저녁 20분씩, 알았지?

땅이, 하리   예.

父生我身　母鞠吾身
腹以懷我　乳以哺我
以衣溫我　以食活我
恩高如天　德厚如地
爲人子者　曷不爲孝
父母呼之　唯而必趨
父母責之　勿怒勿答
侍坐父母　勿距勿臥
父母出入　每必起之
勿立門中　勿坐房中
須勿大唾　亦勿大言
手勿雜戲　口勿雜談
獻物父母　跪而進之
與我飲食　跪而受之
行勿慢步　坐勿欹身
父母衣服　勿踰勿踐
膝前勿坐　親面勿仰

01

孝行
효행편

〈생신송축도〉

'효행(孝行)' 이란 "부모에게 효도하다"는 뜻으로, 인간사회의 가장 근본이 되는 행위입니다. 부모에게 효도하지 않는 사람은 국가에 충성할 수 없으며, 사회에 봉사할 줄도 모르게 됩니다. '효행편' 은《사자소학》의 핵심 부분입니다. 평소 부모님 말씀을 잘 듣고, 자신이 해야 할 일을 스스로 한다면, 효도를 잘 한다고 말할 수 있습니다. 그러나 무엇보다 효도의 으뜸은, 부모님으로 하여금 우리를 걱정하시지 않게 하는 것입니다. 평소 학교에 잘 다니는 것은 물론, 컴퓨터 게임을 자제할 줄 알고, 책을 많이 읽는다면, 진정으로 부모님께 효도한다고 말할 수 있습니다.

父生我身 母鞠吾身
부 생 아 신 모 국 오 신
아버님 날 나으시고, 어머님 날 기르셨네

글자풀이

부(父) : 아버지, 아빠. 생(生) : 낳다. 아(我) : 나. 신(身) : 몸.

모(母) : 어머니, 엄마. 국(鞠) : 기르다, 키우다. 오(吾) : 나.

아빠와 함께

아빠 자, 오늘은 이 《사자소학(四字小學)》의 첫 구절인데, 무슨 말이 씌어 있는지 한번 보자. 부생아신(父生我身)하고 모국오신(母鞠吾身)이라.

짱이 와! 아빠 굉장히 빨리 읽는다.

아빠 허허, 녀석. 너희들도 많이 보면 아빠처럼 빨리 읽을 수 있게 돼. 그럼 같이 따라 해보자.

짱이, 하리 예.

아빠 '부생아신(父生我身)'.

짱이, 하리 '부생아신(父生我身)'.

아빠 방금 우리가 읽은 '부생아신'이라는 말은 바로 한자 '父生我身'의 '음(音)'인데, '음(音)'이란 바로 '한자를 우리말로 읽는 소리'를 말하는 거야. 그런데 이 '부생아신(父生我身)'이라는 말이 무슨 뜻인지 알아?

짱이, 하리 잘 모르겠어요.

아빠 그럴 테지. 짱이와 하리는 아직 이 말이 무슨 뜻인지 알 수가
없을 거야. 왜냐하면, 너희들은 아직 한자를 배우지 않았거
든. 그러니 당연히 모를 수밖에 없지. 이 말이 무슨 뜻인지 알
기 위해서는 먼저 한 글자 한 글자가 무슨 뜻인지 알아야 해.

짱이 아빠, 그런데 제가 이 글자는 알아요. '아비 부(父)', '날 생
(生)', 맞죠?

아빠 그래, 맞았어. 잘 하기는 했지만, 그 두 글자만 알아서는 '부
생아신(父生我身)'이라는 말이 무슨 뜻인지 알 수가 없잖아.
그러니까 이 말이 무슨 뜻인지 알기 위해서는 이 네 글자를
모두 알아야 하는 거야. 이 네 글자와 같이 한자로 씌어진 글
을 한문(漢文)이라고 하는데, 한문을 알기 위해서는 우리가
한자 공부를 해야 하고, 또 한자를 많이 알아야 하는 거야. 그
런데 이 한자가 어떤 글자냐 하면, 옛날에 우리 한글이 없었
을 때 썼던 글자야. 모양이 우리 글자와는 많이 다르지?

짱이, 하리 예.

아빠 그런데, 짱이, 하리, 우리 글자를 무엇이라고 하는지 알아?

짱이 예, 한글이라고 하잖아요.

아빠 그래, 맞았어. 우리글은 한글이라고 해. 그런데 우리 한글은
굉장히 쉬운데, 한자는 매우 어렵지?

짱이, 하리 예.

아빠 그래서 옛날에 우리 한글이 없었을 때, 한자를 쓰는 것이 너
무 어려워서 세종대왕이라는 분이 우리 한글을 만들어 내신

거야.

짱이 아빠, 그러면 이제는 한글이 있으니까, 한글만 쓰면 되잖아요?

아빠 그렇게 생각할 수도 있지. 그러나 우리 한글이 없었을 때, 우리 선조들은 이미 오래 동안 한자를 사용해서 편지도 쓰고, 일기도 쓰고, 책도 썼기 때문에, 우리가 한자로 씌어져 있는 한문을 공부하지 않으면, 옛날의 재미있고 좋은 내용이 있는 책을 볼 수가 없잖아. 그래서 엄마가 너희들에게 한자를 가르치는 거야. 또 우리말 속에는 한문으로 된 말이 많아서 한자를 잘 모르면 책을 읽고도 그것이 무슨 뜻인지 잘 알 수가 없어. 그러므로 한자를 많이 알면, 한문을 잘 할 수 있을 뿐만 아니라, 우리말을 쓰고 읽는데도 큰 도움이 돼. 이제 왜 한자를 공부해야 하는지 알겠지?

짱이, 하리 알겠어요.

아빠 그 까닭을 알았으니, 이제부터 한자를 좀 더 잘하기 위해서도 이《사자소학》을 열심히 보도록 하자. 알았지?

짱이, 하리 예.

아빠 그러면, 우리 이 '부생아신(父生我身)'이라는 말이 무슨 뜻인지 알아보자. 자, 같이 따라해.

짱이, 하리 예.

아빠 부(父)는 '아빠'라는 뜻이야. 따라해 봐. '아빠 부(父)'.

짱이, 하리 아빠 부(父).

짱이 어? 그런데 이것은 '아비 부(父)'라고 했는데…

아빠 응, '아비'라는 말은 바로 '아빠'라는 뜻이야. 옛날에는 '아빠'

사 자 소 학 (四 字 小 學)

를 '아버지'라고 했는데, 또 어떤 때에는 '아비'라고도 했어. 그래서 요즘도 한자 공부를 할 때 어떤 사람들은 '아비 부(父)' 라고 하는 거야. 그러나 사실은 '아빠 부(父)'라고 해야 돼. 왜냐하면, 부(父)는 바로 '아빠'라는 뜻이잖아. 그렇지?

짱이, 하리　예.

아빠　'생(生)'자는 '날 생(生)'이라고 하는데, '날 생(生)'할 때 '날'은 '태어나다'라는 말이야. 물론 '낳다'라는 뜻도 있지. 다음은 '나 아(我)'인데, '나'라는 말은 '내 자신'을 뜻해. 바로 '나는 무엇 무엇을 한다'라고 할 때의 '나'야. 알았지?

짱이, 하리　예.

아빠　'몸 신(身).' 여기에서 '몸'이란 바로 '정신이 깃든 우리 신체(身體)'를 말하는 거야. 말하자면, 바로 우리 '자신(自身)'인 셈이지. 우리말 '몸'은 정신이 배제된 '육체'만을 뜻하는 경우와, 육체와 정신이 결합된 자신(自身)을 뜻하는 경우의 두 가지 의미를 지니는데, 여기에서는 후자, 곧 두 번째 경우를 말하는 거야. 그럼 이제 우리 글자 하나하나가 무슨 뜻인지 알았으니까, 이 부생아신(父生我身)이라는 말이 무슨 뜻인지 알 수 있겠네? '부(父)'는 '아빠'라는 말이고, '생(生)'은 '태어나게 하다'는 말이고, '아신(我身)'은 '내 몸'이라는 뜻이니까, 이 네 글자의 뜻을 합치면 어떻게 될까?

짱이　아, 알았다. '아빠가 내 몸을 태어나게 하였다'라는 뜻이다. 아빠, 맞죠?

아빠　그래, 잘 했어. 바로 '아빠가 나를 낳았다'라는 말이야.

하리　그런데 아빠, 아빠가 어떻게 아기를 낳을 수 있어요?

아빠 응, 그것은 말이야, 원래 너희들을 낳은 것은 엄마인데, 사실은 아빠가 너희들을 낳게 한 거야. 어떻게 해서 그러냐 하면, 봐라. 엄마 아빠가 서로 좋아하고 사랑을 했지. 그래서 엄마 아빠가 결혼을 했지. 그렇게 엄마 아빠가 서로 좋아하고 사랑해서 살면, 엄마 배 속에 아기가 생기는 거야.

하리 아빠, 그런데 하리도 수미 누나(하리가 매우 좋아하는 자기보다 스무 살 많은 이종사촌) 좋아하는데, 왜 아기가 안 생겨요?

아빠 하하하, 그건 말이야, 하리가 아직 어려서 그래. 이제 하리가 밥을 많이 먹고 아빠만큼 큰 뒤, 하리가 좋아하는 여자 친구하고 결혼해서 서로 사랑하며 살면 아기가 생길 거야. 그렇게 되면 하리도 아빠가 되는 거야.

하리 그렇구나. 그런데 하리도 빨리 아빠가 되었으면 좋겠는데….

아빠 허허허, 그건 말이야, 하리가 밥을 많이 먹고, 반찬을 골고루 맛있게 먹어서 몸을 튼튼하게 하면 저절로 그렇게 될 거야. 알겠어?

하리 예, 알겠습니다.

아빠 엄마 아빠가 사랑해서 생긴 아기는 엄마 배 속에서 열 달을 자라는데, 열 달이 되면 아기가 너무 커서 엄마가 더 이상 배 속에 넣고 다닐 수가 없어. 그렇게 되면 병원에 가서 아기를 낳는 거야. 아기를 낳는 것은 엄마이지만, 아빠가 없으면 엄마 배 속에 아기가 생길 수 있었겠어? 없었겠어?

하리 없어요.

아빠 그 봐. 그러니까 아빠가 아기를 낳게 하는 거지. 그래서 《사자소학》에서 '아빠가 나를 낳았다'라고 한 거야. 그러나 이 말은 사

사 자 소 학 (四字小學)

실 '아빠가 나를 낳게 하셨다' 또는 '아빠가 나를 태어나게 하셨다'라는 말이겠지, 그렇지?

짱이 이제 알겠어요.

아빠 좋아, 그러면 이제 다음 구절을 보자. 똑같이 따라해. '모국오신(母鞠吾身)'.

짱이, 하리 '모국오신(母鞠吾身)'.

아빠 이제 이 말도 읽을 줄 알게 되었으니, 이것이 무슨 뜻인지 한번 보자. '엄마 모(母)', '기를 국(鞠)', '나 오(吾)', '몸 신(身)'. 이제 한 글자 한 글자의 뜻은 알았으니, 이것들이 다른 글자와 어울리면 어떤 뜻이 되는지 알아봐야 돼. 먼저 '모(母)'와 '국(鞠)'을 붙이고, '오(吾)'와 '신(身)'을 붙여보면 어떻게 되겠어?

짱이 '모국(母鞠)'은 '엄마가 기른다'이고, '오신(吾身)'은 '내 몸'이다, 아빠 맞죠? 어, 그런데 이상하다?

아빠 뭐가 이상해?

짱이 앞에서는 '내 몸'을 '아신(我身)'이라고 했는데, 여기에서는 '오신(吾身)'이라고 했네요.

아빠 야, 짱이 예리한데… 그것은 말이야, '아신(我身)'과 '오신(吾身)'은 모두 똑같이 '내 몸'이라는 말인데, 한문(漢文)에서는 될 수 있으면 한 문장 안에 같은 글자를 잘 안 써. 그것은 아침에도 고기를 먹고, 점심에도 고기를 먹으면 맛이 좀 없어지는 것과 같은 이치야. 그래서 옛날 사람들은 한 문장 안에 가능하면 같은 글자를 중복하려고 하지 않았어. 그래서 앞에서 '아신(我身)'이라고 했으니까, 뒤에서는 '오신(吾身)'이라고 한 거야. 이제 알겠지?

짱이   예.

아빠   그런데 아직 그런 것에는 신경을 안 써도 돼. 지금은 이 글자들이 무슨 뜻인지 그것만 알면 되는 거야. 알겠지? 그러면 이제 다시 네 글자를 모두 한번 붙여봐. '모국(母鞠)'은 '엄마가 기른다'이고, '오신(吾身)'은 '내 몸'이니까, 네 글자를 합치면?

짱이   아, 알았다. '엄마가 내 몸을 기른다.'

아빠   야, 짱이 잘한다. 모국오신(母鞠吾身)은 바로 '엄마는 내 몸, 곧 나를 길러 주신다'라는 뜻이야. 그런데, 왜 《사자소학》에서 '엄마가 나를 길러 주신다'라고 했을까?

하리   형님 알아?

짱이   …

아빠   그것은 말이야, 너희들이 어렸을 때 엄마가 젖을 먹여 키워 주셨고, 지금은 또 밥과 반찬을 해주시잖아. 옷도 더러우면 깨끗하게 빨아주시고…. 엄마가 없으면 너희들이 살 수 있겠어?

하리   엄마 없으면 못살아요.

아빠   그 봐, 그래서 《사자소학》에서 '어머니께서 나를 길러 주신다'라고 한 거야. 이제 '모국오신(母鞠吾身)'이 무슨 말인지 알겠지?

짱이, 하리   예, 알겠어요.

아빠   이 세상에서 제일 고마우신 분이 바로 엄마 아빠야. 엄마와 아빠가 없으면 너희들은 이 세상에 태어나지도 못했고, 또 태어나서도 살 수가 없잖아. 이제 엄마 아빠 말씀 더 잘 듣고, 착하고 튼튼하게 자라야 돼. 알았지?

짱이   예.

사 자 소 학 (四 字 小 學)

하리　알겠습니다.

아빠　자, 이제 우리 마지막으로 정리하고 오늘 공부를 마치자. 부생
아신(父生我身)하고 모국오신(母鞠吾身)이니라. '아버님은 내
몸을 태어나게 하셨고, 어머님은 내 몸을 길러 주셨네.' 그러면
오늘은 여기까지만 하자. 차렷, 경례.

아빠　어, 그냥 절만 하면 어떻게? '감사합니다!' 하고 인사말을 같이
해야지. 자, 다시. 차렷, 경례.

짱이, 하리　감사합니다.

腹以懷我 乳以哺我

복　이　회　아　유　이　포　아

배로써 나를 품으시고, 젖으로 나를 키우셨네

복(腹) : 배. 이(以) : …로써. 회(懷) : 품다. 아(我) : 나.

유(乳) : 젖. 포(哺) : 먹이다, 키우다

아빠와 함께

아빠　자! 짱이, 하리, 이리 오세요. 여기 앉아야지. 옳지! 둘이 똑같이 아빠 따라 해.

짱이, 하리　예.

아빠　오늘은 《사자소학》의 두 번째 구절이다. 복이회아(腹以懷我)하고 유이포아(乳以哺我)니라. 자, 시작하자. ‘복이회아(腹以懷我)’.

짱이, 하리　‘복이회아(腹以懷我)’.

아빠　‘유이포아(乳以哺我)’.

짱이, 하리　‘유이포아(乳以哺我)’.

아빠　자, 짱이 이제 방금 따라 읽은 이 글자들이 무슨 뜻인지 한번 보자. ‘배 복(腹)’.

하리　아빠, 엄마 배는 뚱뚱해.

아빠 그래? 하하하. 그런데 왠 갑자기 '엄마 배'냐? 아무튼 '엄마 배'
할 때, 그 '배'가 한자로 '복(腹)'이야. 그리고 '이(以)'는 '써
이(以)'라고 하는데, '써'라고 하는 것은 '…로써'할 때 '써'야.
그러니까 '이(以)'자는 '무엇 무엇을 가지고'라는 뜻이 되는 거
야. '써 이(以)'. '품을 회(懷)', '품을 회(懷)'라는 것은 '배에 품
고 있다'는 뜻이야. 엄마 닭이 병아리를 날개 속에 집어넣고 있
거나, 또 엄마가 짱이와 하리를 꼭 안아줄 때 있지? 그렇게 하
는 것도 '품는다'고 해. 그런데 여기에서 '품는다'라고 하는 것
은 너희들이 세상에 태어나기 전에 엄마 배 속에 있었는데, 그
것을 보고 엄마가 너희들을 품고 있었다고 하는 거야. 다음은
'나 아(我)'. 이 글자는 앞에서 한번 나왔지? 나 자신을 보고 한
자로는 '나 아(我)'라고 한다고 했지? 그러니까 '아(我)'는 바로
'내 자신'이 되겠네. 그렇지?

짱이 예.

아빠 그러면 이제 우리 '복이회아(腹以懷我)'라는 말이 무슨 뜻인지
한번 볼까. 자, 잘 들어봐. '복(腹)'은 '배', '이(以)'는 '…로써',
그러니까 '복이(腹以)'는 '배로써'가 되겠지? '회(懷)'는 '품
다', '아(我)'는 '나'니까, '회아(懷我)'는 '나를 품나'라는 뜻이
되겠다. 그러니까 이 말은, 바로 엄마 아빠가 사랑을 해서 아기
가 생겼고, 그 아기가 점점 커져서 엄마 배가 뚱뚱해졌는데, 그
속에 누가 있었느냐 하면 바로 짱이가 있었던 거야. 그런데 엄
마가 밥을 먹으면, 짱이가 엄마 배 속에 있다가 맛있는 것을 다
받아 먹었는데, 그러다 보니 짱이가 엄마 배 속에서 쑥쑥 크는
거야. 그렇게 해서 열 달이 지나니, 짱이가 많이 컸고 엄마 배도

굉장히 뚱뚱하게 커졌는데, 그러다 보니 엄마가 더 이상 짱이를
배 속에 넣고 다닐 수가 없었어. 그래서 엄마가 병원에 가서 아
기를 낳았는데, 그 때 엄마 배 속에서 나온 아기가 바로 짱이 너
야. 이처럼 엄마 배에서 아기가 나오는 것을 보고 이 세상에 태
어난다고 하는 거야. 그러니까 짱이는 엄마 배에서 태어났잖아.
짱이가 이 세상에 태어나기 전에는 어디에 있었다고?

짱이 엄마 배 속.

아빠 그렇지. 그러면 아기는 엄마 배 안에서 어떻게 자라는지 이야기
해줄게. 엄마가 음식을 먹으면 아기가 엄마 배 속에 있다가 엄
마가 먹는 음식을 받아먹는데, 어떻게 먹느냐 하면, 니네들 배
꼽 있지? 그 배꼽은 원래 줄이 달린 자국인데, 그 줄이 엄마 몸
하고 연결이 되어 있었거든. 그 줄로 엄마가 먹은 음식에서 영
양분을 섭취하는 거야. 그것을 탯줄이라고 하는데, 아이가 세상
에 태어나면 이제 엄마가 젖을 먹이니까 탯줄이 필요 없어지는
거지. 그 때 탯줄을 자르는데, 그 탯줄을 자르고 남은 흔적이 바
로 배꼽이야. 《사자소학》에서 '배로써 품었다'는 말은 바로 엄
마가 열 달 동안 아기를 배 안에 품고 키웠다는 뜻이야. 그것을
'배로써 품었다'고 하는 거야. 그래서 《사자소학》에서 '복이회
아(腹以懷我)', 즉 '엄마가 배로써 나를 품으셨네'라고 한 거야.
다음에는 유이포아(乳以哺我)라는 말은, '유(乳)'는 '젖 유(乳)'
라고 해도 되고, '우유 유(乳)'해도 돼. '유(乳)'는 바로 '젖'이
라는 뜻이야.

하리 엄마 '찌찌' 있어.

아빠 그래, 엄마 '찌찌'가 바로 '젖'이야. 그것을 한자로 '유(乳)'라

고 해. 여자들의 젖가슴을 '유방'이라고도 하지? '유방(乳房)'이라는 말은 바로 '젖이 있는 방'이라는 말인데, 여자에게 '유방(乳房)'이 있는 것은 바로 아기가 이 세상에 태어나면 바로 젖을 먹이기 위해서야. 아기들은 처음에 밥을 먹지 못하거든. 그래서 어릴 때는 엄마 젖을 먹고 자라는 거야. '젖 유(乳)', '써 이(以)', '젖먹일 포(哺)', '나 아(我)'. 그럼 여기에서 '포(哺)'자 이야기를 좀 더 해줄게. 니네들 '포유동물'이라는 말 들어봤지?

짱이 글쎄?

아빠 아직 모르는구나. 이 세상에는 동물이 굉장히 많잖아. 소, 돼지, 닭, 오리, 개구리 등등. 그 중에서도 소와 돼지 같은 네 다리 동물들은 대개 젖으로 새끼를 키우는데, 이처럼 젖으로 새끼를 키우는 동물을 '포유동물(哺乳動物)'이라고 해. '포유(哺乳)'라는 말은 바로 '먹일 포(哺)', '젖 유(乳)' 즉 '젖을 먹인다'는 뜻이야. 그러니까 포유동물은 바로 '젖을 먹여 새끼를 키우는 동물'이라는 뜻이 되지. 그러나 모든 동물이 다 젖이 있는 것은 아니야. 짱이, 하리, 엄마가 가끔 닭을 사서 백숙을 해주시잖아. 그 백숙을 먹을 때 닭에 젖이 있는 것을 봤어?

짱이, 하리 못 봤어요.

아빠 그 봐, 닭은 젖이 없잖아. 그래서 닭은 같은 동물이라도 포유동물이라고 하지 않아. 그러면, 닭이나 오리 같은 동물은 어떻게 새끼를 키울까?

짱이, 하리 ?

아빠 젖이 없는 닭이나 오리 같은 동물은 어떻게 새끼를 키우느냐

하면, 엄마 닭이 모이를 찾아서 그것을 입으로 쪼아 잘게 만들
어 먹여. 왜냐하면 병아리는 입이 작아서 큰 모이를 먹지 못하
거든. 오리는 또 물고기 같은 것을 잡아 입으로 꼭꼭 씹은 뒤 새
끼오리에게 먹여주고… 새는 벌레나 맛있는 곡식 알맹이 같은
것을 엄마 새가 물어다 먹여주고… 이제 포유동물이라는 말이
무슨 뜻인지 알겠지?

짱이 알아요. 젖으로 새끼를 키우는 동물.

아빠 잘 했어. 자, 그럼 이제 다시 《사자소학》으로 돌아가서 '유이포
아(乳以哺我)'가 무슨 뜻인지 보자. 먼저 '유이(乳以)'라는 말은
'젖으로써' 또는 '젖을 가지고'라는 뜻이고, '포아(哺我)'는 '나
를 먹여 주셨네'라는 뜻이야. 그러므로 이 말을 모두 합치면,
'젖으로써 나를 먹여 키워주셨네'라는 뜻이 되겠지. 짱이야, 이
말이 무슨 뜻인지 알겠어? 아빠가 다시 한 번 말해볼게. 잘 들어
봐. 엄마 '찌찌'가 젖이지? 그런데 엄마 배 속에 아기가 생겨서
열 달이 되면 배가 아주 커지잖아. 그러면 아기가 이 세상에 태
어나거든. 그러면 엄마 '찌찌'가 아주 커져.

하리 지금은 엄마 '찌찌'가 '쪼그만' 해.

아빠 하하하. 이 녀석은 맨날 딴소리만 하는구나. 그건 너희들이 다
먹어서 작아진 거야. 그러니까 너희들은 엄마 젖을 먹고 이렇게
큰 거야. 지금이야 많이 컸으니까 밥을 먹지만, 아기였을 때는
밥을 먹지 못하고, 모두 엄마 젖을 먹었던 거야. 알았어?

짱이 예.

아빠 그러니까 이제부터는 엄마 말씀을 더 잘 들어야겠지? 하리도 알
았지?

사 자 소 학 (四 字 小 學)

하리 예!

아빠 그럼 '유이포아(乳以哺我)'라는 말을 다시 한번 정리할게. '유
     이(乳以)' '젖을 가지고', '포아(哺我)' '나를 키우셨네.' 어렸을
     때는 젖을 먹고 쑥쑥 컸지? '먹인다'는 말은 '키운다'는 말과
     같애. 그러니까 이 말은 바로 '젖을 가지고 나를 키워 주셨네'
     라는 뜻이야.

하리 재미있다.

아빠 그래, 이 《사자소학》은 재미있는 책이야. 그러니까 앞으로 우
     리 더 열심히 하자. 그럼 마지막으로 정리하고 오늘 공부 끝내
     자. 복이회아(腹以懷我)하고 유이포아(乳以哺我)니라. '배로써
     나를 품으셨고, 젖으로써 나를 길러 주셨네.' 오늘도 잘 했어.
     그럼 마치자. 차렷, 경례.

땅이, 하리 감사합니다.

以衣溫我 以食活我

이 의 온 아 이 식 활 아

옷으로 따뜻하게 해주시고,
음식으로 우리를 길러 주시네.

글자풀이

이(以) : …로써. 의(衣) : 옷. 온(溫) : 따뜻하다.

아(我) : 나, 우리. 식(食) : 음식. 활(活) : 살다.

아빠와 함께

아빠 오늘 우리가 공부할 것은 이의온아(以衣溫我) 이식활아(以食活我)라는 말이야. 이것은 또 무슨 뜻인지 한번 볼까? 먼저 전체를 한번 읽어보고, 뜻을 살펴보자. 먼저 아빠가 한번 읽어볼게. 이의온아(以衣溫我) 이식활아(以食活我). 짱이와 하리는 한 구절씩 따라 읽자. 이의온아(以衣溫我).

짱이 이의온아(以衣溫我).

아빠 이제 글자를 어떻게 읽는지를 알았으니, 이 글자들이 무슨 뜻인지를 알아야겠지? '써 이(以)', '옷 의(衣)', '따뜻할 온(溫)', '나 아(我)'. 그러면 이제 이의온아(以衣溫我)가 무슨 뜻인지 한번 볼까? 이(以)는 '써 이(以)'인데, '…을 가지고' 또는 '…로써'라는 말이라고 했지. 그러면 이의(以衣)는 '옷으로써'라는 뜻이

사 자 소 학 (四 字 小 學)

겠네. 그렇지? 또 온아(溫我)에서 온(溫)은 ‘따뜻하게 하다’는 말이고, 아(我)는 ‘나’라는 말이니까, 온아(溫我)는 ‘나를 따뜻하게 하다’라는 뜻이 되겠다. 그런데 이 말이 무슨 뜻이냐 하면, 겨울에 우리가 옷을 입지 않으면 춥잖아. 그런데, 엄마 아빠가 옷을 사 주셔서 입을 수 있지. 그러니까 엄마 아빠께서 옷을 가지고 우리를 따뜻하게 해주신다고 말할 수 있지. 이것을 《사자소학》에서는 이의온아(以衣溫我)라고 한 거야. 알았지?

하리 겨울에 옷을 많이 입지 않으면 추워서 감기 걸려요.

아빠 그러니까 엄마 아빠가 얼마나 고마워? 하리, 알겠어?

하리 하리는 뭐 다 알고 있어요.

아빠 그렇지, 우리 하리도 형님만큼 똑똑하지. 그럼 또 다음 구절을 보자. 이식활아(以食活我).

짱이, 하리 이식활아(以食活我).

아빠 ‘써 이(以)’, ‘음식 식(食)’, ‘살 활(活)’, ‘나 아(我)’. 그러면 ‘이식활아(以食活我)’는 무슨 뜻이 될까? 먼저 두 글자씩 붙여서 무슨 뜻인지 알아보자. ‘이(以)’는 ‘무엇 무엇을 가지고’라고 했고, ‘식(食)’은 ‘음식’이라고 했으니까, ‘이식(以食)’은 무슨 뜻?

짱이 ‘음식을 가지고’.

아빠 그래, ‘이식(以食)’은 ‘음식을 가지고’라는 뜻이야, 그럼 ‘활아(活我)’는 무슨 뜻이 될까? ‘활(活)’은 ‘살다’라는 뜻이고, ‘아(我)’는 ‘나’라는 뜻이니, ‘활아(活我)’는 바로 ‘나를 살려 주신다’라는 뜻이 되겠지. 이제 ‘이식활아(以食活我)’ 네 글자를 전부 붙이면, ‘음식으로써 나를 살려 주시네’라는 뜻이 되겠네,

짱이 그래 안 그래?

짱이 그래요.

아빠 그런데 이 말은 무엇을 의미하는지 알아?

하리 이거는 '엄마가 먹을 것을 준다'는 그런 말이야. 아빠, 맞죠?

아빠 야, 하리 잘 한다. 그래, 이 말은 바로 '음식을 만들어 나를 살게 해주신다'라는 말이야. 짱이, 하리, 잘 들어봐. 사람들은 밥을 먹지 않으면 살 수가 없어. 그런데 어린이들은 밥을 할 수 있어? 없어?

짱이 없어요.

아빠 그렇지. 그러니까 엄마 아빠가 계셔야 어린이들이 살 수 있잖아. 음식을 못 먹으면 살 수가 없지. 그래서 《사자소학》에서 '음식을 가지고 나를 살게 해주시네'라고 한 거야. 이제 알겠지?

짱이, 하리 예.

아빠 이의온아(以衣溫我)하고 이식활아(以食活我)니라. '옷으로 나를 따뜻하게 해 주시고, 음식으로써 나를 살게 해주시네.' 그럼, 오늘 공부는 여기에서 마치자. 차렷, 경례.

짱이, 하리 감사합니다.

사 자 소 학 (四 字 小 學)

004

恩高如天 德厚如地

은 고 여 천 덕 후 여 지

은혜가 높기는 하늘과 같고, 덕이 두텁기는 땅과 같네.

은(恩) : 은혜. 고(高) : 높다. 여(如) : 같다. 천(天) : 하늘.
덕(德) : 덕, 은덕 후(厚) : 두텁다. 지(地) : 땅.

아빠와 함께

아빠   자, 오늘은 '은고여천(恩高如天) 덕후여지(德厚如地)'라는 말인데, 이 말은 또 무슨 뜻인지 공부해 보자. 따라 읽자. 은고여천(恩高如天).

짱이, 하리   은고여천(恩高如天).

아빠   덕후여지(德厚如地).

짱이, 하리   덕후여지(德厚如地).

아빠   '은혜 은(恩)', '높을 고(高)', '같을 여(如)', '하늘 천(天)'. 이제 이 글자들을 두 글자씩 붙여보자. 은고(恩高)는 '은혜가 높다'라는 말이고, 여천(如天)은 '하늘과 같다'라는 말이니, 네 글자를 모두 붙이면 '은혜가 높은 것이 하늘과 같다'라는 말이 되겠네. 그런데 짱이야, '은혜'가 무슨 뜻이지?

짱이   남을 도와주는 것이에요.

아빠　그렇지. 맞았어. 사랑을 베푸는 것이 은혜야. 짱이야, 아빠가 짱이를 사랑하지. 그것이 바로 은혜를 베푸는 거야. 그러면 '은혜가 높은 것이 하늘과 같다'라는 말은 무슨 뜻일까?

짱이　은혜가 굉장히 높다는 뜻이에요.

아빠　그래, 맞았어. 자, 들어봐. 하늘은 굉장히 높지? 끝이 없잖아.

하리　아빠, 하늘 위로 계속 날아가면 우주가 되지요?

아빠　그것을 하리가 어떻게 알았어?

하리　하리가 다 알 수 있어요, 흥.

아빠　그래? 좋았어. 그럼 이제 우리 어떻게 해서 부모님의 은혜가 하늘만큼 높은지 알아보자. 그것은 말이야, 부모님이 우리를 낳아주셨고, 젖으로 키워 주셨고, 또 옷으로 따뜻하게 해주시고, 음식으로 살게 해 주시지? 그러니 부모님의 은혜가 얼마나 크겠어? 말로 다할 수 없겠지? 그래서 그 은혜의 크기와 높이가 하늘과 같다는 거야. 짱이야, 엄마 아빠가 없으면 짱이와 하리가 이 세상에 태어날 수 있었겠어?

짱이　아니오.

아빠　태어난 뒤, 또 엄마 아빠가 없으면 짱이와 하리가 살 수 있을까?

짱이　없어요.

하리　하리도 못 살아요. 엄마 아빠가 없는데, 어떻게 살 수 있어요? 아빠, 맞지요?

아빠　그렇지. 엄마 아빠가 너희들을 먹여 살리고, 옷도 사주고, 유치원과 학교에도 보내주고, 그래서 하늘만큼 높다고 하는 거야. 이제 알겠지?

아빠　이제 덕후여지(德厚如地)를 공부할 차례다. '덕 덕(德)', '두터울 후(厚)’, ‘같을 여(如)’, ‘땅 지(地)’. ‘덕(德)’은 한글이나 한문이나 똑같이 쓰는 말인데, 이 말은 다른 사람들을 위해 많은 일을 한다는 뜻이야. 그러면 다른 사람들이 그를 좋아하고 존경하겠지? 예를 들면, 어떤 사람이 ‘덕이 많다’거나 ‘덕망이 높다’라고 말한다면, 그 사람은 바로 다른 사람들의 존경을 많이 받는다는 뜻이야. 《사자소학》에서 말한 ‘덕후(德厚)’라는 말은 ‘덕이 두텁다’라는 뜻인데, 이 말은 바로 ‘은덕이 많다’는 말과 같아. 그런데 누가 은덕이 많다는 말이지?

짱이 부모님.

아빠 그래, 부모님은 은덕이 아주 많은데, 그 많기가 땅만큼 많은 거야. 그래서 덕후여지(德厚如地)라고 한 거야. 즉, 덕후(德厚)는 ‘덕이 두텁다’는 것이지, 또 여지(如地)는 ‘땅과 같다’는 뜻이니까, 모두 합치면 바로 ‘덕이 두터운 것이 땅과 같다’라는 뜻이 되잖아. 그렇지?

짱이 예.

아빠 그런데, 짱이야, 땅이 얼마나 두터운지 알아? 땅은 아무리 파도 끝이 없어.

짱이 자꾸 파면 구멍이 나잖아요. 이상하다. 끝까지 파면 지구가 구멍이 날 텐데.

아빠 그것은 생각이지. 그러나 실재 지구(땅)는 아주 두터워서 죽을 때까지 파도 끝이 없어. 그래서 ‘덕후여지(德厚如地)’라고 한 거야. 이제 알겠어?

짱이 예.

아빠 그런데 여기에서 ‘덕(德)’은 누구의 덕(德)일까?

하리   엄마 아빠요.

아빠   그래, 맞아. 바로 부모님의 덕(德)이야. 자, 봐. 부모님이 너희들을 낳아서 키워주시고, 또 밥을 먹게 해 주시고, 추우면 옷을 사 주시고…. 그러니 얼마나 고마워. 그래서 은혜는 하늘만큼 높고, 덕(德)은 땅만큼 두텁다고 한 거야. 짱이, 하리, 알았지?

짱이, 하리   예.

아빠   그러니까 이제부터 엄마, 아빠 말을 더 잘 들어야 하는 거야. 알았지?

짱이, 하리   예.

아빠   좋아. 그러면 이제 마지막으로 오늘 공부한 것 정리하고 끝내자. 잘 기억해 둬. 은고여천(恩高如天)하고 덕후여지(德厚如地)니라. '은혜가 높기는 하늘과 같고, 덕이 두텁기는 땅과 같으니라.'

005

爲人子者 曷不爲孝
위 인 자 자 갈 불 위 효

사람의 자식이 된 자로
어찌 효도를 아니 할 수 있겠는가?

위(爲) : 되다. 인(人) : 사람. 자(子) : 아들, 자식. 자(者) : 사람.
갈(曷) : 어찌. 불(不) : 아니, 위(爲) : 하다. 효(孝) : 효도, 효도하다.

아빠와 함께

아빠 위인자자(爲人子者)하여 갈불위효(曷不爲孝)리오. '인자(人子)'는 '사람의 자식'이란 말이다.

짱이 아들이 자식이에요?

아빠 원래는 '아들 자(子)'이지만, 여기에서는 딸을 포함한 모두 자녀란 뜻으로 쓰였으니까 '자식'으로 말해야 하는 거야.

아빠 위(爲)는 원래 '하 위(爲)'라고 해서 '하다'는 뜻인데, 여기에서는 또 '되다'로 뜻으로 사용되었어. 그러니까 '위인자(爲人子)'는 바로 '사람의 자식이 되다'는 뜻이 되는 거지. 이 말 뒤에 다시 '사람 자(者)'를 쓴 것은 '…하는 사람, 또는 된 사람'이라는 뜻을 강조하기 위해서야. 그러니까 '위인자자(爲人子者)'는 '사람의 자식이 된 사람'이라는 뜻이 되는 거지.

그럼, 사람의 자식이 된 사람은 어떠해야 한다고? 다시 다음 말을 보자.

아빠 '갈불위효(曷不爲孝)리오?'라고 했네. 갈(曷)은 '어찌'라는 말이고. 또 불(不)자는 '아니'라는 뜻이고, 위(爲)는 '하다'라는 뜻이고, 효(孝)는 효도라는 뜻이야. 위효(爲孝)는 바로 '효도를 하다'는 뜻인데, 앞에 '불(不)'가 있네. 그러면 '효도를 아니 한다'라는 뜻이 되겠다. 그런데 이 문장은 앞에서 '어찌'라는 말로 시작하였으니 저절로 묻는 말이 되는 거야. 그래서 '갈불위효(曷不爲孝)'는 '어찌 효도를 아니 할 수 있겠느냐?' 라는 묻는 말이 되는 거야. 이 문장의 전체 뜻은 바로 '부모님의 은혜가 아주 크고 두터운데, 사람의 자식이 된 사람이 어찌 효도를 아니 할 수 있겠느냐?'라는 것이 되는 거야. 이 말은 바로 '꼭 효도를 해야 한다'라는 뜻이야. 짱이, 하리, 알았지?

짱이, 하리 예.

아빠 그런데 효도가 무엇인지 알아?

짱이 엄마 아빠 말을 잘 듣는 거지, 맞아요?

아빠 그래 맞아. 아빠 엄마 말씀 잘 듣고 건강하고 착하게 자라면, '효도한다'라고 말할 수 있어. 위인자자(爲人子者)하여 갈불위효(曷不爲孝)리오. '사람의 자식이 되어 어찌 효도를 아니 할 수 있겠는가?'

사 자 소 학 (四 字 小 學)

006

父母呼之 唯而必趨
부 모 호 지 유 이 필 추

부모님이 부르시면 '예!' 하고 달려가야 하느니라.

글자풀이

부(父) : 아버지. 모(母) : 어머니. 호(呼) : 부르다. 지(之) : 그것, 그 사람.

유(唯) : '예' 하고 대답하다. 이(而) : 그리고. 필(必) : 반드시.

추(趨) : 달려가다.

아빠와 함께

아빠 부모호지(父母呼之)면 유이필추(唯而必趨)니라. '부모(父母)'
는 아빠와 엄마를 함께 일컫는 말인데, 나중에 짱이와 하리가
크면 아버지와 어머니라고 해야 돼.

하리 왜요?

아빠 아빠와 엄마라는 말은 원래 이기들이 히는 말이야. 그리니까
너희들이 밥을 많이 먹고 키가 이만큼 크면 그때는 아기가 아
니잖아. 그러니까 당연히 아버지와 어머니라고 해야지. 호지
(呼之)는 '자식을 부르다'는 뜻인데, 여기에서 지(之)는 '자식'
을 가리키는 말이야. 짱이가 옛날에 이 글자를 배울 때 어떻게
배웠어? '갈 지(之)'라고 배웠지. 그런데 이것을 '갈 지(之)'라
고 하는 것은 사실 옳지 않아. 왜냐하면, 이 글자가 '가다'라는

뜻으로 사용되는 경우는 열에 하나도 되지 않거든. 아빠도 이 글자를 왜 '갈 지(之)'라고 하는지 좀 답답해. 이 글자는 거의 대부분 '그것' 또는 '그 사람'이라는 뜻으로 사용되는데, 바로 앞에 나왔던 말을 다시 써야 할 때 그 글자를 대신하여 쓰는 말이야. 여기에서는 특별히 '자식'을 가리키는 말로 사용되었어. 호지(呼之)는 원래 '그를 부르다'는 뜻인데, 여기에서 지(之)는 '자식'을 가리키므로, 호지(呼之)는 '자식을 부르다'는 뜻이 되는 거야. 그러면 부모호지(父母呼之) 네 글자를 모두 합치면, 무슨 뜻?

 부모님이 자식을 부른다.

 잘 했어. 그러면 우리 '부모님이 자식을 부르면' 자식이 어떻게 해야 하는지 다음을 보자. 《사자소학》에서는 '유이필추(唯而必趨)'라고 했네. 유(唯)는 일반적으로 '오직 유'라고 하는데, 여기에서는 '예, 하고 대답할 유(唯)'라고 해야 하는 거야. 즉 '유(唯)'는 부모님이 부르시면 '예' 하고 대답한다는 뜻이야. 이(而)는 '말 이을 이(而)'라고 하는데, '그리고'라고 해석하면 돼. 필추(必趨)는 '반드시 달려간다'는 말이야. 필(必)은 '반드시'라는 말이고, 추(趨)는 '달려간다'는 뜻이니까, 합치면 그렇게 되겠지? 그러면 유이필추(唯而必趨) 이 네 글자를 모두 합쳐서 해석하면 어떻게 될까?

  ……

 잘 모르겠어? 이 말은 바로 '예라고 대답하고 반드시 달려간다'는 뜻이야. 알았지?

  예.

아빠 하리, 엄마 아빠가 부르면 어떻게 해야 한다고 했지?

하리 달려가야 된다고 했잖아요.

아빠 아니지, ‘예’라고 먼저 대답하고 달려가는 거야. 알겠지? 이제
엄마 아빠가 너희들을 부르면 ‘예’ 하고 엄마 아빠께 달려가야
돼. 엄마가 부엌에서 부르면 부엌으로 가야하고, 안방에서 부
르면 안방으로 달려가야 되는 거야. 알았지?

짱이, 하리 예.

아빠 부모호지(父母呼之)하면 유이필추(唯而必趨)니라. ‘부모님이
부르시면 ‘예’ 하고 달려가야 한다.’

007

父母責之 勿怒勿答
부 모 책 지 물 노 물 답

부모님께서 야단을 치시더라도,
화내지 말고 대꾸하지 말라.

부(父) : 아버지. 모(母) : 어머니. 책(責) : 꾸짖다, 야단치다.

지(之) : 그 사람(여기서는 자신, 즉 자식 된 이).

물(勿) : 하지 말라. 노(怒) : 성내다. 답(答) : 대답하다, 말대꾸하다.

아빠 부모책지(父母責之)하면 물노물답(勿怒勿答)하라. 부모책지(父母責之)에서 책(責)은 '야단치다'는 뜻이고, 지(之)는 '자식'을 대신해서 쓴 말로서, 앞에 나온 인자(人子) 즉, '사람의 자식'을 가리키는 거야. 그러니까 부모책지(父母責之)를 해석하면, '부모님께서 자식을 꾸짖다'라는 뜻이 되겠지. 다음 구절 물노물답(勿怒勿答)에서 물(勿)은 '하지 말라'는 뜻이고, 노(怒)와 답(答)은 '성내다'와 '대꾸하다'는 말이니, 물노(勿怒)와 물답(勿答)은 무슨 뜻이 될까? 짱이가 한번 말해 봐.

짱이 아, 알았다. '성내지 말고, 대꾸하지 마라.'

아빠 잘 했어. 물노(勿怒)는 '화내지 말라'는 뜻이고, 물답(勿答)은

‘대꾸하지 말라’는 뜻이야. 답(答)은 원래 ‘대답하다’는 말이지만, 여기에서는 ‘대꾸하다’, 또는 ‘변명하다’, ‘말 둘러대다’란 뜻으로 사용되었어.

짱이 ‘대꾸’가 무슨 뜻이에요?

아빠 ‘대꾸’는 부모님께서 야단을 치실 때. 잘못 했다고 하지 않고 변명하는 것을 말해. 흔히 ‘말대꾸’라고 하지. 짱이, 하리, 너희들 엄마 아빠가 야단치면 어떤 때 골 부리고, 말대꾸하지? 그러면 안 되는 거야. 한번 생각해 봐라. 부모님이 너희들을 낳았고, 또 엄마가 젖으로 키웠고, 또 옷과 먹을 것을 사주시고. 이렇게 고맙게 키워 주시잖아. 그리고 너희들이 착하고 훌륭하게 자라도록 잘못할 때 야단을 치는데, 화내고 말대꾸하며 퉁퉁대면 되겠어?

하리 안돼요.

아빠 이제 알겠지? 부모님이 야단치시면 어떻게 해야한다고 했지? 화내지도 말고 말대꾸하지도 말라고 했어. 알았지?

짱이, 하리 예.

아빠 좋아, 그럼 앞으로 아빠가 지켜 볼 거야. 특히 퉁퉁대면 안 돼, 알았지?

짱이 예.

하리 아빠, 하리는 말 잘 들었어요.

아빠 그래, 하리는 착한 어린이야. 앞으로도 잘 들어야 돼. 알겠지?

하리 예.

아빠 부모책지(父母責之)하면 물노물답(勿怒勿答)하라. ‘부모님께서 야단을 치시면 화내지 말고 말대꾸하지 말라.’

008

侍坐父母 勿距勿臥
시 좌 부 모 물 거 물 와

부모님을 모시고 앉을 때는,
걸터앉지 말고 눕지 말라.

시(侍): 모시다. 좌(坐): 앉다. 부(父): 아버지. 모(母): 어머니.
물(勿): 하지 말라. 거(距): 걸터앉다, 기대고 앉다. 와(臥): 눕다.

아빠 시좌부모(侍坐父母)함에 물거물와(勿距勿臥)하라. '시좌(侍坐)'는 '모시고 앉는다'는 말이야. 그런데 누구를 모시고 앉는다는 거지?

짱이 부모(父母)님. 그런데 아빠, '부모님을 모시고 앉는다'는 게 무슨 뜻이에요?

아빠 '부모님을 모시고 앉는다'는 말은 바로 '부모님과 함께 앉는다'는 뜻이야. 즉, 부모님 옆에 앉거나 자리를 같이 할 때, 부모님과 같이 있게 되잖아. 그럴 때를 말하는 거야. 그런데, 그럴 때는 어떻게 해야 한다고?

짱이, 하리 ……

아빠 왜 대답이 없어? 여기 있잖아. '물거물와(勿距勿臥)'. '거(距)'는

‘걸터 앉는다’ 또는 ‘기대고 앉는다’는 뜻이니까, ‘물거(勿距)’
는 ‘걸터 앉거나 기대지 말라’는 말이고, ‘와(臥)’는 ‘눕는다’는
뜻이니, ‘물와(勿臥)’는 ‘눕지 말라’는 말이 되잖아. 안 그래?

하리   아빠, 하리는 알아요. ‘부모님하고 같이 앉을 때는 똑바로 앉아
야 한다.’ 바로 이 말이잖아요.

아빠   어, 하리 어떻게 알았어?

하리   하리는 다 알 수 있어요.

짱이   니가 어떻게 다 아냐? 아빠가 가르쳐 주셨으니까 알지. 하하하.

하리   하리는 뭐, 아빠가 안 가르쳐줘도 다 알 수 있다 뭐.

아빠   그래 그래, 알았어. 그만해. 하리는 원래 잘 해. 자, 다시. 짱이,
하리, 부모님하고 같이 있을 때는 어떻게 앉는다고 했지?

짱이   똑바로 앉아야 돼요.

아빠   하리도 알겠어?

하리   예.

아빠   그런데 하리는 아빠하고 같이 있을 때, 늘 아빠 무릎 위에 앉던
데, 그러면 되겠어? 안 되겠어?

하리   안 돼요.

아빠   그래, 그렇게 앉으면 안 되는 거야. 이제부터는 아빠 옆에 똑바
로 앉아야 되는 거야. 벽에 기대어 앉아도 안 되고, 누워도 안
되는 거야. 모두 알았지?

짱이, 하리   예

아빠   시좌부모(侍坐父母)함에 물거물와(勿距勿臥)하라. ‘부모님을
모시고 앉을 때는 기대지도 말고 눕지도 말라. 즉, 아버지 어머
니와 같이 있을 때는 똑바로 앉아야 한다.’ 명심해.

009

父母出入 每必起之
부 모 출 입 매 필 기 지

부모님께서 나가고 들어오실 때는,
매번 반드시 일어서야 한다.

글자풀이

부(父):아버지. 모(母) : 어머니. 출(出) : 나가다. 입(入) : 들어오다.

매(每) : 매번. 필(必) : 반드시. 기(起) : 일어나다. 지(之) : 자기 몸을 가리킴.

아빠와 함께

아빠 부모출입(父母出入)할제 매필기지(每必起之)하라. '출입(出 入)'이란 말은 '나가고 들어온다'는 뜻이야. '매(每)'는 '매번' 이란 뜻인데, 여기에서 '매번'이란 '부모님이 나가시거나 들어 오실 때마다'를 의미하는 거야. '필(必)'은 '반드시'라는 뜻이라 고 했지?

짱이, 하리 예.

아빠 '기지(起之)'에서 '기(起)'는 '일으키다' 또는 '일어서다'는 뜻 이고, '지(之)'는 앞에 나온 말을 대신하는 글자인데, 여기에서 는 '자기 몸'을 가리켜. 그러니까 '기지(起之)'는 '자기 몸을 일 으킨다'는 뜻이 되겠지. 짱이, 하리, 언제 자기 몸을 일으킨다고 했지?

짱이, 하리　엄마 아빠가 들어오시거나 나가실 때요.

아빠　그래, 맞았어. 부모님이 들어오시거나 나가실 때는 반드시 몸을 일으켜야 하는 거야. 그런데, '몸을 일으킨다'는 말이 무슨 말일까?

짱이　일어서는 거요.

아빠　그렇지. '몸을 일으킨다'는 말은 반드시 일어서서 인사를 한다는 뜻이야. 어른이 가까이 오시는데도 그대로 앉아서 텔레비전을 본다든가, 아무런 반응을 보이지 않는 것은 옳지 않거든. 또 엄마 아빠가 아침에 출근 하시거나, 저녁 때 귀가 하실 때도 그렇고, 특별히 먼 길을 떠나시거나 돌아오실 때는 말할 필요도 없지. 나가실 때는 '안녕히 다녀오세요'라고 하고, 들어오실 때는 '안녕히 다녀오셨어요?'라고 하는 거야. 짱이, 하리, 그런데 '부모님이 나가시거나 들어오실 때는 반드시 일어서서 인사를 한다'라고 했는데, 왜 그렇게 해야 하는지 알아?

하리　엄마 아빠에게는 그렇게 해야 된다는 말이에요.

아빠　그래, 그렇게 해야 되는데, 그것은 엄마 아빠가 너희들을 키워주고, 먹여주고, 입혀주고, 가르쳐 주시니까 매우 고맙잖아. 그러니까 너희들은 마땅히 부모님을 존경하고 고맙게 생가해야 되겠지. '부모님이 나가시거나 들어오실 때, 인사를 하는 것'은 바로 '부모님을 존경하고 고맙게 생각한다'는 표시야. 너희들이 아무리 엄마 아빠를 고맙게 생각한다고 해도 그런 표시를 하지 않으면, 엄마 아빠가 너희들이 그런 생각을 하는지 알 수 있겠어?

짱이, 하리　아니오.

아빠   그 봐. 그러니까 늘 그런 표시를 해야 된다는 거야. 그래야 착한 어린이가 되는 거야. 이제 알겠지?

짱이, 하리   예.

아빠   부모출입(父母出入)할제 매필기지(每必起之)하라. '부모님께서 나가고 들어오실 때는 매번 반드시 일어서야 한다.'

사 자 소 학 (四 字 小 學)

010

勿立門中 勿坐房中

물 립 문 중 물 좌 방 중

문 가운데에 서지 말고, 방 가운데에는 앉지 말라.

물(勿) : 하지 말라. 립(立) : 서다. 문(門) : 문.

중(中) : 가운데. 좌(坐) : 앉다. 방(房) : 방.

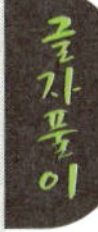

아빠 물립문중(勿立門中)하고 물좌방중(勿坐房中)하라. '물립(勿立)'이란 말은 '서지 말라'는 뜻이고, '문중(門中)'이란 말은 '문 가운데'라는 말이니, '물립문중(勿立門中)'이란 '문 가운데에는 서지 말라'는 뜻이 되겠네. 또 '물좌(勿坐)'라는 말은 '앉지 말라'는 뜻이고, '방중(房中)'이란 '방 가운데'라는 뜻이니, 물좌방중(勿坐房中)이란 '방 가운데에는 앉지 말라'는 뜻이 되겠다. 그런데, 왜 문 가운데 서면 안 된다고 했을까?

짱이 나가고 들어가야 되니까 그렇지!

아빠 그래, 잘 맞췄어. 문은 사람들이 들락거리는 곳이니까, 문에 서 있으면 다른 사람들이 왕래하는데 방해가 되잖아. 그러니까 안 된다고 하는 거야. 하리, 형아가 문 가운데 있으면 하리가 나갈 수 있겠어?

하리 아니오.

아빠 그 봐. 못 나가잖아. 그러니까 문 가운데 서있으면 안 된다고 한 거야. 이제 알겠어?

하리 예.

짱이 그런데 왜 방 가운데 앉으면 안 돼요?

하리 아빠, 그러면 우리는 앉을 데가 없잖아요.

아빠 으응, 그것은 말이야. 여기에서 '방 가운데'란 방 중앙을 말하는데, 방은 여러 사람들이 왔다 갔다 하는 곳이잖아. 그런데 방 가운데에 너희들이 앉아 있으면 엄마 아빠가 얼마나 불편하겠어? 바로 건너갈 수가 없으니까 빙 둘러가야 되고, 또 빨리 가다가 부딪힐 수도 있고…. 그러면 어떻게 해야 되겠어?

짱이 그럼, 구석에 앉아야 돼요?

아빠 구석도 안 되지. 구석은 불편하고 밖에서 잘 안 보이거든. 방 중앙에서 조금 비껴난 가장자리에 바른 자세로 앉아야 하는 거야. 그렇게 해야 엄마 아빠가 너희들이 어디 있는지 금방 알 수 있잖아? 이제 알겠어?

짱이, 하리 예.

아빠 하리, 방에 앉을 때는 어디에 앉는다고 했지?

하리 벽쪽 가장자리에요.

아빠 그래, 앞으로 꼭 지켜야 돼.

짱이, 하리 예.

아빠 물립문중(勿立門中)하고 물좌방중(勿坐房中)하라. '문 가운데 서지 말고, 방 가운데 앉지 말라.'

사 자 소 학 (四 字 小 學)

011

須勿大唾 亦勿大言

수 물 대 타 역 물 대 언

크게 소리 내어 침뱉지 말고,
큰 소리로 말하지 말라.

수(須) : 모름지기, 반드시. 물(勿) : 하지 말라. 대(大) : 크다.

타(唾) : 침을 뱉다. 역(亦) : 또. 언(言) : 말하다.

글자풀이

아빠와 함께

아빠 수물대타(須勿大唾)하고 역물대언(亦勿大言)하라. '대타(大唾)'는 '큰 소리로 침을 뱉는다'는 말인데, 앞에 물(勿)자가 있으니 무슨 뜻이 될까?

짱이 '큰 소리로 침 뱉지 말아라' 에요.

아빠 그래. 그런데 그 앞에 또 '수(須)' 자가 있지. '수(須)'는 '반드시, 모름지기'란 뜻이거든. 이제 모두 붙이면 어떻게 되겠어?

짱이 아, '반드시 큰소리로 침을 뱉지 말아라.' 아빠, 맞죠?

아빠 그래, 잘 했어. '큰 소리를 내며 침을 뱉어서는 안 된다'는 뜻이야. 그럼 다음 구절을 보자. '또 역(亦)', '하지 말 물(勿)', '큰 대(大)', '말씀 언(言)'. 그러면, '물대언(勿大言)'은 무슨 뜻이지?

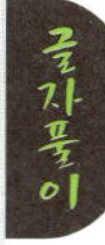

짱이 '큰소리로 말하지 말아라'에요.

아빠 그래, 큰 소리 즉, '고함을 지르지 말아라'란 뜻이야. 그런데 '물대언(勿大言)' 앞에 또 '역(亦)' 자가 있지? 그러면 어떻게 되겠어?

짱이 '또 큰 소리로 고함지르지 말아라.'

아빠 그래, 잘 했어. 그런데 왜《사자소학》에서 '큰 소리로 침 뱉지 말고, 또한 큰 소리로 말하지 말라'고 했는지 알겠어?

짱이 그거야 시끄러우니까 그렇죠.

아빠 물론 시끄럽기도 하지. 그러나 큰 소리를 내어 침을 뱉으면, 다른 사람들의 기분이 좋지 않겠지? 왜냐하면, 침은 자기 입에 있을 때만 좋은 거야. 그런데 그것이 밖으로 나오면 더러운 것이 돼. 또 병균도 많고… 사람 몸에서 나오는 것은 거의 다 그래. 그러니까 자기 몸 안에 있는 것을 밖으로 뱉을 때는 다른 사람들이 모르게 살짝 해야 하는 거야. 큰 소리로 말하는 것도 다른 사람이 들으면 시끄럽고 방해가 되잖아. 또 깜짝 놀라기도 하고… 그래서 말을 할 때는 조용한 소리로 해야 하는 거야. 하리도 알았지?

하리 예.

아빠 수물대타(須勿大唾)하고 역물대언(亦勿大言)하라. '크게 소리 내어 침을 뱉지 말고, 큰 소리로 말하지 말라.'

사 자 소 학 (四 字 小 學)

012

手勿雜戲 口勿雜談
수 물 잡 희 구 물 잡 담

손으로는 쓸데없는 짓을 하지 말고,
입으로는 쓸데없는 말을 하지 말라.

글자풀이

수(手) : 손. 물(勿) : 하지 말라. 잡(雜) : 잡스럽다. 희(戲) : 장난.
구(口) : 입. 담(談) : 말하다.

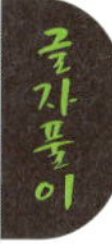

아빠와 함께

아빠 수물잡희(手勿雜戲)하고 구물잡담(口勿雜談)하라. '잡희(雜戲)'는 '잡스러운 짓거리'라는 뜻인데, 이게 무슨 소리냐 하면, 손으로 쓸데없이 흔들고 장난질하는 것을 말해. 특히 짱이는 늘 손을 가만히 두지 않는 것 같던데, 그렇게 하면 안 돼. 공부할 때는 손을 얌전히 하고 있어야지. 글씨를 쓸 때만 움직이는 거야, 알았지?

짱이 예.

아빠 그러면 '물잡희(勿雜戲)'는 무슨 뜻이야?

짱이 '물(勿)' 자가 있으니까 '장난하지 말아라'.

아빠 맞았어. 이 말은 특히 짱이가 명심해야 할 말이야. 그런데 짱이, 손장난하지 말라고 했는데, 또 움직이네.

짱이 알아요. 간지러우니까 그렇죠.

아빠 공부할 때는 참을 줄 알아야 하는 거야. 간지러워도 참고, 배가
고파도 참고, 잠이 와도 참고 …. 그렇게 해야 나중에 훌륭한 사
람이 될 수 있는 거야. 하리도 알겠어?

하리 예.

아빠 좋았어. 그럼, 이제 ‘구물잡담(口勿雜談)’이 무슨 뜻인지 알아
보자. 여기 이 ‘담(談)’ 자가 무슨 뜻인지 알아?

짱이 아빠, ‘말할 담(談)’이잖아요.

아빠 그래. ‘담(談)’은 ‘말하다’는 뜻이야. 그러면, ‘잡담(雜談)’은 무
슨 뜻이 되지?

짱이 ‘떠드는 것’이요.

아빠 맞아. ‘쓸데없는 말을 하는 것’을 ‘잡담(雜談)’이라고 해. 공부
시간에 선생님께서 ‘잡담하지 마라’고 하시지! 공부시간에는
공부만 해야 하는데, 떠드니까 ‘잡담(雜談)’이라고 하는 거야.
그런데 앞에 ‘입 구(口)’와 ‘하지 말 물(勿)’자가 있잖아. 그러면
‘구물잡담(口勿雜談)’이라는 말은 무슨 뜻일까?

짱이 ‘입으로 쓸데없는 말을 하지 말아라.’

아빠 그래, 잘 했어. 그런데 왜《사자소학》에서 ‘수물잡희(手勿雜戲)
구물잡담(口勿雜談)’이라고 했는지 알아? 그것은 바로 사람은
쓸데없는 짓을 하면 집중이 안 되기 때문이야. 공부를 할 때는
공부를 열심히 하고, 또 놀 때는 신나게 놀아야지. 공부할 때는
딴 짓 하다가, 놀아야 할 때 또 놀지 않으면 어떻게 되겠어? 그
리고 손을 함부로 놀린다든지, 말을 함부로 하면 괜히 남들 보
기에도 우습게 보이는 거야. 이전에 할아버지가 살아 계실 때,

'말을 많이 하면, 쓸데없는 말이 많아지고, 쓸데없는 말이 많아
지면 사람이 실없게 된다'라고 하셨어. 이제부터 짱이, 하리도
손으로 쓸데없는 짓을 하거나, 입으로 쓸데없는 말을 하면 안
돼, 알았지?

짱이, 하리   예.

아빠   수물잡희(手勿雜戲)하고 구물잡담(口勿雜談)하라. '손으로는
쓸데없는 짓을 하지 말고, 입으로는 쓸데없는 말을 하지 말라.'

013

獻物父母 跪而進之
헌 물 부 모   궤 이 진 지

부모님께 물건을 드릴 때는 꿇어앉아 드려야 한다.

글자풀이

헌(獻) : 드리다, 바치다. 물(物) : 물건. 부모(父母) : 아버지와 어머니.

궤(跪) : 꿇어앉다. 이(而) : 그리고. 진(進) : 바치다, 올리다. 지(之) : 그것.

아빠와 함께

아빠 헌물부모(獻物父母)할제 궤이진지(跪而進之)하라. 짱이! '헌
(獻)'은 '드리다'이고, '물(物)'은 '물건'이란 뜻이지, 그러면
'헌물'(獻物)은 무슨 뜻일까?

짱이 '물건을 드리다.'

아빠 그래, 잘 했어. 우리는 '물건을' 먼저 말하고 '드린다'를 뒤에
말하지. 그러나 한문(漢文)에서는 '드린다(獻)'를 먼저 쓰고 다
음에 '물건(物)'을 쓰는 거야. 중국 사람들은 '먹는다(츠) 밥을
(판)', '츠판[吃飯(흘반)]이라고 하잖아!

짱이 중국말하고 한문(漢文)하고 순서가 같네.

아빠 그래. 한문(漢文)은 바로 옛날 중국말이야. 그래서 한문은 중국
말과 순서가 같고, 우리말과는 순서가 조금 다른 거야. 알겠지?
여기에서 '드린다(獻)'라고 하였는데, 나보다 나이가 많은 윗사

람에게 물건을 주는 것을 '드린다'라고 하는 거야. 그러면 헌물부모(獻物父母)는 곧 '아버지 어머니께 물건을 드린다'는 뜻이 되는 거야. 그런데 부모님께 물건을 드릴 때'는 어떻게 해야 하지?

짱이 ?

아빠 자, 여기 봐라. 뒤에 나와 있네. 꿇어앉을 궤(跪), 말이을 이(而), 올릴 진(進), 그것 지(之). '꿇어앉아서 그것을 올린다'라고 했잖아. 꿇어앉는 것은 어떻게 앉는 것을 말하느냐 하면, 두 발을 가지런히 하고 무릎을 구부려 바닥에 대고 공손하게 앉는 것을 말하는데, 바로 이렇게 앉는 것을 말해. 그리고 여기에서 진(進)자는 원래 '나아가다'는 뜻을 지닌 글자인데, 이 글에서는 '진상하다'는 뜻으로 쓰였어. 진상(進上)이란 말은 물건을 '들어올린다'는 뜻이야. 윗사람에게는 물건을 공손하게 드려야 되니까 '진상(進上)한다'고 하는 거야.

짱이 아빠! 지(之)는 '갈 지(之)'라고 하잖아요.

아빠 그렇지, 지(之)에는 '가다'라는 뜻도 있어서, 사람들이 흔히 '갈 지(之)'라고 하는데, 사실은 지(之)자가 '가다'는 뜻으로 쓰이는 경우는 아주 조금이야. 따지고 보면, 그건 사람들이 글자를 익히기 쉽도록 그렇게 말하는 것일 뿐이야. 어찌 보면 잘못된 말이지. 지(之)자는 한문에서 대부분 앞에 있는 것을 다시 말할 때, 그것을 대신 해서 쓰는 글자거든. 그래서 아빠가 '그것 지(之)'라고 가르쳐 준 거야. 앞으로는 차라리 '그것 지(之)'라고 해, 알겠지?

짱이 예.

아빠 부모님께 물건을 드릴 때는 어떻게 한다고?

하리 두 손으로 해야지.

아빠 맞아. 짱이야, 할머니 집에서 할아버지 제사 지내는 것 봤지? 큰아버지가 잔을 어떻게 해서 드리데? 반드시 꿇어앉아서 두 손으로 술잔을 올리지? 바로 그렇게 하는 것을 '진(進)'이라고 하는 거야. 부모님께 물건을 드릴 때는 원래 꿇어앉아서 그것을 드려야 된다는 거야. 그러나 요즘은 시대가 바뀌었고, 또 여러 가지 불편한 점이 있어서, 반드시 꿇어앉아서 드려야 할 필요는 없지만, 그렇더라도 물건을 드릴 때는 반드시 두 손으로 공손하게 드려야 하는 거야. 알았지?

짱이, 하리 예.

아빠 헌물부모(獻物父母)할제 궤이진지(跪而進之)하라. '부모님께 물건을 드릴 때는 꿇어앉아 드려야 한다.'

 사자소학(四字小學)

014

與我飮食 跪而受之
여 아 음 식 궤 이 수 지
내게 음식을 주시면 꿇어앉아 받아야 한다.

여(與) : 주다. 아(我) : 나. 음(飮) : 마시다. 식(食) : 먹다.

궤(跪) : 꿇어앉다. 이(而) : 그리고. 수(受) : 받다. 지(之) : 그것.

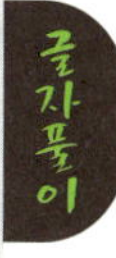

아빠 여아음식(與我飮食)하면 궤이수지(?而受之)니라. '여아(與我)'
는 '나에게 주다'는 뜻이야. 그런데 음식(飮食)이 무슨 뜻인지
알아?

하리 우리가 먹는 것이에요.

아빠 그래, 음식(飮食)은 바로 우리가 먹는 것인데, 좀더 정확하게
말하면, 음(飮)은 '마시는 것'을 말하고, 식(食)은 '먹는 것'을
말해. 식혜, 콜라, 사이다, 물 등은 '마신다'라고 하니까 음(飮)
이 되고, 밥, 반찬, 떡 등은 '먹는다'라고 하니까 식(食)이 되는
거야. 그러면 '음식(飮食)'은 바로 '먹고 마시는 모든 것'을 말
하겠지. 그래서 사람들이 먹고 마시는 모든 것을 '음식(飮食)'
이라고 하는 거야. 여아음식(與我飮食), 즉 '부모님께서 나에
게 음식을 주시면'.

짱이 부모님은 어디에 있어요?

아빠 '부모'라는 글자는 없지만, 글 뜻 속에 들어 있는 거야. 그런데 궤(跪)는 무슨 뜻이지?

짱이 '꿇어앉다'는 뜻이에요.

아빠 그래, '공손하게 꿇어앉다'라는 뜻이야. 그리고 수(受)자는 '받다'라는 뜻이야. 그러면 지(之)자는 무슨 뜻일까?

짱이 '갈 지(之)'자잖아요.

아빠 '갈 지(之)'라고 하지 말고, 앞에 나온 것을 가리키는 '그것 지(之)'라고 하라고 했잖아. 이제부터는 '그것 지(之)'라고 하자. 그러면 '그것'은 무엇일까?

짱이 …

아빠 짱이야, 네가 책을 가지고 있을 때, 아빠가 '그것 가지고 와 봐'라고 하면, '그것'은 뭐가 되는 거지?

짱이 '그것'은 책이지요.

아빠 맞아. 지(之)자는 그때마다 가리키는 것이 항상 달라. 알았지? 그런데 이 글에서 지(之)자는 무엇을 가리키느냐 하면, 바로 '음식'을 가리키는 거야. 궤이수지(跪而受之)는 바로 '꿇어앉은 후 그런 다음에 그것을 즉, 음식을 받는다'라는 뜻이야. 음식을 주시면 어떻게 한다고?

하리 두 손으로 받아야죠.

아빠 그렇지. 공손하게 받아야지. 공손하게 받으려면 '꿇어앉아서 받아야 하는 거야. 그런데 아무 데나 꿇어앉을 수 있어?

하리 없어요.

아빠 그래. 땅바닥 같은 데 꿇어앉을 수는 없잖아. 이 말은 원래 방에서 줄 때는 그렇게 해야 한다는 뜻이야. 그러나 요즘은 옛날처럼 그렇게 할 수 없으니까, 서서 받되 두 손으로 공손하게 받아야 한다는 거야. 어른이 물건을 주시면 두 손으로 공손하게 받기, 알았지?

짱이, 하리 예.

아빠 그러면 우리 다시 한번 보자. 하리, 손을 가만히 두라고 했는데 왜 자꾸 움직이지? 앞에서 '손으로는 잡다한 짓을 하지 말라'고 했는데… 공부하면서 손으로 무엇을 만지작거리는 버릇은 좋지 않아. 그렇게 하지 않기다.

하리 예. 앞으로는 조심할 게요.

아빠 그래, 그래야지. 마지막으로 정리할게. 여아음식(與我飮食)하면 궤이수지(跪而受之)니라. '음식을 나에게 주시면, 꿇어앉아서 그것을 받는다.'

015

行勿慢步　坐勿欹身

행 물 만 보　좌 물 의 신

길을 갈 때는 느리게 걷지 말고,
앉을 때는 몸을 기대지 말라.

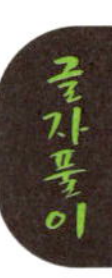

글자풀이

행(行) : 가다. 물(勿) : 하지 말라. 만(慢) : 느리다. 보(步) : 걸음.

좌(坐) : 앉다. 의(欹) : 기울이다, 기대다. 신(身) : 몸.

아빠와 함께

아빠 행물만보(行勿慢步)하고 좌물의신(坐勿欹身)하라. 짱이! '물만보(勿慢步)'는 무슨 뜻이야?

짱이 '천천히 가지 마라'지요.

아빠 그러면, '행물만보(行勿慢步)'는 무슨 뜻이야?

짱이 갈 때는 천천히 가지마라. 그런데, 왜 안 되는데요?

아빠 어디를 가거나, 엄마 심부름할 때 천천히 느리게 걸어가면 시간이 많이 걸리잖아. 그러면 되겠어, 안되지? 그래서 걸을 때는 느리게 가면 안 되는 거야.

아빠 좌물의신(坐勿欹身)에서 좌(坐)는 무슨 뜻이야?

짱이 '앉을 좌(坐).'

아빠 맞았어. '앉다'라는 뜻이지. 그런데 의(欹)자는 '기울이다, 기대다'는 뜻인가? '기댈 의'는 '倚(의)'로 쓰는데… 아빠도 잘 모르겠는데…. 아빠도 잘 모르는 글자가 나왔네.

짱이 아빠도 모르는 것이 있어요?

아빠 그럼. 아빠도 모르는 것이 있지. 그럴 때는 옥편을 찾아봐야 되는 거야. 여기에는 모든 한자(漢字)가 다 있거든. 어디 보자. 의(敧)자가 있잖아. '기울일 의(敧)'라고 되어 있네.

짱이 아빠가 말한 것이 맞았잖아. 옥편 안 찾아봐도 되었는데…

아빠 아니야, 그래도 확실히 알지 못할 때는 옥편을 찾아서 확실히 해 두어야 되는 거야. 글자뿐만 아니라, 앞으로 생활하면서 확실히 알지 못할 때는 반드시 옥편을 찾거나, 선생님 또는 엄마 아빠께 여쭈어서라도 확실히 알아두는 버릇을 들일 것. 알겠지? 그러면 의신(敧身)은 무슨 뜻이 될까?

짱이 '몸을 기대다'는 뜻이요.

아빠 잘 하는데… '신(身)'자는 어떻게 알았지?

짱이 '의(敧)'는 '기대다'이고, '신(身)'은 '몸 신(身)'이잖아요. 그러니까 '몸을 기대다'가 되죠.

아빠 와, 우리 아들 굉장한데. 그러면 좌물의신(坐勿敧身)은 무슨 뜻일까?

짱이 알았다. '앉을 때는 몸을 기대지 마라.'

아빠 그래, 기대거나 기울이거나 하면 뼈가 반듯해지지 않고 휘어지거나 약해져서 키도 잘 크지 않고, 자세도 삐뚤어지게 되거든. 그리고 또 버릇없어 보이잖아. 그래서 앉는 자세는 반듯하게 해야 하는 거야. 행물만보(行勿慢步)하고 좌물의신(坐勿敧身)하라. '길을 갈 때는 느리게 걷지 말고, 앉을 때는 몸을 기대지 말라.'

016

父母衣服 勿踰勿踐

부 모 의 복 물 유 물 천

부모님의 옷은 타 넘지도 말고 밟지도 말라.

글자풀이

부모(父母) : 아버지와 어머니. 의(衣) : 옷. 복(服) : 옷.
물(勿) : 하지 말라. 유(踰) : 넘다. 천(踐) : 밟다.

아빠와 함께

아빠 부모의복(父母衣服)은 물유물천(勿踰勿踐)하라. 짱이야, '의복(衣服)'이 무슨 뜻이야?

짱이 '복(服)'은 '무슨 복'인데요?

아빠 '의(衣)'는 '옷'을 뜻하지. '복(服)'자도 '옷'을 뜻해. 물론 '복(服)'자는 '복종하다'고 할 때도 쓰고, '…에 복무하다'고 할 때도 쓰지만, '의(衣)'와 '복(服)'은 다 '옷'을 나타내는 말이야. '옷 의(衣)', '옷 복(服)'. 그럼, '부모의복(父母衣服)'은 '아빠 엄마의 옷'을 말하는 것이겠지. 알겠어?

짱이 예.

아빠 '물유물천(勿踰勿踐)'에서 '유(踰)'는 '넘다'라는 뜻이야. '넘는다'는 뜻 알아? 바로 이렇게 '발로 물건을 타넘는 것'을 말해.

짱이 놀이공원에서 놀이기구 탈 때도 타 넘는다고 할 수 있겠네.

아빠 　그렇지. 또 ‘천(踐)’ 자는 ‘밟는 것’을 말하거든. 그러면 ‘물유 물천(勿踰勿踐)’은 무슨 뜻일까?

짱이 　‘넘지 말고, 밟지 말아라.’

아빠 　맞았어. 뭘 넘어서도 밟아서도 안 되느냐 하면, 바로 부모님의 옷이야. 알았어?

짱이 　아빠, 지난번에 하리가 아빠 베개 발로 밟고 넘어 다니다가 엄마한테 야단맞았다. 아빠, 베개도 안 되는 거지요?

아빠 　물론, 안 되지. 부모님의 옷뿐만 아니라 부모님의 다른 물건도 모두 넘지도 밟지도 말아야 되는 거야. 왜냐하면, 부모님께서 낳아 주시고, 길러 주시고, 옷도 사주시고, 먹을 것도 주시고, 그렇게 키워주시니까 그 은혜가 하늘같이 높고 땅같이 두텁다고 했잖아. 너무너무 고마우시지. 그러니까 존경하고 감사해야 되지 않겠어? 그러니 안 되는 거야.

짱이 　길이 막혔으면 어떻게 해요?

아빠 　돌아가거나 옆으로 잘 치워놓고 가야 되는 거야. 부모님의 옷은 어떻게 하면 안 된다고?

하리 　밟으면 안 된다. 조심해서 가야 한다.

아빠 　잘 알고 있네. 이제 앞으로는 그렇게 해야 돼. 모두 알았지?

짱이, 하리 　예.

아빠 　부모의복(父母衣服)은 물유물천(勿踰勿踐)하라. ‘부모님의 옷은 밟지도 말고 넘지도 말라.’

017

膝前勿坐 親面勿仰

슬 전 물 좌 친 면 물 앙

부모님 무릎 앞에 앉지 말고,
부모님 얼굴을 빤히 쳐다보지 말라.

글자풀이

슬(膝) : 무릎. 전(前) : 앞. 물(勿) : 하지 말라. 좌(坐) : 앉다.

친(親) : 부모님. 면(面) : 얼굴. 앙(仰) : 쳐다보다, 우러러보다.

아빠와 함께

아빠 슬전물좌(膝前勿坐)하고 친면물앙(親面勿仰)하라. '슬(膝)'은 '무릎'이란 뜻이고, '전(前)'은 '앞'이란 뜻인데, 그러면 '슬전(膝前)'은 무슨 뜻일까?

짱이 '무릎 앞.'

아빠 맞았어. 그러면 '물좌(勿坐)'는 무슨 뜻이지?

짱이 '앉지 말라.' 아! '슬전물좌(膝前勿坐)'는 '무릎 앞에 앉지 말아라.' 맞죠?

아빠 야! 잘하는데…. 하리야, 하리는 항상 아빠 무릎 앞에 앉더라. 어렸을 때는 앉아도 되지만, 이젠 다 컸으니까 앉으면 안 되겠지?

하리 왜 그래요?

아빠　하리야, 부모님께서 하리를 길러 주시고 키워 주셨지. 굉장히 수고하셨잖아. 그런데 무릎 앞에 앉으면 부모님이 힘이 들겠어? 안 들겠어?

하리　아주 힘이 들어요.

아빠　그러니까 안 되는 거야. 그리고 이젠 혼자 잘 앉을 수도 있잖아. 그렇지?

하리　예.

아빠　혼자 할 수 있는 것은 자기 힘으로 할 줄 알아야지. 그래서 부모님 무릎 위에 앉지 말라고 하는 거야. 그러면 이제 '친면물앙(親面勿仰)'을 보자. 여기에서 '친(親)' 자는 '어버이 친(親)'이야. 짱이야, '모친(母親) 부친(父親)'이라고 하는 말 들어 봤지? 그때 쓰는 글자가 바로 이 '친(親)' 자야. 또 '친(親)'은 '친히'라고 할 때도 써. '친히'라는 말은 '직접 자신이'란 뜻인데, '친면물앙(親面勿仰)'에서는 '부모님'이란 뜻으로 쓰였어. 그렇다면 '친면(親面)'은 '부모님의 얼굴'이란 뜻이 되겠네?

짱이　면(面)은 '얼굴 면(面)'이겠네요?

아빠　맞았어. '앙(仰)'은 '우러러볼 앙(仰)'인데, 여기에서 '우러러보다'는 말은 '빤히 쳐다보는 것'을 말해. 그런데 앞에 '물(勿)' 자가 있으니까, '부모님의 얼굴은 빤히 쳐다보지 말라'는 뜻이 되겠지. 그렇지?

짱이　이상하다. 말을 할 때는 얼굴을 쳐다보고 하라고 했는데… 그럼 말할 때는 어떻게 하지?

아빠　물론 친구나 동생하고 말할 때는 얼굴을 쳐다봐도 되지만, 부모님은 안 되는 거야. 옛날 말씀에 부모님, 선생님, 임금님은 하늘과 같이 존경하라고 했거든. 하늘은 너무 높고 눈이 부셔서 똑바로 쳐다볼 수가 없어. 똑바로 얼굴을 치켜들고 쳐다보면 공손한 것이 아니거든. 그래서 고개를 얌전히 수그려야 되는 거야. 이제 알았어?

짱이 예.

아빠 하리는?

하리 하리는 뭐, 벌써부터 알고 있었다.

아빠 좋아. 그러면 앞으로 엄마 아빠를 정말로 존경하는지, 말을 얼마나 잘 듣는지 지켜볼 거야. 배운대로 해야 돼.

짱이, 하리 예.

아빠 슬전물좌(膝前勿坐)하고 친면물앙(親面勿仰)하라. '부모님 무릎 앞에 앉지 말고, 부모님 얼굴을 빤히 쳐다보지 말라.'

사 자 소 학 (四 字 小 學)

器有飲食 毋與勿食

기 유 음 식 무 여 물 식

그릇에 음식이 있더라도, 주시지 않으면 먹지 말라.

기(器) : 그릇. 유(有) : 있다. 음(飮) : 마시다. 식(食) : 먹다.

무(毋) : 하지 말라. 여(與) : 주다. 물(勿) : 하지 말라. 식(食) : 음식.

아빠 기유음식(器有飮食)이라도 무여물식(毋與勿食)하라. '그릇 기(器)' 다음에 있는 '유(有)'는 무슨 뜻일까? 중국말로는 [요우(有)]인데…

짱이 ?

하리 '있다' 잖아요.

아빠 와! 하리가 어떻게 알았어? 하리 굉장한데.

하리 아빠! 깜짝 놀랐지?

아빠 응, 깜짝 놀랐어. 하하하. 그럼 '기유(器有)'는 무슨 뜻일까?

짱이 '그릇이 있다' 겠네요.

아빠 '그릇이'가 아니라, '그릇에 …가 있다'는 뜻이야. 유(有)는 '…을 가지고 있다'는 글자야. 뒤에 '음식(飮食)'이라는 말이 있으니까, '그릇이 음식을 가지고 있다.' 즉, '그릇에 음식이 있

다.'는 뜻이 돼, 알겠지? 또 다음 말을 보자. '하지말 무(毋)', '줄여(與)', '하지말 물(勿)', '먹을 식(食)'.

짱이 아빠, 아빠! '하지 말 무(毋)'가 아니고 '어미 모'자잖아요?

아빠 짱이야, 글자를 자세히 봐. '어미 모(母)'는 네모 안에 점이 둘이지만, 무(毋)자는 점이 아니라 위에서 아래로 그은 한 획이잖아. 그래서 이 글자는 '…을 하지 말라'라는 뜻으로 쓰이는 '하지 말 무(毋)'자야. 글자가 비슷하니까 눈여겨봐야겠다. 이 무(毋)자는 뒤에 나오는 물(勿)자와 뜻이 같은 글자야.

짱이 아빠! 그러면 '무여물식(毋與勿食)'은 '주지도 말고, 먹지도 말아라'겠네요.

아빠 와! 우리 짱이 굉장한데. 그런데 물론 짱이처럼 그렇게 풀이할 수도 있겠지만, 여기에서는 '주지 않으면 먹지 말라'라고 해석해야 돼. 왜냐하면 앞뒤의 문맥을 볼 때, 이렇게 풀이해야 말이 순조롭거든. '기유음식(器有飮食) 무여물식(毋與勿食)'은 바로 '그릇에 음식이 있을지라도, 주시지 않으면 먹지 말라'는 뜻이야.

하리 아빠, 그런데 왜 안 되는 데요?

아빠 그것은 말이야, 그릇에 있는 음식은 모든 사람들이 같이 먹어야 하는 것이거든. 그것을 너희들 마음대로 먹으면 안 된다는 거야. 음식은 반드시 부모님이 먼저 음식을 덜어주시거나, 아니면 부모님이 먼저 드신 후 너희들도 먹으라고 해야 먹을 수 있는 거야. 어른들하고 같이 밥을 먹는데, 너희들이 배고프다고 먼저 마구 퍼먹으면 되겠어? 또 밥을 먹을 때는 돌아다녀도 안 되고, 딴 짓을 해도 안 되는 거야. 밥 먹을 때는 밥만 먹는 거야. 알겠

사 자 소 학 (四字小學)

지? 그렇게 해야 밥을 빨리 먹고, 또 엄마도 얼른 치우고 다른
일을 하실 수 있지.

하리 밥 먹다가 게임을 하거나 텔레비전을 봐도 안 되지요? 그렇지
요?

아빠 와! 잘 알고 있네. 잘 알면서 하리는 매번 텔레비전을 보며 밥을
천천히 먹더라. 알면서 안 지키면 더 나쁜 거야. 알겠어요?

하리 잘 알겠습니다.

아빠 기유음식(器有飮食)이어도 무여물식(毋與勿食)하라. '그릇에
음식이 있더라도 주시지 않으면 먹지 말라.'

019

親前勿袒 有命必從

친 전 물 단 유 명 필 종

부모님 앞에서는 어깨를 드러내지 말고,
시키는 일이 있으면 반드시 따르거라.

친(親) : 부모님. 전(前) : 앞. 물(勿) : 하지 말라.

단(袒) : 옷을 벗다, 어깨를 드러내다. 유(有) : 있다.

명(命) : 명령, 시키다. 필(必) : 반드시. 종(從) : 따르다.

아빠와 함께

아빠 친전물단(親前勿袒)하고 유명필종(有命必從)하라. 짱이, '친전(親前)'은 무슨 뜻일까?

짱이 '부모 앞'에요.

아빠 그래, 부모님 앞에서는 '물단(勿袒)'이라고 했네. 물단(勿袒)은 '옷을 벗지 말라'라는 뜻이야.

짱이 아빠, 하리 좀 보세요. 옷을 마구 잡아당기고 있어요.

아빠 하리! 방금 옷을 벗으면 안 된다고 했잖아.

하리 안 벗었어요. 봐요.

아빠 하리! 옷은 안 벗었지만 어깨를 훤히 들어 내놓고 있잖아. 이 '단(袒)'자는 '옷을 벗는다'는 뜻도 있지만, 원래는 '어깨를 밖으로 들어내다'라는 뜻이야. 하리는 옷을 아래로 마구 잡아당기니까 어깨가 밖으로 나오고, 옷도 늘어나서 보기 싫게 되잖아. 하리처럼 그렇게 옷을 잡아당겨서 어깨를 드러내는 것을 한자로 '단(袒)'이라고 하는 거야. '부모님 앞에서 옷을 벗지 말라'는 말은 곧 '항상 의복을 단정히 하라'는 말이야. 알겠지? 하리가 어깨를 드러내는 행위는 단정하고 예쁜 모습이 아니니까 고쳐야 되는 거야. 알겠지?

하리   예.

아빠   그러면 다음을 보자. '유명필종(有命必從)'이라는 말은 '유명(有命)'하면, 곧 '명(命)함이 있으면 필종(必從)해야 한다'는 말이야. 그런데 '필종(必從)'이란 무슨 뜻일까?

짱이   '반드시…' 아빠! '종(從)'은 무슨 뜻인데요?

아빠   '따르다, 복종하다'는 뜻이야. 그러면 '필종(必從)'은 '반드시 따른다'는 뜻이 되겠다. '부모님이 명하면 반드시 따른다'라는 말이야.

짱이   그런데 '명(命)'하는 게 무슨 뜻이에요?

아빠   '명(命)하다'는 말은 '어떤 일을 시킨다'란 뜻이야. 그러니까 부모님이 무엇이든지 시키면 따라야 한다는 말이야. '친전물단(親前勿袒)하고 유명필종(有命必從)하라.' 즉 '부모님 앞에서는 의복을 단정히 하고, 시키는 일이 있으면 반드시 따라야 한다.' 알겠지?

짱이, 하리   예.

020

子登高樹 父母憂之
자 등 고 수 부 모 우 지

자식이 높은 나무에 올라가면
부모님께서 걱정 하신다.

글자풀이

자(子) : 아들, 자식. 등(登) : 오르다. 고(高) : 높다. 수(樹) : 나무.
부(父) : 아버지. 모(母) : 어머니. 우(憂) : 걱정하다. 지(之) : 그것.

아빠와 함께

아빠 자등고수(子登高樹)하면 부모우지(父母憂之)니라. 자(子)는 보통 '아들 자(子)'라고 하지만, 여기에서는 특별히 '자식'이라는 뜻으로 사용되었어. 짱이, '등산(登山)'이 무슨 뜻인지 알지?

짱이 알아요. 산에 오르는 거예요.

아빠 맞았어. 산은 높으니까 '오른다'고 하는 거야. '등(登)'은 바로 '오른다'는 말이거든. '고(高)'는 무슨 뜻일까?

짱이 저 알아요. '높을 고(高)'자예요.

아빠 그래. '고(高)'는 '높다'는 뜻이야. '수(樹)'는 '나무'를 뜻해. 그러면 '고수(高樹)'는 무슨 뜻일까?

짱이 '높은 나무'이겠네요.

아빠 잘한다. '자등고수(子登高樹)'는 '자식이 높은 나무에 오른다'

는 뜻이야. '부모우지(父母憂之)'에서 '우(憂)'는 '근심하다, 걱정하다'라는 말이야. '지(之)'는 무슨 뜻일까?

짱이 '갈 지(之)'잖아요.

아빠 물론 '갈 지(之)'라고 해도 되지만, 앞에서 얘기했지? 이 지(之) 자가 '가다'라는 뜻으로 사용되는 경우는 매우 드물다고… 여기에서는 앞에 나온 말을 가리키는 글자로 '그것 지(之)'라고 해야 돼. 알겠지? '부모우지(父母憂之)'는 '부모님이 그것을 걱정하신다'라는 뜻이야. 그러면 여기에서 '그것'은 뭘까?

짱이 '나무에 올라가는 거요.'

아빠 잘했어. 여기에서 '그것'은 바로 '높은 나무에 올라가는 것'을 말해. 부모님이 걱정하시니까 그런 일은 하면 안 되겠지?

하리 조심해서 올라가면 되잖아요.

아빠 하리 정말 똑똑한데. 그러나 하리야, 잘 들어봐. 하리가 놀이터에서 놀 때 미끄럼틀에 올라가면, 엄마가 조심해서 올라가라고 말씀하시지? 미끄럼틀에서 놀 때는 조심하면 되지만, 높은 나무는 올라가면 안 되는 거야. 왜냐하면, 높은 나무는 아주 위험하잖아. 떨어지면 크게 다치거나 잘못하면 팔다리가 부러질 수도 있어. 아주 위험히니끼 안 된다고 하는 거야. 작년 가을 우리 계룡산에 갔을 때, 아빠가 밤나무에 올라가서 밤을 따고 엄마랑 너희들은 밑에서 주었던 적 있지? 아빠는 어른이고 또 조심조심 했지만, 만약 할머니께서 아빠가 나무에 올라가는 것을 보셨으면 틀림없이 굉장히 걱정하셨을 거야. 또 엄마도 그때 아빠보고 조심하라고 했잖아? 그런데 너희들은 걱정도 하지 않고 밤을 많이 따라고 소리만 지르더라. 할머니는 아빠의 엄마

지? 그봐. 자식인 너희들은 아빠 걱정 안 해도 할머니는 걱정하
시잖아? 그것은 자식이 부모를 생각하는 마음보다 부모님이 자
식을 사랑하시는 마음이 훨씬 크고 깊기 때문이야. 잘 알겠지?
엄마 아빠가 너희들을 얼마나 사랑하는지. 항상 부모님이 걱정
하실 것을 생각하고 위험한 짓은 하면 안 되는 거야. 알았어?

짱이, 하리   예.

아빠   자등고수(子登高樹)하면 부모우지(父母憂之)니라. '자식이 높
은 나무에 올라가면 부모님이 걱정하신다.'

사 자 소 학 (四 字 小 學)

021

父母有病 憂而謀瘳

부 모 유 병 우 이 모 추

부모님께서 편찮으시면,
걱정하고 고칠 방법을 생각하라.

부(父) : 아버지. 모(母) : 어머니. 유(有) : 있다. 병(病) : 병. 우(憂) : 걱정하다,
근심하다. 이(而) : 그리고. 모(謀) : 도모하다, 꾀를 생각해내다.
추(瘳) : 낫다, 고치다.

아빠　부모유병(父母有病)이면 우이모추(憂而謀瘳)하라. '부모(父
　　　　母)'는 무슨 뜻이지?

하리　'엄마 아빠'.

아빠　하리, 잘한다. 그럼 계속 보자. '유(有)'사는 '있다'는 뜻이고,
　　　　'병(病)'은 '병(病), 또는 아프다'란 뜻이거든. 그러면 '유병(有
　　　　病)'은 무슨 뜻일까?

짱이　'병이 있다'는 말이지요.

아빠　그래, 그러면 부모님께서 아프시면 어떻게 해야 하는지 알아보
　　　　자. '우(憂)'는 무슨 뜻일까?

짱이, 하리　……

아빠 '부모우지(父母憂之)'라고 할 때의 그 '우(憂)' 자와 똑 같잖아.
그렇지?

짱이 네.

아빠 그럼, '우(憂)'자는 무슨 뜻이야?

짱이 '걱정하다.'

아빠 좋았어. 그러면 '이(而)'자는 무슨 뜻이지? '궤이수지(跪而受
之) 유이필추(唯而必趨)'의 '이(而)'자와 똑같은데… '그리고'
라는 뜻이지? '우이(憂而)'는 '걱정하고 그리고'라는 말이야.
뒤에 있는 '모(謀)'는 '생각하다, 꾀하다'는 뜻이고, '추(瘳)'는
'고치다'는 뜻이다. 그러면 '모추(謀瘳)'는 무슨 뜻일까?

짱이 …

아빠 '고칠 것을 꾀하다'라는 말인데, '꾀하다'는 '…을 깊이 생각한
다'는 뜻이야. '병이 나면 어떻게 하면 빨리 낫게 할 수 있을까'
하고 깊이 생각을 해봐야겠지? 병원에 모시고 가야 할지, 약국
에 가서 약을 사드려야 할지, 아니면 편안히 쉬시게 할지 말이
야. '꾀하다'는 '도모하다'와 같은 말이야. 그러니까 '모추(謀
瘳)'는 '고칠 방법을 도모한다'는 뜻이 되겠네. 엄마 아빠가 지
금은 젊지만 할머니처럼 나이가 많게 되면 몸이 약해져서 자주
아플 거야. 그러면 너희들도 엄마나 아빠가 할머니께 했던 것처
럼 걱정하고 병원에 모시고 가서 빨리 낫도록 해야 하는 거야.
알겠지?

짱이, 하리 예.

아빠 부모유병(父母有病)이면 우이모추(憂而謀瘳)하라. '부모님께
서 편찮으시면, 걱정하고 고칠 방법을 생각하라.'

022

髮膚爪骨 勿毀勿傷

발 부 조 골 물 훼 물 상

머리카락, 살갗, 손발톱, 뼈는
훼손시키지도 말고 다치게 하지도 말라.

발(髮) : 머리카락. 부(膚) : 살갗, 피부. 조(爪) : 손톱, 발톱. 골(骨) : 뼈.
물(勿) : 하지 말라. 훼(毀) : 훼손하다. 상(傷) : 다치다.

아빠 '발부조골(髮膚爪骨)'은 물훼물상(勿毀勿傷)하라. '물훼(勿毀)'
는 무슨 뜻일까?

짱이 '훼손하지 말라.'

아빠 그럼 '발(髮)'은 무엇이라고 했지?

하리 '머리카락'이지요.

아빠 맞았어. '부(膚)'는 '살갗'이란 뜻인데, '피부가 좋다'는 말 들
어 봤지? '피부'라고 할 때 바로 이 '부(膚)'자를 쓰는데, '살 껍
데기'를 말해. 우리가 볼 수 있는 것은 바로 이 살 껍데기야.
'살갗'이라고도 하고 '피부(皮膚)'라고도 해. '조(爪)'는 '손
톱'과 '발톱'을 말하는 거야. '골(骨)'은 '뼈'를 나타내는 말이
지? '뼈 골(骨)'이잖아. '발부조골(髮膚爪骨)'은 바로 '머리카

락, 살갗, 손톱, 뼈'로서, 바로 '우리 몸'을 뜻해. 흔히 '신체발부
(身體髮膚)'라고도 해.

하리 아빠, 발톱은 왜 없어요?

아빠 발톱은 손톱이나 같은 거야. 손에 있으면 손톱이고, 발에 있으
면 발톱이지.

하리 예.

아빠 그러면 '물훼물상(勿毁勿傷)'이라는 말은 무슨 뜻일까?

짱이 '훼손하지 말아라.' 아빠, 훼손하는 것은 부러지는 걸 말하는 거
지요?

아빠 그래. 부러지게 하거나 다치게 해서 평상시와 다르게 아프게 하
는 것을 '훼(毁)'와 '상(傷)'이라고 표현한 거야. 그러니까 우리
몸을 다치게 하거나 상처를 내면 안 된다는 거지. 자식이 아프
면 부모님이 걱정하시잖아. 그러니까 부모님이 걱정하시는 일
이 생기지 않도록 항상 조심해야 하는 거야.

하리 아빠, 피나면 밴드를 붙이고, 병원 가서 '하얀 걸' 해 가지고 집
에 와야지요?

아빠 물론 그렇게 해야지. 다쳐서 아프면 병원을 다녀와야 하니까,
엄마 아빠가 걱정할 뿐만 아니라 고생도 하시는 거야. 그러니까
가장 좋은 것은 조심해서 다치는 일을 없도록 하는 것이지.

짱이 아빠, 그런데 엄마가 항상 우리 머리를 깎아 주시는데, 머리는
어떻게 되는 거죠? 훼손하지 말라고 했는데…

아빠 머리를 깎아 단정하게 하는 것은 훼손하는 것이 아니야. 손톱이
길면 갈라지고, 그러면 병균이 들어가 병이 날 수도 있잖아. 그
렇기 때문에 필요 없는 부분을 잘라내는 것은 훼손한다고 하는

사 자 소 학 (四 字 小 學)

게 아니야. 물론, 옛날 사람들은 부모님께 받은 것은 함부로 자르면 안 된다고 해서 머리를 기르기도 했지만, 지금은 단정하고 깨끗하게 해서 항상 예쁜 모습을 보여 드리는 것이 부모님께 효도하는 길이거든.

하리 하리가 피가 나면 엄마가 밴드 붙여주시고 안아주시지?

아빠 하리야! 피는 하리 몸에서 나지만, 하리 피는 엄마 아빠 피와 같은 거야. 그래서 하리가 다치면 엄마 아빠도 마음이 아프거든. 그러니까 조심해야 되는 거야. 길을 갈 때도 넘어지지 않도록 조심해서 걸어가고, 위험한 곳은 가지도 올라가지도 말아야 되는 거야. 잘 알겠지?

하리 예.

아빠 발부조골(髮膚爪骨)은 물훼물상(勿毀勿傷)하라. '머리카락, 살갗, 손발톱, 뼈는 훼손시키지도 말고 다치게 하지도 말라.'

出必告之 反必面之

출 필 고 지 반 필 면 지

나갈 때는 반드시 부모님께 알리고,
돌아오면 반드시 부모님을 뵈어라.

글자풀이

출(出) : 나가다. 필(必) : 반드시. 고(告) : 알리다.

지(之) : 그 사람(이 글에서는 부모를 가리킴). 반(反) : 돌아오다. 면(面) : 뵙다.

아빠와 함께

아빠 출필고지(出必告之)하고 반필면지(反必面之)하라. '출필고지(出必告之)'라는 말은 '나갈 때는 반드시 부모님께 알린다'라는 뜻이야.

짱이 아빠, '부모'라는 말은 없잖아요?

아빠 그래, 부모(父母)라는 말은 없지. 그러나 '지(之)'자는 앞에 나온 말을 대신한다고 했지? 여기에서 '지(之)'는 바로 '부모님'을 가리키는 거야.

짱이 아빠, 그것을 어떻게 알아요?

하리 그걸 왜 모르냐? 아빠니까 알 수 있는 거지. 맞죠?

아빠 아빠니까 알 수 있는 것이 아니라, 누구나 글을 많이 보면 알 수 있는 거야. 짱이도 하리도 글을 많이 읽고 공부를 조금만 더 하면 알 수 있어. 이 글에서 '지(之)'가 '부모'를 가리킨다는 것은 글의 흐름과 내용을 보고 아는 거야. 짱이야, 잘 봐. '출필고지(出必告之)'에서 '출(出)'은 '나간다'는 뜻이고, '필(必)'은 '반드시'라는 뜻이고, '고(告)'는 '알리다'는 뜻이니, 이 세 말을 합치면 '나갈 때는 반드시 알린다'는 뜻이 되겠지? 그러면 상식적으로 한번 생각해봐. 자식이 밖에 나갈 때 반드시 알린다면 누구에게 말해야 하는지? 그 사람이 누구지?

짱이 엄마.

하리 아빠에게 말해도 된다.

아빠 그렇지. 바로 부모님이잖아. 그러니까 이 글에서 '지(之)'는 부모님을 가리키는 거야. 간단하지? 그렇지만 이 간단한 것도 바로 알 수 있게 하기 위해서는 수많은 책과 글을 읽어야 하는 거야. 짱이, 하리, 책 많이 읽도록 해. 알았지?

짱이, 하리 예.

아빠 '출필고지(出必告之)'는 '나갈 때는 반드시 부모님께 알린다'라는 뜻인 줄 이제 다 알지? 그럼 다음을 보자. '반필면지(反必面之)'에서 '반필(反必)'은 무슨 뜻일까?

짱이 '돌아와서 …'

아빠 맞아. '반(反)'은 흔히 '반대하다'란 뜻으로 쓰이지만, 여기에서는 '돌아오다'는 뜻으로 쓰였어. 그러면 '반필(反必)'은 '돌아와서는 반드시'라고 해야 되겠네. '면(面)'은 무슨 뜻이지?

짱이 저 알아요. '얼굴 면(面)'자예요.

아빠 그래, '면(面)'자는 '얼굴'이라는 뜻이야. 그렇지만, 여기에서는 '얼굴을 뵙는다'는 뜻으로 쓰였어. 그러니까 '면지(面之)'는 바로 '그 사람의 얼굴을 뵙는다'라는 뜻이야. 여기에서도 '그 사람'은 '부모님'을 가리키는 거야. 알겠지?

짱이, 하리 예.

아빠 짱이, 너 요즘 학교 갔다와서 엄마께 '다녀왔습니다' 하고 인사하니?

짱이 예, 항상은 아니지만….

하리 아빠, 엄마 얼굴을 보고 예쁜 소리로 '잘 다녀왔습니다' 하고 인사해야 되죠? 제 말이 맞지요?

아빠 와, 우리 하리가 어떻게 알 수 있었을까! 하리야, 조금 전에 '놀이터에 다녀오겠습니다' 하고 인사하고 나갔다 왔지? 그렇게 밖에 나갈 때는 반드시 엄마께 알려야 되는 거야. 그렇지 않으면 엄마가 '우리 아들 어디 갔을까?' 하고 걱정하시거든. 또 돌아와서는 '다녀왔습니다' 라고 말씀드리고. 엄마가 부엌에 계시면 부엌으로 가서 엄마를 뵙고 인사하고, 안방에 계시면 안방으로 가서 인사해야 하는 거야. 짱이도 마찬가지야. 알겠지?

하리 형은 엄마 얼굴을 보지도 않고 인사한다 뭘.

아빠 그러면 안 되지. 앞으로는 꼭 어머니 얼굴을 뵙고 인사하는 거다. 짱이, 알았지?

짱이 예.

하리 아빠, 그런데 왜 '엄마'인데 '어머니'라고 하세요?

아빠 엄마는 아기들이 하는 말이야. 어린이들은 '엄마 아빠'라고 하지 않고 '어머니 아버지'라고 하는 게 옳아. 알았죠?

하리 우리는 맨날 맨날 '어머니'라고 해야겠네.

아빠 그렇지. 우리 하리는 이제 다 컸으니까 '어머니'라고 해야 되는

거야. 자, 마지막으로 한 번 읽고 정리한다. 출필고지(出必告
之)하고 반필면지(反必面之)하라. '나갈 때는 반드시 부모님께
알리고, 돌아와서는 반드시 부모님을 뵙거라.' 다들 잘 알겠지?

짱이, 하리   예.

024

衣服帶鞋 不失不裂
의 복 대 혜 불 실 불 열

옷과 허리띠, 신발은 잃어버리지 말고 찢지 말라.

글자풀이

의(衣) : 옷. 복(服) : 옷. 대(帶) : 허리띠. 혜(鞋) : 신발. 불(不) : 아니.
실(失) : 잃다. 열(裂) : 찢다.

아빠와 함께

아빠 의복대혜(衣服帶鞋)는 불실불열(不失不裂)하라. '의복(衣服)'
은 '옷'을 말하고 '대(帶)'는 '띠'를 말하는데, '띠'란 바로 '허
리띠'라고 할 때의 그 '띠'를 뜻하는 거야. 옛날 옷은 띠가 아주
많아. 짱이 한복 입어봤지? 한복을 입으면 허리에는 허리띠를
매어야 하고, 발목에도 띠를 매어야 하잖아. 띠는 옷 입을 때
꼭 필요한 것인데, 이를 한자(漢字)로 '대(帶)'라고 하는 거야.
허리띠는 한자어(漢字語: 한자로 된 말)로 요대(腰帶)라고 하
잖아.

짱이 한복 입을 때 발목에 매는 것은 '대님'이라고 엄마가 가르쳐 주
셨는데…

아빠 그래, 네 말이 맞아. 대님과 같은 것을 통틀어 '띠'라고 하는 거
야. 야, 그런데 짱이가 대님을 아네. 굉장한데… 그럼 다음 글자

를 보자. '鞋'는 신발을 뜻하는 말인데, 우리말로는 '혜'로 읽
던가?

짱이 아빠, 여기 옥편 있어요.

아빠 그래, 자신이 알고 있는 글자에 확신이 없으면 옥편을 찾아보
는 것이 최고거든. 어디 보자. 여기 있네. '혜(鞋)' 자가 맞네.
물론 '신발'을 나타내는 말이고…

하리 아빠는 맨날맨날 잘 모른다고 하면서 맨날맨날 맞잖아. 그렇지
않아요?

아빠 그랬던가? 하하하. 이 글자는 아빠가 중국어로 공부하고, 한자
음을 확인해보지 않아서 그래. 그건 그렇고, 그러면 '의복대혜
(衣服帶鞋)'는 '의복과 띠와 신발'이란 뜻이겠네. 그렇지만 이
말은 우리가 생활하는데 몸에 필요한 모든 물건을 의미해. 하
나라도 없으면 외관을 단정하게 할 수 없잖아? 그렇지? 그러면
'불실(不失)'은 무슨 뜻일까?

짱이 '불(不)'은 '아니 불(不)'인데…

아빠 '…이 아니다'라고 할 때도 '불(不)'을 쓰지만, 여기에서는 '…
하지 말라'란 뜻으로 쓰였어. '실(失)'이 '잃다'라는 말이니까,
'불실(不失)'은 '잃지 말라'는 뜻이 돼. 옛날 옷은 띠가 아주 많
았으니까 잃어버리기가 쉬웠을 거야. 그러니까 항상 조심했어
야 되었겠지. 신발도 마찬가지로 잃어버리기 쉬운 물건이니 조
심해야 한다는 말이야. '열(裂)'은 '찢다'라는 말이거든. 그러
면 '불렬(不裂)'은 '찢지 말라'는 뜻이겠지?

하리 옷을 잃어버리면 엄마가 옷을 사야 되니까 돈이 많이 들지요.
내 말이 맞죠?

아빠 그렇지. 옷을 자꾸 사면 저축을 조금밖에 못 하잖아. 하리야, 지난번에 시멘트 바닥에 엉덩이로 미끄럼 타고 놀았지? 그래서 바지 엉덩이 부분에 구멍이 나서 엉덩이가 보인 적 있잖아. 그러면 될까? 안 될까?

하리 안 돼요.

아빠 그래. 엉덩이가 보이면 창피하고, 옷이 떨어지면 엄마가 옷을 꿰매느라 고생하시고, 옷을 예쁘게 입을 수가 없잖아. 신발도 마찬가지야. 신발을 구부려 신으면 신발이 쉽게 낡아지고, 바닥에 질질 끌고 다니면 빨리 닳아서 또 사야 되니까, 돈이 낭비되겠지. 저축을 많이 해야 부자가 되는데, 돈을 자꾸 쓰게 되면 저축을 할 수가 없잖아.

하리 나쁜 친구는 신발을 바닥에 마구 문질러요. 그렇지? 형.

짱이 맞아, 새 신발 신으려고 신발을 바닥에 문질러 빨리 떨어지게 해요.

아빠 그런 친구는 아주 나쁜 어린이야. 그러니 너희들은 절대 그렇게 하면 안 돼. 옷뿐만 아니라 모든 물건은 다 아껴 써야 우리나라가 부자가 되는 거야. 우리나라가 부자가 되면 우리도 잘 살게 되고. 아빠 말 알아듣겠지? 의복대혜(衣服帶鞋)는 불실불렬(不失不裂)하라. '옷 띠 신발은 잃지도 말고 찢지도 말라.' 짱이, 하리. 잘 알았지?

짱이, 하리 예.

025

衣服雖惡 與之必着
의 복 수 악 여 지 필 착
옷이 나쁠지라도 주시면 반드시 입어야 한다.

의(衣) : 옷. 복(服) : 옷. 수(雖) : 비록. 악(惡) : 나쁘다. 여(與) : 주다.
지(之) : 그것. 필(必) : 반드시. 착(着) : 입다.

아빠와 함께

아빠 의복수악(衣服雖惡)이라도 여지필착(與之必着)하라. '의복(衣服)'이 무슨 뜻이라고 했지?

하리 '옷'이잖아요.

아빠 '수(雖)'자는 '비록 수(雖)'라고 하는데, 짱이야, '비록 …일지라도'라고 하는 말 들어봤지?

짱이 알아요.

아빠 바로 그 때 쓰는 글자가 바로 이 '수(雖)'자야. 악(惡)은 '나쁘다'라는 말이야. 즉 '좋지 않다'는 뜻이지.

짱이 아빠, 이상하다. 이 글자는 '악할 악(惡)'인데.

아빠 와, 우리 짱이 많이 알고 있네. 그런데 '악하다'라는 말은 바로 '나쁘다'라는 뜻이야. 약간의 어감 차이는 있지만. 또 이 글자는 '싫어하다', '미워하다'는 뜻으로 쓰이기도 해. 물론 이 때는

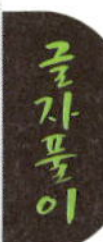

읽는 음(音)도 달라지지만. 그러니까 한자는 그때 그때 상황을 보고 무슨 뜻으로 쓰였는지 알아야 하는 거야. 그럼 여기에서 이 글자를 '악하다'라고 생각하고 '수악(雖惡)'이라는 말을 한 번 해석해 볼까?

짱이 '비록 악할지라도'.

아빠 잘 했어. 그런데 앞에 무슨 말이 와 있는지를 봐야지. 앞에 '의복(衣服)'이라는 말이 있잖아. 그러면 어떻게 해석이 될까?

짱이 '의복이 비록 악할지라도…' 어, 말이 이상한 것 같아요.

아빠 그래, 그래서 '나쁘다'라는 뜻으로 해석해야 하는 거야. '의복수악(衣服雖惡)'을 다시 한 번 해석해 봐.

짱이 '의복이 비록 나쁠지라도'.

아빠 그렇지. 이젠 말이 어색하지 않지? 그럼 다음을 볼까? '여(與)'자는 앞에서 배운 적이 있지?

짱이 ?

하리 '주다'야 '주다'. 그것도 모르냐?

짱이 맞다. '여아음식(與我飮食)'할 때 '여(與)'자와 같다.

아빠 그렇지. 여(與)는 흔히 '더불 여(與)'라고 해서 '더불어'라는 뜻으로 사용되지만, 여기에서는 '주다'는 뜻으로 사용되었어. '지(之)'자와 '필(必)'자는 여러 번 나왔지. 앞에서 '지(之)'는 '그것 지(之)'로도 쓰였고, '그 사람 지(之)'로도 쓰였지. 그런데 '지(之)'가 '사람'을 가리키는지 아니면 '물건'을 가리키는지 아직 단정할 수는 없어. 이것에 대한 연구가 아직까지 미흡하거든. 나중에 짱이 네가 한번 잘 연구해 봐. 그런데 여기에서는 이 '지(之)'를 '그것'이라고 해도 되고, '그 사람'이라고 하여 '자

사 자 소 학 (四 字 小 學)

기자신'이라고 해도 돼. 이 경우는 좀 특수한데, 바로 '여(與)'
자 때문이야. '여(與)'는 '주다'라는 뜻인데, '주다'라는 말에는
'사람'이 어울릴 수도 있고, '물건'이 어울릴 수도 있어. 예를
들면, '그 사람에게 물건을 준다'와 같이 말이야. 그런데 '사
람'과 '물건' 중 하나 밖에 없으면, '그 사람에게 준다'고 해도
되고, '물건을 준다'고 말해도 되잖아. 이 두 경우가 모두 다 말
이 되니까, 여기에서는 둘 중 아무 것이나 선택해도 되는 거야.
다만 우리는 이 두 가지 해석 가운데 어느 것이 앞뒤 말과 더 잘
어울리고, 우리말로 더 자연스러운지를 살펴보고, 자연스러운
것으로 해석하면 돼. 알았지?

짱이, 하리 예.

아빠 여기에서는 역시 '옷이 비록 나쁠 지라도 그것을 주시면'이라
고 해석하여 '지(之)'를 '그것' 곧 '물건'으로 해석하는 것이좋
겠어. 알겠지?

짱이, 하리 예.

아빠 그럼 다음을 보자. '필(必)'은 '반드시 필(必)'이고, '착(着)'은
'입다'라는 말이지? 그러면 '여지필착(與之必着)'은 무슨 뜻일
까?

짱이 '필착(必着)'은 '반드시 입는다.'

아빠 그렇지. '여지(與之)'는 무슨 뜻이라고 했지?

짱이 '그것을 주다'인가?

아빠 그래. '여지필착(與之必着)'은 부모님이 '의복을 주시면 반드
시 입는다'란 말인데, 어떤 옷이냐 하면 비록 좋은 옷은 아니거
든. 그래도 꼭 입는다는 말이야. 왜 그럴까? 어머니께서 옷을

주셨는데도 마음에 안 든다고 해서 안 입으면 어머니 마음이 안 좋겠지? 그리고 새 옷을 자꾸 살 수도 없는데, 헌 옷을 안 입는다고 하면 어머니 마음이 속상하시겠지. 또 마음에 드는 옷이 있다고 해서 그 옷만 입으려 한다면 되겠어?

하리 안 돼요. 그러면 엄마가 속상해요.

아빠 그래, 어머니께서 주시는 옷은 싫어도 싫다하지 않고 입어야 되는 거야. 의복수악(衣服雖惡)이라도 여지필착(與之必着)하라. '의복이 비록 나쁠지라도 부모님께서 주시면 반드시 입어야 한다.' 알았지?

짱이, 하리 예.

사 자 소 학 (四字小學)

026

母與人鬪 父母不安

무 여 인 투 부 모 불 안

다른 사람과 싸우지 말아라.
부모님께서 불안해 하신다.

무(毋) : 하지 말라. 여(與) : …와. 인(人) : 사람. 투(鬪) : 싸우다, 다투다.
부(父) : 아버지. 모(母) : 어머니. 불(不) : 아니. 안(安) : 편안하다.

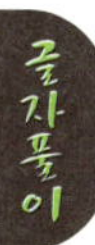

아빠 무여인투(毋與人鬪)하라. 부모불안(父母不安)이니라. '무(毋)'
자는 '…을 하지 말라'는 뜻으로, 앞에서 '물(勿)'자와 뜻이 같
다고 했지? '여(與)'자는?

하리 '주다'.

아빠 와, 굉장한데. 그런데 여기에서는 '…와 더불어, …와 함께'라
는 뜻으로 쓰였어. '인(人)'은 무슨 뜻인지 알아?

짱이 와! 쉽다. '사람 인(人)'이잖아요.

아빠 그래, '사람 인(人)'자야. 그런데 여기에서 '사람'이라는 말은
'다른 사람'을 뜻해. '투(鬪)'는 '싸우다, 다투다'란 뜻이야. 그
럼 '물여인투(勿與人鬪)'란 무슨 뜻일까?

짱이 '다른 사람과 싸우지 마라'.

아빠 　맞았어, 그런데 왜 싸우면 안 될까?

하리 　뼈가 부러지고 피가 나요.

아빠 　그렇지. 또 다른 이유는 없을까?

하리 　부모님이 걱정하신다.

아빠 　하리가 어떻게 그걸 알 수 있었어?

하리 　높은 나무에 올라가면 부모님이 걱정하신다.

짱이 　그게 무슨 상관이니?

하리 　모두 걱정하는 말이잖아.

아빠 　하하하, 하리 말이 맞다. 밖에 나가서 다른 사람과 싸우고, 그러다가 다치면 부모님이 걱정하시겠지. 그 다음 글자를 보자. '부모불안(父母不安)'은 무슨 말일까?

짱이 　저 알아요. '아니 불(不), 편안할 안(安)'이니까 '부모님이 안전하지 못하다.' 제 말이 맞죠?

아빠 　글자는 잘 아는데, 해석은 아직 좀 서툴구나. 이 말은 '부모님 마음이 편안하지 않다'라는 뜻이야. 다른 사람과 싸워서 자신이 다치거나 다른 사람에게 상처를 입히면, 부모님께서 늘 걱정하시고 근심하시니 마음이 편안하지 않겠지? 그러니까 다른 사람들과 사이좋게 지내야 되는 거야.

짱이 　아빠, 우리 반에 힘이 센 친구가 있는데, 매일 저와 다른 친구를 괴롭혀요.

아빠 　짱이야, 세상에는 힘이 센 것보다 다른 사람들이 좋아하도록 할 줄 아는 것이 훨씬 강한 사람이야. 그러니 짱이가 노력해 보렴. 그 친구가 짱이를 좋아하도록 말이야. 그 친구에게도 분명히 착하고 좋은 점이 있을 거야. 내일부터 짱이가 그 친구에게 친절

사자소학(四字小學)

하게 말도 붙이고 같이 놀도록 해 봐. 그러면 그 친구도 짱이를 좋아하게 될 거야. 원래 대통령은 힘이 센 것이 아니야. 하지만 주변에 똑똑하고 힘있는 사람들이 많이 도와주었기 때문에 힘이 센 사람이 된 거야. 그러니 짱이는 주위의 다른 사람들이 짱이를 좋아하도록 할 수 있다면 정말로 힘이 세고 똑똑한 사람이 되는 거야. 그렇게 하려면 짱이는 다른 친구들보다 아주 많이 노력해야 될 거야. 다른 친구들보다 더 부지런해야 하고…. 짱이는 친구들과 사이좋게 지낼 수 있지?

짱이 예.

아빠 무여인투(毋與人鬪)하라. 부모불안(父母不安)이니라. ‘다른 사람들과 싸우지 말라. 부모님 마음이 편치 아니하니라.’

027

父母臥命 俯而聽之
부 모 와 명 부 이 청 지

부모님이 누워서 말씀하시면 몸을 구부려서 듣는다.

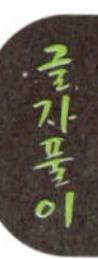

글자풀이

부(父) : 아버지. 모(母) : 어머니. 와(臥) : 눕다. 명(命) : 명령하다, 시키다.

부(俯) : 구부리다, 숙이다. 이(而) : 그리고. 청(聽) : 듣다. 지(之) : 그것.

아빠와 함께

아빠 부모와명(父母臥命)이면 부이청지(俯而聽之)하라. 이번 글은 굉장히 재미있는 말이야. '와(臥)'는 '눕다'는 뜻이고, '명(命)'은 '명하다, 시키다'라는 말인데, '명하다'는 말은 '부모님이 자식을 불러서 일을 시키는 것'을 뜻해. 그러면 '부모와명(父母臥命)'은 무슨 뜻일까?

짱이 '부모님이 누워서 시키면'

아빠 맞았어. 부모님께서 누워서 명을 하시면 너희는 어떻게 해야 될까?

하리 아빠는 그것도 모르세요? 심부름을 하면 되잖아요.

아빠 하하하… 우리 하리 잘 하는데. 그런데 일단 부모님이 부르시면 어떻게 해야 되는가 하면 '부이청지(俯而聽之)' 해야 되는 거야. 그러면 보자. '부(俯)'는 '구부릴 부(俯)'이고, '이(而)'는 앞말과 뒷말을 연결해 주는 말이거든. 그래서 '말이을 이(而)' 또는 '그리고 이(而)'라고 하는 거야. '청(聽)'은 '듣는다'는 말인데, 짱이야 텔레비전 뉴스를 볼 때 아나운서가 우리한테 무엇이라고 인사하지?

짱이 '시청자 여러분 안녕하십니까?'라고 해요.

아빠 그래. 그 시청자라고 할 때 '시(視)'는 '보는 것'을 말하고 '청(聽)'은 '듣는 것'을 말하는 거야. 우리가 텔레비전을 눈으로 보고 귀로 듣잖아. 그래서 '시청자(視聽者)'라고 하는 거야.

하리 아! 그렇구나.

아빠 그럼, '지(之)'는 '그것 지(之)'니까, '부이청지(俯而聽之)'는 '몸을 구부려서 그것을 듣는다'라는 뜻이 되겠지. 그러면 '그것'은 무얼까?

짱이 부모님이 말하는 것이에요.

아빠 맞았어. 즉, 부모님께서 명하시는 것이겠지.

하리 아빠! 그런데 왜 구부리는데요?

아빠 자, 봐라. 아빠가 이렇게 누워있는데 너희들이 반드시 서있으면, 아빠 말이 잘 들리겠어? 안 들리겠어?

하리 잘 안 들려요.

아빠 그래, 그렇기 때문에 부모님께서 말씀하시는 것을 잘 듣기 위하여 몸을 부모님 쪽으로 구부리는 거야. 이 말은 바로 부모님의 말씀을 정성껏 들어야 한다는 뜻이야. 알겠지?

짱이, 하리 예.

아빠 부모와명(父母臥命)하면 부이청지(俯而聽之)하라. '부모님이 누워서 말씀하시면 몸을 구부려서 들어라.'

028

坐命跪聽 立命立聽

좌 명 궤 청　입 명 입 청

앉아서 명하시면 꿇어앉아 듣고,
서서 명하시면 일어서서 듣는다.

글자풀이

좌(坐) : 앉다. 명(命) : 명하다. 궤(跪) : 꿇어앉다.

청(聽) : 듣다. 입(立) : 서다.

아빠와 함께

아빠 좌명궤청(坐命跪聽)하고 입명입청(立命立聽)하라. 이 말은 앞
말과 관련된 말인데, 잘 봐라. 참 재미있지. 그럼 먼저 '좌명궤
청(坐命跪聽)'이 무슨 뜻인지 알 수 있을까?

짱이 아빠! 저 알 수 있어요. '앉을 좌(坐), 명령할 명(命), 꿇어앉을
궤(跪), 들을 청(聽)'.

아빠 우리 아들 잘 하네. 그렇지만 한 글자 한 글자의 뜻도 중요하지
만, 문장 전체의 뜻을 알아야 하는데… '부모님께서 앉아서 명
하시면 꿇어앉아서 듣는다'란 말이야.

하리 아빠! '부모'란 글자는 없잖아요.

아빠 글자는 없지만, 글 속에 뜻이 다 들어있어. 부모님이 아니면 누
구일까?

하리 …

아빠 그 봐, 부모님이지. 그러면 '입명입청(立命立聽)'은 무슨 말일까? 잘 생각하면 알 수 있을 텐데.

짱이 아빠, '설 립(立)' 자인데, 왜 아빠는 '입'이라고 하세요?

아빠 물론 '서다'라는 뜻의 '립'자가 맞아. 그렇지만 '립(立)' 자가 맨 앞에 올 때는 '입'으로 읽어야 한다는 규칙이 있거든. 그래서 '입'으로 읽는 거야.

짱이 이 글의 뜻은 아주 쉬워요. '서서 명령하시면 서서 듣는다'란 말이예요.

아빠 와, 이제는 틀리지 않고 잘하는데. 부모님께서 부르시면 어떻게 한다고 했지?

하리 '예' 하고 큰 소리로 대답하고 달려간다. 내 말이 맞죠?

아빠 그래, 앞에 '유이필추(唯而必趨)'라는 말에서 배웠지. '예'라고 대답하고 반드시 달려가서 부모님의 말씀을 듣는데, 다음과 같이 하면 되는 거야. '부모와명(父母臥命)하시면 부이청지(俯而聽之)하고', 즉 '부모님께서 누워서 명령하시면, 몸을 구부려 그것을 듣고', '좌명(坐命)'하시면, 궤청(跪聽)하고', 즉 '앉아서 명령을 하시면 꿇어앉아서 듣고', '입명(立命)하시면 입청(立聽)하니라'. 즉 '서서 명령하시면 서서 듣느니리.' 잘 알겠지! 항상 부모님이 말씀하실 때는 정신을 바짝 차려서 잘 들어야 한다는 말이야. 부모님께서 말씀하시는데 딴짓 하고 듣지 않으면, 그것도 불효가 되는 거야. 잘 알겠지?

짱이, 하리 예.

아빠 좌명궤청(坐命跪聽)하고 입명입청(立命立聽)하라. '앉아서 명하시면 꿇어앉아서 듣고, 서서 명하시면 서서 들어라.'

029

父母不食 思得良饌

부　모　불　식　사　득　량　찬

부모님이 식사를 하시지 않으면,
맛있는 음식을 구해드릴 것을 생각하라.

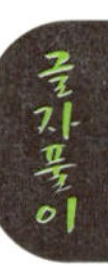

부(父) : 아버지.　모(母) : 어머니.　불(不) : 아니.　식(食) : 먹다.

사(思) : 생각하다.　득(得) : 얻다.　량(良) : 좋다.　찬(饌) : 음식.

아빠와 함께

아빠　'부모(父母)'라는 말은 이미 알고 있고, 불(不)은 '아니'라는 뜻이고, '식(食)'은 무슨 글자일까?

짱이　'먹을 식(食)'이고요, '불식(不食)'은 '먹지 마라'예요.

아빠　잘했어. 그런데 짱이야, 여기에서 '불식(不食)'은 '먹지 않는다'라고 해야 돼. 그러니까 '부모불식(父母不食)'하면, 즉 '부모님이 먹지 않으시면'이라고 해야 하는 거야. 그러면 부모님이 식사를 하시지 않으면 어떻게 해야 하는지, 다음을 보자.

짱이　아빠, 제가 알아요. '생각 사(思)', '얻을 득(得)', 그 다음은 모르겠어요.

아빠　전부를 알지 못하면 안다고 할 수 없는 거야. 그럴 때는 얌전히 앉아서 선생님 말씀이나 상대방의 말을 가만히 듣는 게 좋을 것 같아. '량(良)'은 '좋다'라는 뜻이고, '찬(饌)'은 '음식 또는 반찬'이란 뜻이야. 그러면 '양찬(良饌)'은 무슨 뜻일까?

짱이 '반찬이 좋다'예요.

아빠 음, '반찬이 좋다'라는 뜻이 되려면 '찬양(饌良)'이라고 해야 돼. 그러니까 '양찬(良饌)'은 '좋은 음식 또는 좋은 반찬'이 되는 거야. '좋은 음식'이란 바로 '맛있는 음식'을 말하는 거야. 앞에 '사득(思得)'이 있으니 어떻게 풀이하면 좋을까?

짱이 '생각해서 좋은 반찬을 얻어라'겠네요.

아빠 그래. 잘 했어. 사득양찬(思得良饌)이란 '좋은 반찬 즉 맛있는 음식을 구할 것을 생각하라'는 뜻이야.

하리 아빠, 맛있는 것이 많이 있으면 하리는 밥을 많이 먹을 수 있어요. 아빠도 그렇지 않아요?

아빠 그렇지. 맛있는 반찬이 있으면 밥을 아주 많이 먹게 되지. 지금은 엄마 아빠가 음식을 맛있게 먹지만, 나중에 나이를 많이 먹으면 밥맛이 없어져서 잘 못 드시거든. 그럴 때 이 말이 필요한 거야. 지금은 너희들보다 아빠한테 필요한 말이지. 할머니께서는 이가 많이 빠져서 본니 대신 틀니를 하고 계시잖아. 그렇기 때문에 딱딱하고 질긴 것은 잘 드실 수가 없어. 게다가 연세가 많으면 입맛도 없으시거든. 그러니 할머니는 어떨까?

하리 밥을 많이 먹을 수가 없어요. 아빠, 밥을 많이 먹어야 몸이 튼튼해요. 할머니는 밥을 조금 먹잖아요. 그러면 몸이 약해져서 아파요. 아프면 주사 맞아야 돼요. 그렇지? 아빠!

아빠 그래. 그렇기 때문에 좋은 음식, 맛있는 음식을 구해서 할머님이 드시도록 해야 하는 거야. 지금 너희들이 밥 많이 먹으라고 매일 매일 엄마가 맛있는 음식을 만들어 주시지? 그런 것처럼 너희들도 부모님이 나이가 많이 들어 할머니처럼 되면, 부모님 께서 무엇을 잘 드시는지, 무엇을 좋아하시는지, 잘 생각해서 마련해드려야 하는 거야. 잘 알았습니까?

짱이, 하리 예.

아빠 부모불식(父母不食)하시면 사득양찬(思得良饌)하라. '부모님 께서 먹지 않으시면 좋은 반찬을 해드릴 것을 생각하라.'

030

平生一欺 其罪如山
평 생 일 기 기 죄 여 산

평생 동안 한 번이라도 속이면,
그 죄가 산과 같이 크다.

글자풀이

평(平) : 평평하다. 생(生) : 태어나다. 일(一) : 하나. 기(欺) : 속이다.

기(其) : 그. 죄(罪) : 죄, 잘못. 여(如) : 같다. 산(山) : 산, 뫼.

아빠와 함께

아빠 짱이, 하리야! 이번 글귀는 너희들이 잘 들어 두어야 하는 말이야. '평생(平生)'은 '태어나서 죽을 때까지'를 말하거든.

짱이 '평평할 평(平), 날 생(生)'이잖아요.

아빠 물론 글자는 그렇지. 그러나 '평생(平生)'이란 글자는 이미 하나의 단어로 굳어진 것이기 때문에, 한 글자 한 글자씩 풀이하지 말고 그대로 '평생(平生)'이라고 하면 돼. '기(欺)'는 '속이다, 죄를 짓다, 잘못하다'란 뜻으로, '일기(一欺)'는 '한번 속이다'는 뜻이야. 따라서 '평생일기(平生一欺)'란 '평생에 한번 속이는 것'이 되겠지. '기(其)'는 '그 기(其)'로서, 앞의 말을 가리켜 대신 쓰는 글자야. 여기에서 '기(其)'는 '속이는 것'을 가리키는 거야. '죄(罪)'는 '죄 또는 죄짓다, 잘못 또는 잘못하다'라

는 뜻인데, '죄인(罪人)'이란 말 들어봤지?

짱이 지난번 텔레비전에서 보았어요. 경찰아저씨가 잡아가는 것 나왔어요.

아빠 그래, '죄(罪)'는 그렇게 나쁜 짓 하는 것을 말해. '여(如)'는 '같다'라는 말 맞지? 앞에서 '은고여천(恩高如天)'할 때 배웠잖아. '산(山)'은 이미 알고 있고.

하리 '메 산(山)'이잖아요. 아주 쉬운 글자예요.

아빠 맞았어, 그런데 '메 산(山)'이 아니고 '뫼 산(山)'이야. 옛날에는 산을 '뫼'라고 했거든. 이제는 '산 산(山)'이라고 해도 돼. 그러면 '여산(如山)'은 무슨 말일까?

짱이 '산과 같다'.

아빠 그렇지. 그런데 무엇이 산과 같냐 하면, '그 죄가', 즉 '한번이라도 거짓말한 죄'가 산과 같단 말이야. 하리야, 산(山)은 어떠니?

하리 아주 높아요. 그리고 아주 커요.

아빠 그래. 여기에서 '산과 같다'란 말은 '아주 크다'란 말이야. 죄지은 것이 산과 같이 크면 정말 큰일이겠지? 한번 속인 것이 그렇게 큰 죄니까, 절대로 거짓말하면 안 되겠지?

짱이 아빠, 두 번 속이면?

아빠 한 번 거짓말한 것이 산과 같이 큰데, 두 번 하면 말할 수 없을 만큼 죄를 크게 짓게 되겠지. 죄를 많이 지으면 죽어서 지옥에 가게 되거든. 지옥은 아주 무서운 곳이야. 그 무서운 지옥에 가면 뜨거운 불 속에서 죄지은 만큼 벌을 받아야 된데.

하리 그러면 아주 뜨거워서 몸이 데어요.

짱이 아빠, 지난번 산소에서 할아버지는 땅 속에 계신다고 하셨잖

사 자 소 학 (四 字 小 學)

아요. 그런데 어떻게 지옥에 가요? 죽으면 땅 속에 누워 있는 거지.

아빠 하하하, 녀석 제법인데. 그러나 사람들이 말하기를, '사람이 죽으면 육체는 땅에 묻히지만, 정신은 다른 세상으로 가는데, 그 때 못된 짓을 많이 한 사람은 지옥으로 가고, 착한 일을 많이 한 사람은 하늘나라로 간다'는 거야.

하리 아빠, 산타할아버지는 다 알지? 누가 착한 일을 했는지, 나쁜 짓을 했는지. 그래서 산타할아버지가 나쁜 짓을 한 친구에게는 선물을 안 줘요. 제 말이 맞죠?

아빠 와! 우리 하리는 모르는 것이 없네. 그러니까 절대 거짓말을 하면 안 되는 거야. 알겠지? 그래서 《사자소학(四字小學)》에 '평생일기(平生一欺)하면 기죄여산(其罪如山)이니라'라고 한 거야. 즉, '평생 한번이라도 속이면 그 잘못이 산과이 크다.' 다들 잘 알겠지?

짱이, 하리 예.

031

若告西遊 不復東征
약 고 서 유 불 부 동 정

만약 서쪽으로 놀러간다고 알렸다면,
다시 동쪽으로 가지 말라.

약(若) : 만약. 고(告) : 알리다. 서(西) : 서쪽. 유(遊) : 놀다, 노닐다.
불(不) : 아니. 부(復) : 다시. 동(東) : 동쪽. 정(征) : 가다.

아빠 '약고서유(若告西遊)'란 '만약 서쪽으로 놀러간다고 알렸으면'
이라는 뜻이야. 그런데 누구에게 알렸다는 말이야?

짱이 부모님에게. 아빠, '서녘 서(西)'자인데, 왜 '서쪽 서(西)'라고
해요?

아빠 '서녘'이라는 말은 '서쪽'이라는 말과 같아. 요즈음 '서녘'이라
는 말은 잘 사용되지 않기 때문에, 아빠가 '서쪽'이라고 한 거
야. '아닐 불(不)'자는 이제 다 알고 있을 테고. '다시 부(復)'라
는 이 글자는 '돌아올 복(復), 반복할 복(復)'으로 읽기도 하는
데, 여기에서는 '다시'라는 뜻으로 사용되었기 때문에 '부'로
읽어야 하는 거야.

짱이 아빠, 그것을 어떻게 알 수 있어요?

사 자 소 학 (四 字 小 學)

아빠 그것은 문장의 뜻을 풀이해 보면 알 수 있단다. 문장 풀이는 짱이가 더 크고 공부를 좀더 하면 할 수 있을 거야. '동정(東征)'은 '동쪽으로 달려간다'란 뜻이야. 그러니까 '불부동정(不復東征)'은 '다시 방향을 바꾸어 동쪽으로 가서는 안 된다'는 말이야.

하리 왜요?

짱이 그것도 모르니? 엄마가 찾을 수가 없잖아.

아빠 해가 지는 쪽이 서쪽인데, 하리가 서쪽으로 놀러 간다고 엄마한테 말해놓고 동쪽으로 가면, 엄마가 찾을 수 있겠어? 찾아도 없으면 엄마가 걱정하시고, 또 여기저기 찾으시느라 얼마나 많은 고생을 하실 것이냐. 그러면 되겠어?

짱이, 하리 안 돼요.

아빠 그래, 너희들이 놀이터에 놀러 간다고 엄마에게 말했으면 놀이터에 놀러가야 하는 거야. 만약 가는 도중에 친구를 만나 친구 집에 놀러 가게 되면, 힘이 조금 들더라도 반드시 집에 돌아와서 다시 부모님께 알리고 가야 하고…. 알리지 않고 친구 집이나 다른 곳으로 놀러 가면, 부모님은 너희들이 놀이터 있는 것으로 알고 있다가 놀이터에 가보고 그곳에 없으면 얼마니 많은 걱정을 하시겠어? 그리고 갑자기 일이 생겨 외출하셔야 할 때 너희들에게 알리지도 못하고…. 그러면 안 되겠지?

짱이, 하리 예.

아빠 그래서 《사자소학》에 '약고서유(若告西遊)하면 불부동정(不復東征)이라'고 한 거야. 알겠지? '만약 서쪽으로 놀러 간다고 알렸다면, 동쪽으로는 가지 말라.'

032

我身能惡 辱及父母

아 신 능 악 욕 급 부 모

내 자신이 나쁘게 되면, 욕이 부모에게 미친다.

아(我) : 나. 신(身) : 몸, 자신. 능(能) : 능히, 할 수 있다. 악(惡) : 악하다,
나쁘다. 욕(辱) : 욕, 욕되다. 급(及) : 미치다. 부(父) : 아버지. 모(母) : 어머니.

아빠 아신능악(我身能惡)이면 욕급부모(辱及父母)니라.

짱이 아빠, 여기는 제가 아는 글자가 많이 있어요.

아빠 그럼 아는 글자만 짱이가 한번 말해 볼래?

짱이 '나 아(我)', '몸 신(身)', '능(能)'은 모르고, '악할 악(惡)' 맞죠?

아빠 그래 제법 많이 아는구나. '능(能)'은 '능할 능(能)'이라고 하는
데, '…을 할 수 있다'는 말이야. '능력(能力)'이라고 할 때 쓰는
바로 그 '능' 자야. '아신(我身)'은 무슨 뜻일까?

하리 하리는 알아요. '내 몸'이에요.

아빠 와! 잘 하는데. 어떻게 알 수 있었을까?

하리 아빠! '부생아신(父生我身)'할 때 배웠잖아요.

아빠 우리 하리가 기억력이 아주 좋구나. '아신능악(我身能惡)'이란
말은 '내 자신이 나쁘게 되면'이라는 뜻인데, 이 말은 '내가 나
쁜 일을 아주 많이 하면, 내 자신이 나쁜 사람이 된다'는 뜻이

야. 그럼 '욕급부모(辱及父母)'라는 말을 한번 볼까? '욕 욕(辱)' 또는 '욕먹을 욕(辱)', '미칠 급(及)'. 그런데 '미치다'란 말은 무슨 뜻일까?

짱이 머리가 미치는 것을 말해요.

아빠 하하하. 그게 아니고 여기에서 '미치다'는 말은 '…에 도달한다'는 뜻이야. '…에게로 간다'는 말이야. 그러니까 '욕급부모(辱及父母)'는 '욕이 부모에게로 간다'는 뜻이 돼. 짱이, 하리가 밖에 나가서 나쁜 짓을 하게 되면, 사람들이 짱이, 하리만 야단치고 욕하는 것이 아니라, 엄마 아빠께도 욕을 하게 되는 거야. 왜냐하면, 엄마 아빠가 너희들 교육을 잘못 시켜서 그런 짓을 한다고 생각하기 때문이야. 부모뿐만 아니라 식구 전체가 욕을 먹게 되는 거지. 반대로 착한 일 예쁜 일을 많이 하면, 짱이, 하리만 칭찬을 듣는 것이 아니라, 엄마 아빠도 칭찬을 듣게 되는 거야. 지난 번 엄마가 학교에 갔을 때, 짱이가 공부도 잘하고 발표력도 좋다면서 선생님께서 칭찬하시니까 엄마가 아주 기분이 좋고, 짱이가 자랑스러웠다고 말씀하셨지? 엄마 아빠는 다른 사람들에게 우리 아들이 '잘한다, 착하다, 예의바르다'라는 말을 들으면 기분이 굉장히 좋아지고, 또 너희들이 자랑스럽고 행복하게 생각되거든. 그렇게 부모님을 기쁘게 해드리려면 밖에 나가서 행동을 바르게 해야 되겠지. 절대로 나쁜 일을 해서 부모님을 욕되게 해서는 안 돼. 그것보다 더 큰 불효는 없는 거야. 잘 알겠지?

짱이, 하리 예.

아빠 아신능악(我身能惡)하면 욕급부모(辱及父母)니라. '내 자신이 나쁘게 되면 욕이 부모에게 미친다.'

033

我身能善 譽及父母

아 신 능 선　　예 급 부 모

내 자신이 착하게 되면, 자랑이 부모에게 미친다.

글자풀이

아(我) : 나. 신(身) : 몸, 자신. 능(能) : 할 수 있다, 능히. 선(善) : 착하다.

예(譽) : 명예. 급(及) : 미치다. 부(父) : 아버지. 모(母) : 어머니.

아빠와 함께

아빠 아신능선(我身能善)이면 예급부모(譽及父母)니라. 이 말은 앞의 '아신능악(我身能惡) 욕급부모(辱及父母)'와 상반되는 말이야. '아신(我身)'은 무슨 뜻이라고 했지?

짱이 '몸 신(身)', '나 아(我)'니까, '내 몸'이네요.

아빠 '능(能)'은 '할 수 있다, 가능하다'란 뜻이고, '선(善)'은 '착하다'란 뜻이니까, '아신능선(我身能善)'은 어떻게 풀이하면 될까?

짱이 '내 몸이 착할 수 있다면'.

아빠 그렇지, 잘 한다. '내 자신이 착하게 되면'이라고 풀이하면 되겠지. '내 자신이 착하다'란 말은 착한 일을 많이 한다는 뜻이겠지? 그러면 어떻게 되는지 보자. '예(譽)'는 '명예'를 뜻하는데, 명예가 무엇인가 하면 자기자신을 훌륭하게 만들어 여러 사람에게 알리는 것을 말하거든. 즉, '그 사람 참 훌륭하더라'라고 많은 사람들이 칭찬하도록 하는 거야. 그러면 참으로 명예롭다고 할 수 있는 거야. '급(及)'은 앞에서 나왔지? '미치다, 도달하다'라는 뜻이잖아. '부모(父母)'는 다 알고 있지?

하리 '엄마 아빠'를 말하는 거예요. 그것도 모를까 봐요.

짱이 아빠, 저 이 글 뜻 알 것 같아요. '명예가 부모님께 미친다'. 제 말이 맞죠?

아빠 그래. 이제 잘 하네. 앞에 나온 '욕급부모(辱及父母)'와 같은 구조네. 아들이 잘하면 똑똑한 아들 두었다고 다른 사람들이 그 부모를 부러워하겠지? 앞에서 우리 '자식이 잘못하면 그 부모에게 욕한다'고 했잖아. 마찬가지야. 자식이 착한 일을 하면 그 부모도 칭찬을 받게 되는 거야. 짱이가 학교에서 공부도 잘하고, 선생님 심부름도 잘하고, 친구들과 사이좋게 지내면, 선생님이나 친구 부모님들이 엄마 아빠를 보지 않아도, '짱이 부모는 참으로 자식을 훌륭하게 키웠구나' 하고 칭찬하면서 엄마 아빠를 부러워하겠지? 항상 밖에 나가서는 이 점을 생각하고 행동을 바르게 하면, 엄마 아빠는 걱정하지 않아도 될거야. 잘 알겠지?

짱이, 하리 예.

아빠 아신능선(我身能善)이면 예급부모(譽及父母)니라. '내 자신이 능히 착하게 되면, 명예가 부모에게 미치느니라.'

034

父母無衣 母思我衣

부 모 무 의 무 사 아 의

부모님께서 입을 옷이 없으면,
내 입을 옷을 생각하지 말라.

글자풀이

부(父) : 아버지. 모(母) : 어머니. 무(無) : 없다. 의(衣) : 옷.

무(毋) : 하지 말라. 사(思) : 생각하다. 아(我) : 나.

아빠와 함께

아빠 '부모무의(父母無衣)면 무사아의(毋思我衣)하라.' 여기에서 '부모무의(父母無衣)'는 무슨 뜻일까?

짱이 '부모님의 옷이 나쁘면, 아니 없으면'.

아빠 맞았어.

하리 하리도 잘할 수 있다. '옷 의(衣)' 내 말이 맞죠?

아빠 와! 하리도 잘하는데. 그럼 '무사(毋思)'는 뭘까?

하리 '생각이 없다.'

아빠 하리가 어떻게 알 수 있었어?

하리 잘 생각을 해야지. 그러면 알 수가 있어요.

아빠 쬐금 틀렸지만, 그래도 잘 했어. '생각 사(思)', '하지말 무(毋)' 니까, '생각하지 말라'라고 해야 되겠지. '무엇을 생각하지 말

라'는 것이냐 하면, '아의(我衣)', 즉 '내 옷을 생각하지 말라'는
거야.

짱이 부모님 옷을 구할 것을 생각해야 돼요.

하리 아빠, 이 다음에 돈 많이 있으면, 아빠께 예쁜 옷 사줄 거예요.
그리고 엄마는 예쁜 핀 사 주기로 약속했어요.

아빠 와! 정말이야. 아빠는 멋쟁이 되겠네.

짱이 머리핀은 옷이 아니다, 뭘.

아빠 어허, 짱이는 그런 소리하는 것이 아니지. 엄마께 머리핀을 선물
하는 것도 얼마나 좋은 효도가 되는데... 자기 옷만 사려고 하는
것보다 낫지 않겠어? 그 동안 모두 부모님이 낳아주시고 길러주
셨는데….

아빠 엄마가 너희들을 낳아 주셨지?

짱이 아니야. 아빠가 우리를 낳아 주신 거야. '부생아신(父生我身)'
에서 배웠잖아.

하리 아니다. 엄마 배에서 우리가 나왔다. 엄마가 그랬다.

아빠 짱이 말도 맞고, 하리 말도 맞아. 엄마 아빠 두 분이 다 계셨기
때문에, 너희들이 태어날 수 있었던 거야. 엄마 아빠 두 분이 똑
같이 소중한 거야. 하리, 짱이! 엄마 없이 살 수 있어?

짱이, 하리 아니오.

아빠 그럼 아빠 없이 살 수 있어?

짱이, 하리 아니오.

아빠 그것 봐라. 부모님은 모두 똑같이 소중한 분이야. 부모무의(父
母無衣)면 무사아의(毋思我衣)하라. '부모님께서 입을 옷이 없
으면, 내가 입을 옷을 생각하지 말라.' 잘 알겠지?

035

父母無食 毋思我食
부 모 무 식 무 사 아 식

부모님께서 드실 것이 없으면,
내 먹을 것을 생각하지 말라.

글자풀이

부(父) : 아버지. 모(母) : 어머니. 무(無) : 없다. 식(食) : 먹다.

무(毋) : 하지 말라. 사(思) : 생각하다. 아(我) : 나.

아빠와 함께

아빠 부모무식(父母無食)이면 무사아식(毋思我食)하라. 짱이야, 이 문장 잘 봐라. 아마 짱이가 충분히 알 수 있을 것 같은데….

하리 아빠, 글자가 똑같아요. 어! '먹을 식(食)'자가 다르네요. 이상하네.

짱이 아! 알았다. '부모님이 먹을 것이 없으면, 내가 먹을 것을 생각하지 말아라.'

아빠 아주 잘했어. 앞말하고 똑같은데, '입을 것' 대신에 '먹을 것'이란 말을 썼네. 옛날에는 입을 것과 먹을 것이 아주 귀했거든. 그렇기 때문에 부모님을 먼저 생각해야 한다는 말이야. 짱이, 하리! 맛있는 음식이 있으면 서로 먼저 먹으려고 싸우지? 그러면 안 돼. 먼저 '엄마 아빠 드세요!' 하고 말을 한 다음에 사이좋게

먹어야지. 요즈음은 먹을 것과 입을 것이 많은데도, 서로 좋은
것 맛있는 것만 먹으려고 하지? 그러면 안 되는 거야. 그럴수록
서로 양보하고 아껴야 한단 말이야. 그리고 항상 부모님을 먼
저 생각해야 하는 거야.

하리 아빠, 지난번에 제가 '아빠 먼저 드세요'라고 했잖아요? 그런데
아빠가 '하리 먹어라'고 했잖아요.

아빠 그래, 엄마 아빠는 먹고 싶어도 참고, 너희들보고 먹으라고 양
보하는 거야. 그래도 너희들은 항상 부모님을 먼저 생각하는
마음을 가져야 돼. 알겠지?

짱이, 하리 예.

아빠 부모무식(父母毋食)이면 무사아식(毋思我食)하라. '부모님께
서 드실 것이 없으면, 내가 먹을 것을 생각하지 말라.'

036

親影勿履 唾洟覆之

친 영 물 리　타 이 복 지

부모님의 그림자는 밟지 말고,
침과 콧물은 덮어라.

글자풀이

친(親) : 어버이. 영(影) : 그림자. 물(勿) : 하지 말라. 리(履) : 밟다.

타(唾) : 침. 이(洟) : 콧물. 복(覆) : 덮다. 지(之) : 그것.

아빠와 함께

아빠 친영물리(親影勿履)하고 타이복지(唾洟覆之)하라. '어버이 친(親), 부모님 친(親)', '그림자 영(影)', '하지말 물(勿)', '밟을 리(履)'. 그러면 '친영(親影)'은 무슨 뜻일까?

짱이 '부모님 그림자'예요. 아빠, 전부 해석할 수 있어요. '부모님의 그림자를 밟지 말아라.'

아빠 야! 굉장히 잘하는데.

짱이 와! 다 맞았다.

하리 왜요?

아빠 앞에서 '부모님의 은혜는 하늘과 같이 높고, 덕은 땅과 같이 두텁다'고 했지? 그토록 고마우신 분이니까 존경하고 공경해야 될 것 아니냐? 여기에서 '그림자를 밟지 말라'는 말은 '그 만큼 존경하라'는 뜻이야. 정말로 존경하는 사람이라면 그림자일지라도 밟으면 안 된다는 거야. 상황에 따라 그림자를 밟지 않을 수는 없겠지만, 그 만큼 공경하는 마음을 가지라는 뜻이지. 그렇다면, 부모님은 왜 존경해야 될까?

하리 우리를 낳았잖아요.

아빠 그렇지. 너희를 낳아 길러주셨으니까. 잘 알겠지?

짱이, 하리 예.

아빠 그러면 다음을 보자. '타이복지(唾洟覆之)'에서 '타(唾)'는 무슨 뜻일까?

짱이 '수물대타(須勿大唾)'에서 나왔는데…

아빠 '침뱉을 타(唾)', '콧물 이(洟)', '덮을 복(覆)'. 짱이야, 길을 가다가 '하천복개 공사중'이라는 푯말 본 적 있지? 그때의 '복(覆)'자가 바로 이 '덮을 복(覆)'자인데, 하천을 안 보이도록 덮어서 사람들이 왕래할 수 있도록 하는 것을 말하는 거야. '지(之)'는 '그것 지(之)'라고 했지? 그러면 '복지(覆之)'는 무슨 뜻일까?

짱이 '지(之)'는 '그것'이라고 하면 된다고 했죠? '그것을 덮어라.'

아빠 그렇지, 그러면 '그것'은 무엇일까?

짱이 '침'하고 '콧물'.

아빠 그래, 잘했어. 침과 콧물은 길가에 두면 더럽지? 그러니까 흙으로 덮어야 하는 거야. 그렇게 해야 다른 사람들이 못 보게 되지. 그렇지 않아? 우리 몸속에 있는 것은 몸속에 있을 때는 깨끗하지만, 일단 몸 밖으로 나오면 더럽게 보이거든. 또 끔찍스럽기도 하고… 침이 입 속에 있을 때는 더럽다는 것을 못 느끼잖아.

콧물도 마찬가지야. 그러나 일단 밖으로 나오면 더럽게 보이니까, 다른 사람들이 보지 못하도록 흙으로 덮어야 한다는 거야. 알았지?

짱이, 하리   예.

아빠   친영물리(親影勿履)하고, 타이복지(唾洟覆之)하라. '부모님의 그림자는 밟지를 말고, 뱉은 침과 콧물은 반드시 덮어라.'

사 자 소 학 (四字小學)

晨必先起 暮須後寢

신 필 선 기　모 수 후 침

새벽에는 반드시 먼저 일어나고,
저녁에는 반드시 나중에 자거라.

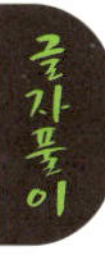

신(晨) : 새벽, 아침. 필(必) : 반드시. 선(先) : 먼저. 기(起) : 일어나다.

모(暮) : 저녁, 밤. 수(須) : 반드시, 모름지기. 후(後) : 뒤, 나중. 침(寢) : 자다.

아빠와 함께

아빠 신필선기(晨必先起)하고 모수후침(暮須後寢)하라. '신필선기
(晨必先起)'는 '새벽 신(晨)', '반드시 필(必)', '먼저 선(先)', '일
어날 기(起)'니까, '아침에는 반드시 먼저 일어난다'는 뜻이야.

짱이 왜요?

아빠 미리 일어나서 옷도 입고, 세수도 하고, 머리도 단정히 빗은 뒤
책을 보면서 부모님이 일어나시기를 기다려야 하는 거야. 그러
다가 부모님께서 일어나시면 '안녕히 주무셨습니까? 하고 아
침 인사를 드려야 하니까, 일찍 일어나야 되는 것 아니겠어? 그
런데 짱이는 매일 엄마가 깨워야 일어나더라.

짱이 아빠, 저녁에 늦게 자니까 그렇지요.

아빠 그러니까 일찍 자야지. 원래 어린이들은 일찍 자야 돼. 이런 노

래도 있잖아. '새나라의 어린이는 일찍 일어납니다 / 잠꾸러기 없는 나라 우리나라 좋은 나라 / 새나라의 어린이는 잠을 일찍 잡니다 / 개구쟁이 없는 나라 우리나라 좋은 나라.' 몰라? 그런데 짱이는 일찍 자라고해도 매일 자지 않고 놀려고만 하잖아?

짱이 밤에는 정말 자기가 싫어요. 잠도 오지 않고…

아빠 그러니까 일찍 자고 일찍 일어나도록 습관을 들여야지. 정상적인 사람은 원래 낮에는 일하고 밤에 잠을 자잖아. 비록 공부라든가 집중력 향상을 위해 낮에 자고 밤에 하는 것이 효율적인 경우도 있겠지만, 그렇다고 해도 그것이 정상적은 아니지. 할 수 있는 범위 내에서 최대한 정상적인 생활을 하도록 해야 한다는 거야. 더군다나 너희들은 아직 어리니까, 성장에도 좋지 않고… 그렇지?

짱이 예.

아빠 그럼, 다음 글귀를 보자. '모수후침(暮須後寢)'. '저물 모(暮)', '반드시 수(須)', '뒤 후(後)', '잠잘 침(寢)'. '모(暮)'는 원래 '날이 저물다'는 뜻인데, 여기에서는 '저녁때'를 나타내는 말로 쓰였거든. 그러니까 '저녁에는 반드시 뒤에 잔다.'

짱이 누구보다 늦게 자는데요?

하리 그것도 모르냐? 부모님이지. 그런데 이상해요. 우리는 먼저 자는데….

짱이 왜 그런데요? 매일매일 우리보고 일찍 자라고 하셨잖아요.

아빠 '새 나라의 어린이는 일찍 자고 일찍 일어난다'고 했지? 지금 짱이와 결이는 어린이잖아. 그러니까 일찍 자라고 하는 거야. 일찍 잠자리에 들어야 일찍 일어날 수 있을 것 아니냐.

짱이 그런데《사자소학》에서는 반대잖아요.

아빠 그것은 말이야. 니네들처럼 어린이를 두고 말하는 것이 아니
라, 나중에 너희들이 크고 부모님께서 나이가 많이 드시면, 부
모님 잠자리를 보살펴 드리고 '아버님 어머님 안녕히 주무세
요' 하고 인사도 드려야 하기 때문에, 늦게 잘 수밖에 없는 거
야. 그렇게 하려면 너희들이 어른이 되어야 되겠지? 그러니까
책에 있는 말은 너희들이 다 크고, 엄마 아빠가 나이가 많아졌
을 때 그렇게 해야 한다는 뜻이야. 나중에 너희들도 이렇게 할
수 있겠지?

하리 그럼, 아빠가 할아버지 되는 거예요?

짱이 엄마는 할머니 되고. 우리가 어른이 되면 할 수 있어요. 걱정 안
하셔도 돼요.

아빠 좋아, 그럼 엄마 아빠는 마음을 놓을 거야. 신필선기(晨必先起)
하고 모수후침(暮須後寢)하라. '아침에는 반드시 부모님보다
먼저 일어나고, 저녁에는 반드시 부모님께서 주무신 후에 잔다.

038

若得美果 歸獻父母
약 득 미 과 귀 헌 부 모

만약 맛있는 과일을 얻으면,
돌아가서 부모님께 드려라.

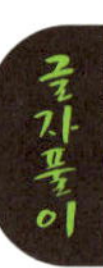

약(若) : 만약. 득(得) : 얻다. 미(美) : 아름답다, 맛있다. 과(果) : 과일.

귀(歸) : 집에 돌아가다. 헌(獻) : 드리다, 바치다. 부모(父母) : 아버지와 어머니.

아빠 약득미과(若得美果)면 귀헌부모(歸獻父母)하라. '약(若)'은 '만약'이란 뜻이고, '약득미과(若得美果)'란 '만약 맛있는 과일을 얻으면'이란 뜻인데…

하리 아빠, '아름다울 미(美)' 자가 있잖아요?

아빠 응. '미과(美果)'란 원래는 '아름다운 과일'이지만, 여기에서는 '맛있는 과일'을 말하는 거야. 잘 익어 맛좋은 술을 '미주(美酒)'라고 하거든. 마찬가지로 맛있는 과일을 '미과(美果)'라고 하는 거야.

짱이 그런데 먹어보지도 않고 어떻게 맛있는 줄 알아요?

하리 맞아. 그러니까 아름다운 과일이라고 해야지. 형, 맞지?

짱이 그래, 이번에는 우리가 맞아. 아빠 안 그래요?

사자소학 (四字小學)

아빠 하하하, 이놈들이 제법이네. 그래도 아니야. 왜 꼭 먹어봐야만
맛을 알아? 전에 먹어본 적이 있거나, 냄새를 맡아보면 알 수
있잖아. 또 겉모양만 봐도 맛이 있는지 없는지 대략은 알 수 있
고. 안 그래? 옛날부터 한문(漢文)에서는 '맛있다'는 말을 할 때
'아름다울 미(美)'자를 썼어. 그렇기 때문에 '미과(美果)'는
'맛있는 과일'이란 뜻이 되는 거야. 알겠지?

짱이, 하리 예.

아빠 그러면 다음을 보자. 맛있는 과일을 얻으면 어떻게 해야 하는
지? '귀헌부모(歸獻父母)'라고 했네. '돌아갈 귀(歸)', '드릴 헌
(獻)'. 즉 '귀헌(歸獻)'은 '돌아가서 드린다'라는 뜻이야. 그러
면 어디로 돌아간다는 말일까?

짱이 '집으로.'

아빠 그렇지. 부모님이 계시는 집으로 돌아간다는 말이겠지. 그러면
누구에게 드린다는 말일까?

하리 부모님께요.

아빠 잘 했어. 집에 돌아가서 부모님 드시라고 드리는 거야. 왜냐하
면, 부모님은 연세가 많아서 입맛이 없거든. 그래서 맛있는 것
이 있으면 언제나 부모님을 생각해야 한다는 거야. 잘 알겠지?

짱이, 하리 예.

아빠 약득미과(若得美果)면 귀헌부모(歸獻父母)하라. '만약 맛있는
과일을 얻으면 돌아가서 부모님께 드려라.'

039

室堂有塵 常以帚掃
실 당 유 진 상 이 추 소
집안에 먼지가 있으면, 늘 빗자루로 쓸어라.

실(室):집. 당(堂):집. 유(有):있다. 진(塵):먼지.

상(常):늘, 항상. 이(以):…로써. 추(帚):빗자루. 소(掃):쓸다, 청소하다.

아빠 실당유진(室堂有塵)이면 상이추소(常以帚掃)하라. '집 실(室)', '집 당(堂)', '있을 유(有)', '먼지 진(塵)'. 그러면 '실당유진(室堂有塵)'은 무슨 뜻이 될까?

짱이 아빠, 왜 '집 실(室)' '집 당(堂)', 집이 두 번 나와요?

아빠 원래 '실(室)'자는 '방'을 나타내는 말이고, '당(堂)'은 커다란 '집'을 말하는 거야. 우리가 '집 실(室)', '집 당(堂)' 이렇게 말하지만, 엄밀히 따지면 조금 달라.

짱이 그렇구나. 그럼 '방과 집안에 먼지가 있다'라고 해야 되겠네요?

아빠 그래. 참 잘 했어. 방과 집안에 먼지가 있으면 어떻게 해야 하는지 보자. '상(常)'은 '항상, 늘'이란 뜻을 나타내는 글자이고, '이(以)'는 무슨 자일까?

짱이 '써 이(以)'.

아빠 그럼, '써 이(以)'가 무슨 뜻일까?

짱이, 하리 ?

아빠 '써'란 '…을 가지고' 또는 '…로써'라는 말이야.
뒤에 있는 '추(帚)'가 '빗자루 추(帚)'이니까, '이
추(以帚)'는 '빗자루를 가지고' 또는 '빗자루로써'
라고 해야겠지. '소(掃)'는 '쓸다'라는 뜻이야. 그러
니까 '상이추소(常以帚掃)'는 '항상 빗자루를 가지고 쓴
다. 즉, 청소한다'라는 말이겠지. 이 말은 '집과 방은 항상
깨끗이 해야 한다'는 뜻이야. 그런데 너희들은 놀이터에서 놀다
가 집에 들어오면 집안이 온통 모래와 먼지로 가득하잖아. 책에
서는 집안 청소를 잘 하라고 했는데, 너희들은 오히려 집안을
지저분하게 해서 엄마를 힘들게 하더라. 그러면 되겠어?

하리 안 돼요.

아빠 그래. 그러면 안 되는 거야. 놀이터에서 놀다가 집에 돌아오면
먼저 밖에서 옷에 묻은 먼지를 털고 손과 발을 깨끗하게 씻어
야지. 그렇게 해야 엄마가 청소해 놓은 집이 항상 깨끗할 것 아
냐. 짱이, 하리! 밖에서 놀다가 집에 들어오면 어떻게 해야 한다
고?

하리 옷에 묻은 먼지를 털어야 돼요. 그리고 깨끗이 씻어야 돼요.

아빠 좋아. 그러면 앞으로 어떻게 하는지 아빠가 지켜 볼 거야. 명심
해야 돼.

짱이, 하리 예.

아빠 실당유진(室堂有塵)이면 상이추소(常以帚掃)니라. '방과 집안
에 먼지가 있으면 항상 빗자루를 가지고 쓸어야 한다.'

040

暑無褰衣 親枕勿枕

서 무 건 의 친 침 물 침

더워도 옷을 걷어 올리지 말고,
부모님의 베개는 베지 말라.

글자풀이

서(暑) : 덥다, 여름. 무(無) : 없다, 하지 말라. 건(褰) : 옷을 걷어 올리다.

의(衣) : 옷. 친(親) : 어버이, 부모. 침(枕) : 베개. 물(勿) : 하지 말라.

침(枕) : 베개를 베다.

아빠와 함께

아빠 서무건의(暑無褰衣)하고 친침물침(親枕勿枕)하라. '서무건의
(暑無褰衣)'부터 보자. '더울 서(暑)', '없을 무(無)', '걷을 건
(褰)', '옷 의(衣)', 그러면 '무건의(無褰衣)'란 말은 무슨 뜻일
까?

짱이 '옷을 걷는 것이 없다.'

아빠 그렇지. 그런데 앞에 다시 '더울 서(暑)'가 있으니까, 바로 '더
워도 옷을 걷지 말라'는 뜻이 되겠지? 왜 그럴까?

하리 날씨가 추워서요.

아빠 하하하… 여름에 어떻게 추울 수 있어? 그게 아니고 어른이나
남들 앞에서 옷을 벗고 있거나 걷어 올리고 있으면 보기가 좋지

않거든. 어떤 사람들이 여름에 덥다고 속옷을 가슴까지 걷어
올려 배꼽을 훤히 드러내고 있다면, 보기 좋겠어?

짱이 아니오. 이상하게 보일 거예요.

아빠 그 봐. 남들 앞에서 옷을 벗고 있는 것은 보기에도 안 좋고 또
창피한 일이야. 더워도 항상 옷을 단정하게 입고 있는 것이 예
절 바른 모습이야. 즉 이 말은 '예절에 맞는 행동을 해야 한다'
는 말이야. 알겠지?

짱이, 하리 예.

아빠 좋았어. 그럼 다음을 보자. '친침물침(親枕勿枕)'. '어버이 친
(親)', '베개 침(枕)', '하지말 물(勿)', '벨 침(枕)'.

짱이 아빠, 이상해요. '침(枕)'은 똑같이 생겼는데, 왜 틀리게 말해
요?

아빠 응, 그건 앞의 '침(枕)'은 '베개'라는 뜻으로 쓰였고, 뒤의 '침
(枕)'은 '베다'라는 뜻으로 쓰였기 때문이야.

짱이 그것을 어떻게 알 수 있어요?

아빠 잘 풀이해 보면 알 수 있어. 그리고 '…하지 말라'를 나타내는
물(勿) 자 뒤에는 '…을 하다'는 행동을 나타내는 말이 와야 하
거든. 그래서 '친침(親枕)'은 '부모님의 베개'라고 해야 하고,
'물침(勿枕)'은 어떤 뜻일까?

짱이 '베지 말아라'.

아빠 그렇지. 부모님은 너희들을 낳아주고 길러주신 아주 고마우신
분이잖아. 그런 분의 물건에 함부로 손을 대면 되겠어? 여기에
서 '부모님의 베개를 베지 말라'는 말은 바로 '부모님의 물건
을 함부로 하지 말라'는 뜻이야.

하리 자기 베개를 베고 자야지요?

아빠 그렇게 잘 알면서, 잘 때는 매일 엄마 아빠 베개 서로 가지려고
싸워? 앞으로는 자기 베개 베기. 알았지?

짱이, 하리 예.

아빠 서무건의(暑無褰衣)하고 친침물침(親枕勿枕)하라. '더워도 옷
을 걷어 올리지 말고, 부모님 베개는 베지 말라.'

사 자 소 학 (四 字 小 學)

親履勿履 親席勿坐

친 리 물 리 친 석 물 좌

부모님의 신발은 신지 말고,
부모님의 자리에는 앉지 말라.

친(親) : 어버이. 리(履) : 신발, 신다. 물(勿) : 하지 말라.

석(席) : 자리. 좌(坐) : 앉다.

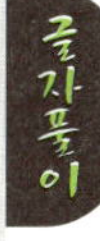

아빠와 함께

아빠 친리물리(親履勿履)하고 친석물좌(親席勿坐)하라. '친리물리(親履勿履)'에서 '친리(親履)'는 무슨 뜻일까?

짱이 '부모님의 신발'. 그 다음도 할 수 있어요. '물리(勿履)'는 '밟지 말아라'. 제 말이 맞죠?

아빠 그래. 그렇게 해도 되지만, '부모님의 신발은 신지 말라'라고 해야 될 거야. 그런데, 사실 '리(履)'자는 '밟는다'는 뜻도 있고, '신는다'는 뜻도 있기 때문에 짱이가 해석한 것도 틀렸다고는 할 수 없어. 그러나 글 내용을 가만히 생각해보면, '신지 말라'라고 해석하는 것이 더 맞을 거야. 왜냐하면, 신발은 누구의 것이든 밟으면 안 되잖아. 안 그래? 또 앞에서 '부모님의 베개는 베지 말라'고 했으니, 여기에서도 '부모님의 신발을 신지 말

라'라고 하는 게 좋지 않겠어?

하리 아빠, 부모님 신발은 너무 커서 신을 수가 없어요.

아빠 그래. 부모님 물건에 함부로 손대어서도 안 되지만, 또 큰 신발을 신으면 넘어지기도 쉽고, 다치기도 쉬우니까 신으면 안 된다는 거야. 알았지?

짱이, 하리 예.

아빠 그럼, 또 다음을 보자. 친석물좌(親席勿坐). 이 말은 무슨 뜻인지 알겠지? '석(席)'자는 '자리 석(席)'이고, '좌(坐)' 자는 '앉을 좌(坐)'야. '물좌(勿坐)'는 '앉지 말라'는 뜻이야. 어디에 앉지 말라는 말일까?

하리 '부모님의 자리' 예요.

아빠 그래. 맞았어. 왜냐하면, 부모님의 자리를 상석(上席)이라고 하거든. 그 상석(上席)에는 함부로 앉으면 안 되는 거야. 또 부모님하고 같이 방에 앉을 때도, 부모님이 자리를 잡아 먼저 앉고 난 뒤, 너희들은 그 옆에 앉아야 하는 거야.

짱이 아빠, 상석이 어디인데요?

아빠 상석(上席)이란 제일 좋은 자리라고 생각하면 돼. 방에서는 보통 따뜻한 벽쪽 중앙이고, 승용차는 일반적으로 뒷좌석 오른쪽이 상석(上席)이야. 그러나 상석(上席)은 때와 장소에 따라 변해. 예를 들면, 아빠가 운전할 때는 아빠 옆자리가 상석(上席)인 셈이야. 그러니까 너희들이 엄마와 함께 아빠 차를 타고 간다면, 아빠 옆자리에는 엄마가 앉고, 너희들은 뒷좌석에 앉아야 하는 거야. 그런데 어떤 때 너희들은 앞자리에 서로 앉으려고 하던데, 이젠 그러면 안 되겠지? 상석(上席)은 단순한 것 같지

사 자 소 학 (四字小學)

만, 경우에 따라서는 상당히 복잡해. 그때그때 아빠가 가르쳐
줄게. 알았지?

짱이, 하리   예.

하리   아빠, 그런데요. 어린이들은 차 탈 때 앞에 앉으면 안 되지요?
앞에 앉으면 위험하잖아요.

아빠   그래. 정말 우리 하리는 모르는 것이 없구나. 자, 그럼 오늘 배
운 것 정리할게. 잘 들어. 친리물리(親履勿履)하고 친석물좌(親
席勿坐)하라. '부모님의 신발은 신지 말고, 부모님의 자리에는
앉지 말라.'

042

須勿放笑 亦勿翔行

수　물　방　소　역　물　상　행

소리 내어 웃지 말고,
또한 날아가듯 너무 빨리 가지 말라.

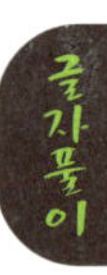

글자풀이

수(須) : 모름지기, 반드시. 물(勿) : 하지 말라. 방(放) : 놓다, 멋대로 하다.
소(笑) : 웃다. 역(亦) : 또한. 상(翔) : 날다. 행(行) : 가다.

아빠와 함께

아빠 수물방소(須勿放笑)하고 역물상행(亦勿翔行)하라. 먼저 '수(須)'는 무슨 자일까? '수물대타(須勿大唾)'에서 나왔는데…

짱이 '반드시 수(須).'

아빠 그래. '모름지기 수(須)' 해도 되고, '반드시 수(須)' 해도 돼. '방소(放笑)'는 '놓을 방(放)', '웃음 소(笑)', 곧 '큰 소리로 방자하게 웃는 것'을 말하거든. '방자하다'란 말은 '버릇이 없다'는 뜻이야. 그렇다면 '수물방소(須勿放笑)'는 '모름지기 버릇없이 큰 소리로 웃지 말라'는 뜻이 되겠지? 부모님이나 다른 사람 앞에서 큰소리로 웃는 것은 바람직한 행동이 아니야. 그렇게 큰 소리로 웃으면 부모님뿐만 아니라, 다른 사람들에게 방해가 되거든. 그렇기 때문에 웃을 때도 조심해야 하는 거야. 그렇겠지?

짱이, 하리 예.

아빠 그럼, '역물상행(亦勿翔行)'을 볼까? '또 역(亦)', '하지말 물(勿)', '날개 상(翔)', '갈 행(行)'. 여기에서 '상행(翔行)'이란 '큰 날개 짓을 하며 빨리 가는 것'을 말해. 그러니까 '역물상행(亦勿翔行)'은 '또한 큰 날개짓을 하며 빨리 가는 것처럼 달려 가지 말라'가 되겠지? 너무 빨리 달리면 옷도 헝크러지고 머리도 엉망이 되잖아. 또 넘어지기도 쉽고, 넘어지면 또 다치게 되고… 그래서 길을 갈 때 빨리 달리면 안 된다는 거야. 그렇다고 짱이처럼 느릿느릿 걸어서도 안 돼. 짱이는 어떤 때 보면, 너무 천천히 가는 것 같던데. 특히 엄마가 심부름 시켜서 가게에 갈 때 말이야. 조심하는 것도 좋지만, 그래도 급할 때는 조금 서두를 줄도 알아야겠지. 짱이, 그렇지?

짱이 예.

하리 아빠, 하리는 엄마 심부름할 때 빨리 가요.

아빠 그래, 그러나 빨리 가더라도 차가 오는지 안 오는지 주위를 살펴보고 조심해야 돼. 알았지?

하리 예.

아빠 수물방소(須勿放笑)하고 역물상행(亦勿翔行)하라. '모름지기 소리내어 크게 웃지 말고, 또한 너무 빨리 길을 가지 말라.'

043

侍坐親前 勿怒責人
시 좌 친 전 물 노 책 인

부모님을 모시고 있을 때 부모님 앞에서
화를 내어 다른 사람을 야단치지 말라.

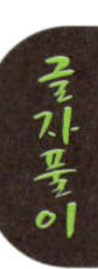

글자풀이

시(侍) : 모시다. 좌(坐) : 앉다. 친(親) : 어버이. 전(前) : 앞. 물(勿) : 하지 말라.

노(怒) : 화내다. 책(責) : 야단치다, 꾸짖다. 인(人) : 다른 사람.

아빠와 함께

아빠 시좌친전(侍坐親前)할제 물노책인(勿怒責人)하라. '시좌(侍坐)'는 무슨 뜻일까?

짱이 앞에서 나왔죠? '부모님을 모시고 앉을 때에는'.

아빠 우리 짱이 잘 하는데…. 여기에서는 '시좌친전(侍坐親前)'이니까, '부모님을 모시고 앉아서 부모님 앞에서'라고 하면 되겠네. '물로책인(勿怒責人)'에서 '인(人)'은 보통 '사람 인(人)'이라고 하지만, 정확하게 말하면 '다른 사람'을 뜻해. 그러면 '물노책인(勿怒責人)'은 무슨 뜻일까?

짱이 '성내지 말고 사람을 꾸짖지 마라.'

아빠 그럴까? '하지 물(勿)'자는 한 번밖에 쓰이지 않았는데… 짱이 말대로 '성내지 말고' 또 '꾸짖지 말라'라고 하니까 두 번이나

해석되잖아. 그러면 우리 한번 보자. '책인(責人)'은 '다른 사
람을 야단치는 것'을 말하지? '물로(勿怒)'는 '화내지 말라'가
될 테고… 그렇다면 이 말을 모두 붙이면, '화내지 말고 다른
사람을 야단 쳐라'는 말이 되겠는데, 이 말은 좀 이상하지 않
나? 이 말은 '화를 내어 다른 사람을 야단치지 말라'로 해야 자
연스러운 표현이 되겠는데…

짱이 좀 그러네요.

아빠 하하, 좀 그런 게 아니라, 많이 그렇지. 이 말은 바로 '부모님을
모시고 앉아 있을 때는, 부모님 앞에서 성내면서 다른 사람을
야단치지 말라'는 뜻이야. 부모님 앞에서는 자식이 절대 화를
내면 안 되거든. 그런데 짱이는 가끔 엄마 아빠 앞에서 동생을
큰 소리로 야단치더라. 그러면 안 되는 거야.

짱이 하리가 잘못하잖아요.

아빠 그럴 때는 엄마 아빠께 동생이 말을 잘 안 듣는다고 말씀을 드
려야지. 짱이가 화 내면서 동생을 야단치면, 동생이 대들 수도
있고 싸울 수도 있잖아. 또 짱이가 화가 나서 야단치다 보면 동
생을 때릴 수도 있고, 그러다가 잘못 되면 큰 일 나거든. 부모님
앞에서는 절대 큰 소리를 내면 안 되고, 항상 상냥하고 예쁜 목
소리로 말해야 하는 거야. 알겠습니까?

하리 그래. 형, 야단치면 안 되는 거야. 그것도 몰랐냐?

짱이 너는 왜 큰 소리로 말하니?

하리 형이 야단치니까 그렇지?

짱이 너도 마찬가지야. 그렇지요? 아빠.

아빠 그럼, 짱이 뿐만 아니라 하리도 마찬가지야. 부모님 앞에서는

다투거나 소리를 지르면 절대 안 돼. 그래서 특별히 《사자소학》
에서 ‘시좌친전(侍坐親前)할제 물로책인(勿怒責人)하라’라고
한 거야. ‘부모님을 모시고 있을 때, 부모님 앞에서는 성내어 다
른 사람을 야단치지 말라.’ 이제 다들 잘 알았지? 명심해.

땅이, 하리   예.

出入戶牖 開閉必恭
출 입 호 유 개 폐 필 공

문으로 나가고 들어올 때는
문을 공손하게 열고 닫아라.

출(出) : 나가다. 입(入) : 들어오다. 호(戶) : 방문. 유(牖) : 들창.

개(開) : 열다. 폐(閉) : 닫다. 필(必) : 반드시. 공(恭) : 공손하다.

아빠와 함께

아빠 출입호유(出入戶牖)할제 개폐필공(開閉必恭)하라. '출입(出入)'은 무슨 뜻일까?

짱이 '나가고 들어오는 것'을 말해요.

하리 '날 출(出)들 입(入)', 제 말이 맞죠?

아빠 어? 하리가 어떻게 알 수 있었을까? 그럼 '호(戶)'는 무슨 뜻이지?

짱이 '지게 호(戶)'예요.

아빠 그렇게 하면 무슨 뜻인지 모르잖아. 차라리 '한짝문 호(戶)'라고 하자. 이 '호(戶)'는 현관문같이 문이 한 짝으로 되어 있는 문을 말하는 거야. 옛날에는 보통 방문을 대게 한 짝만 달았거든.

짱이 어, 이상하다. 분명히 '지게 호(戶)'라고 옥편에 나와 있는 것을

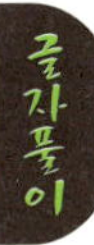

엄마가 보여 주셨는데.

아빠 응, 옛날에는 이 글자를 '지게 호(戶)'라고 했어. 그렇지만 우리가 '지게 호(戶)'라고 하면, 그것이 무슨 뜻인지 모르잖아. '지게'가 무슨 뜻인지 알아?

짱이 몰라요. 그래도 옥편에서는 그렇게 나왔어요.

하리 아빠, 책이 틀릴 때도 있지요? 아빠 말이 더 맞지요?

아빠 응. 그렇지만 형 말도 틀린 것은 아니야. 짱이야, 이제부터 '호(戶)'는 '문(門) 중에서 한 짝으로 되어있는 문'을 나타내는 말이라고 알아두자. '가가호호(家家戶戶)'라고 해서 '집'을 나타내는 글자로 사용되거든. 왜냐하면, 옛날에 서민들의 집은 대개 문이 한 짝이었어. 그래서 이 '호(戶)'자를 '집'이라는 개념으로도 사용하는 거야.

짱이 아빠, 그런데 문을 나타내는 말은 '문(門)'자라고 있잖아요.

아빠 물론이지. '문(門)'은 문을 나타내는 말이지만, 이 '문(門)'자는 두 짝으로 되어 있는 문을 말하는 거야. 옛날 사극 같은 데에서 높은 대감이 사는 집 나오는 것 본 적 있지?

짱이 예, 대문 앞에서 '이리 오너라'라고 소리 지르니까 문을 열어 줬어요.

아빠 그래. 그렇게 두 짝으로 열리는 문을 '문(門)'이라고 하는데, 일반적으로 대문(大門)같은 것을 말해. 알았지? 다음에 나오는 '유(牖)'자는 '들창 유(牖)'라고 하는데, 이 '유(牖)'는 벽에 창을 내어 위로 들어올리면서 여닫는 문을 말해. 요즈음 베란다 샷시 문처럼 옆으로 밀었다 당겼다하면서 여닫는 문이라고 생각해도 돼. 그럼, '출입호유(出入戶牖)', 즉 '방문이나 들창문으

사 자 소 학 (四 字 小 學)

로 나가고 들어올 때'는 어떻게 해야 하는지 알아보자. '개폐(開閉)'는 '문을 열고 닫는 것'을 말하는데, '개(開)'는 '문을 열다'라는 뜻이고, '폐(閉)'는 '문을 닫는다'는 뜻이야. '반드시 필(必)' '공손할 공(恭)', 그러니까 '필공(必恭)'은 '반드시 공손하게 한다'는 뜻이겠지. '문을 열고 닫을 때는 공손히 한다'라는 말이야. '공손히 한다'는 말은 아주 조심스럽게 소리나지 않게 열고 닫는 것을 말하는 거야. 나가고 들어 올 때는 항상 문을 닫아야 하는데, 급하다고 꽝! 하고 소리나게 닫으면 안 돼. 이 글대로 조심스럽게 해야 하는 거야. 알았지?

짱이, 하리 예.

아빠 출입호유(出入戶牖)할 때는 개폐필공(開閉必恭)하라. '문과 들창문을 나가고 들어올 때는 열고 닫음을 공손히 해야 한다.'

045

飮食親前 勿出器聲

음 식 친 전 물 출 기 성

부모님 앞에서 마시고 먹을 때는
그릇 소리를 내지 말라.

글자풀이

음(飮) : 마시다. 식(食) : 먹다. 친(親) : 어버이, 부모님. 전(前) : 앞.

물(勿) : 하지 말라. 출(出) : 나가다, (소리를) 내다. 기(器) : 그릇. 성(聲) : 소리.

아빠와 함께

아빠 음식친전(飮食親前)할 땐 물출기성(勿出器聲)하라. 짱이, '음식(飮食)'은 무슨 뜻이지?

짱이 '먹고 마시는 것.'

하리 사이다 콜라 같은 것을 음료수(飮料水)라고 하지요?

아빠 그래. 그럼, '친전(親前)'은 무슨 말일까?

짱이 '부모님 앞에서.'

아빠 그렇지. 부모님 앞에서 먹고 마실 때는 '물출기성(勿出器聲)'하라. '물(勿)'은 '하지 말라'는 뜻이고, '출(出)'은 '나갈 출(出)'도 되지만, 여기에서는 '(소리를) 내다'라는 뜻으로 사용되었어. '기성(器聲)'은 '그릇 기(器)' '소리 성(聲)'이니까 '그릇 소리'가 되겠지. 그럼 '물출기성(勿出器聲)'은 무슨 뜻일까?

짱이 '그릇 소리를 내지 말아라.'

아빠 그렇지. '물출(勿出)'이 있으니까, '그릇 소리를 내지 말라'가
되겠지. 왜?

하리 시끄러우니까요.

아빠 잘 아네. 그런데 하리는 어렸을 때, 밥 먹으면서 수저로 그릇
을 마구 두드려 아주 시끄럽게 했어. 엄마가 밥을 빨리 주지
않으면 더 그랬어. 그래서 가끔 엄마 아빠가 밥을 먹을 수가
없었어.

하리 그것은 하리가 어려서 몰라서 그래. 아빠는 그것도 몰라요?

아빠 그래. 앞으로는 조용히 할 수 있겠지? 이 말은 밥을 먹을 때는
얌전히 먹어야 한다는 말이야. 음식친전(飮食親前)할 때는 물
출기성(勿出器聲)하라. '부모님 앞에서 먹고 마실 때에는 그릇
소리를 내지 말라.' 알았지?

짱이, 하리 예.

046

擇師以教 勿逆師教

택 사 이 교 물 역 사 교

스승을 가려 모셔 가르치니,
스승의 가르침을 어기지 말라.

글자풀이

택(擇) : 가리다, 선택하다.　사(師) : 스승, 선생님.　이(以) : 그리고.

교(敎) : 가르치다.　물(勿) : 하지 말라.　역(逆) : 어기다, 거스르다.

아빠 택사이교(擇師以教)커든 물역사교(勿逆師教)하라. '택사이교 (擇師以教)'에서 '이(以)'는 '이(而)'와 똑같은 의미로 쓰였는 데, '…함으로써, 또는 그리고'라고 풀이하면 돼. 그럼, '택사 (擇師)'는 무슨 뜻일까?

짱이 아빠, '스승'은 '선생님'과 똑같은 말이지요? 그럼 '선생님을 선택하는 것'. 어! 좀 이상해요. 어떻게 선생님을 선택할 수 있어 요?

아빠 짱이야, 옛날에는 학교가 따로 없었거든. 그래서 어디어디에 학 문이 깊고 덕이 높으신 분이 있다고 하면, 그 분을 찾아가서 '우 리 아이의 선생님이 좀 되어 주세요'하고 부탁을 했거든. 그래 서 '가릴 택(擇)'자를 쓴 거야. 요즘도 사람들이 아이를 학원에 보낼 때 어떤 학원이 잘 가르치는지 알아보고 보내잖아. 이렇게 하는 것을 선생님을 고른다고 하는 거야. '이교(以教)'는 '그렇게 함으로써 가르치다'는 뜻이야. 선생님을 선택한다는 말이 무슨 뜻인지 이제 알겠지? 선생님이 훌륭해야 가르치는 것도 훌륭할 것 아니냐? 그래서 '택사이교(擇師以教)', 즉 선생님을 가려 모셔서 자식을 가르친 거야. 다음 '물역사교(勿逆師教)'에서 '역(逆)'자는 '거스릴 역(逆)'이라고 하는데, '거스르다'라는 말이 무슨 뜻인지 알아?

짱이 잘 모르겠어요.

아빠 '역류(逆流)'라는 말을 많이 쓰는데, 이 말은 '물이 거꾸로 흐르는 것'을 말하는 거야. 물이 흘러가는데 나뭇잎을 하나 떨어뜨리면 어떻게 되지?

짱이 물하고 같이 흘러가요.

아빠 그래. 그렇게 물이 흐르는 대로 따라가는 것을 '순행(順行)'이라고 하고, 반대로 거꾸로 가는 것을 '역행'이라고 해. 그런데 '순행'하기가 쉬워? '역행'하기가 쉬워?

짱이 그야 당연히 '순행'이지요.

아빠 그렇지. 물길을 거슬러 올라간다면 물의 흐름 때문에 굉장히 힘들겠지? 그러니까 가능하면 '역행'해서는 안 돼. 마찬가지로 선생님의 말씀을 잘 듣는 것을 '순종(順從)'이라고 하고, 그렇게 하지 않는 것을 '역행'한다고 하는 거야. 그러니까 '거스르다'란 말은 '말을 잘 듣지 않고 반대로 하는 것, 즉 어기는 것'을 말해. 이제 '거스르다'란 말이 무슨 뜻인지 알겠지?

짱이 예.

아빠 그렇다면, 선생님 말씀은 어떻게 해야 되겠어? 거스르면 되겠
어? 안 되겠어?

하리 안 돼요.

아빠 당연히 그렇지. 그래서 《사자소학》에서 '물역사교(勿逆師敎)'
라고 한 거야. '물역(勿逆)'은 '거스르지 말라'는 뜻이야. 그런
데 무엇을 거스르지 말라는 것이냐 하면, 바로 '사교(師敎)'.
즉 '선생님의 가르침'이야. 이 말은 '선생님의 가르침을 어기
지 말고, 말씀을 잘 들어야 한다'는 뜻이야. 부모님이나 선생님
은 절대 너희들이 잘못되도록 가르치는 법이 없어. 항상 잘 되
도록 이끌어주시는 분들이야. 너희들이 잘못했을 때 야단치는
것도 바로 이 때문이야. 세상에서 훌륭한 사람이 되려면 선생
님 말씀, 부모님 말씀을 잘 들어야 돼. 공부를 열심히 해야 하
는 것은 당연하고. 하리, 짱이, 잘 알았지?

짱이, 하리 예.

아빠 택사이교(擇師以敎)하거든 물역사교(勿逆師敎)하라. '스승을
골라 모셔 가르치거든 스승님의 가르침을 거스르지 말라.'

裹糧以送 勿懶讀書
과 량 이 송 물 라 독 서
식량을 싸 보내니 공부하기를 게을리 하지 말라.

과(裹) : 싸다. 양(糧) : 양식, 식량. 이(以) : 그리고. 송(送) : 보내다.

물(勿) : 하지 말라. 라(懶) : 게으르다. 독(讀) : 읽다. 서(書) : 글, 책.

아빠와 함께

아빠 과량이송(裹糧以送)하니 물라독서(勿懶讀書)하라. '쌀 과(裹)', 즉 '…을 싸다', '양식 양(糧)', '써 이(以)', '보낼 송(送)'. 그럼 '과량(裹糧)'은 무슨 뜻일까?

짱이 '양식을 싸다.' 아빠, 양식은 무엇을 말하는 거예요? 많이 들어서 '먹는 것'이라는 것은 알겠는데…, 잘 모르겠어요.

아빠 '양식(糧食)'이란 우리가 살기 위해 먹는 일체의 주식(主食)을 만드는 재료를 말하는데, 식사로 먹을 수 있는 것은 다 '양식(糧食)'이 될 수 있어. 쌀, 보리, 밀, 감자, 고구마 등등. 그러나 통상적으로 우리는 주식(主食)으로 '밥'을 먹어 왔으니까, 밥을 짓는데 필요한 재료, 곧 '쌀'이라고 할 수 있지. 옛날에는 또 쌀이 귀해서 보리쌀을 섞어 밥을 해먹기도 했어. 요즘도 어떤 식당에서는 건강음식으로 보리밥을 해서 팔잖아. 보리밥은 건

강에는 좋지만, 쌀밥보다 찰기가 적어서 사람들이 잘 안 먹으려고 해. 어쩌다 한두 번 별미로 먹는 것은 모르지만…. 또 가끔 국수로 한 끼의 식사를 때울 때도 있잖아. 그러면 국수를 만드는 재료인 밀가루도 '양식(糧食)'이 될 수 있지. 이제 '양식(糧食)'이 무슨 말인지 알겠지?

짱이 예.

아빠 그럼, 계속 보자. 과량이송(裹糧以送)은 '양식을 싸서, 즉 담아서 보내다'라는 뜻이야.

짱이 아빠, 왜 양식을 보내는데요?

아빠 응, 요즈음은 학교에서 급식(給食)을 하니까 학교에서 점심을 먹고 오지. 그렇지만 옛날에는 도시락을 싸 가거나, 아니면 집을 떠나 굉장히 먼 곳에서 공부해야 했으니까, 그곳에서 먹고 자고 했거든. 그러니 부모님이 양식을 싸 보내야 되지 않았겠어?

짱이 그렇구나.

아빠 다음에는 또 뭐라고 했는지 보자. 물라독서(勿懶讀書). '라(懶)'는 '게으를 라(懶)'이니까, '물라(勿懶)'는 '게을리 하지 말라'는 뜻이 되겠네. '게을리 한다'는 것은 무슨 말일까?

짱이 노는 걸 말해요.

아빠 그렇지. 하는 일없이 빈둥빈둥 놀고, 무엇을 할지라도 하는 것도 아니고 노는 것도 아닌, 하는 둥 마는 둥 하는 것을 보고 게으름을 피운다고 하는 거야. 아빠가 늘 말했지? 놀 때는 확실하게 놀고, 공부할 땐 또 확실하게 공부하고, 일할 땐 열심히 일해야 하는 것이라고. 그래야만 무엇을 하더라도 성공할 수 있는

사 자 소 학 (四 字 小 學)

거야. 그럼 여기에서는 ‘무엇을 게을리 하지 말라’라고 했는지
보자.

하리 아빠, 독서(讀書)잖아요!

아빠 와! 하리가 어떻게 알았어?

하리 여기 있잖아요. 물라독서(勿懶讀書)에서 ‘독서(讀書).’

아빠 야! 우리 하리 잘한다. 그럼 ‘독서(讀書)’는 무슨 뜻일까?

짱이 책을 읽는 거잖아요.

하리 그럼 형이 하는 것이잖아. 형은 책을 아주 많이 읽어요.

아빠 그렇지. 책을 많이 읽어야 똑똑해질 수가 있단다.

하리 아! 그렇구나. 우리 형은 아주 똑똑해요. 그렇죠? 아빠.

아빠 그래. 앞으로도 계속해서 책을 많이 읽어야 해. 지금 많이 읽는
다고 나중에까지 똑똑해질 수는 없는 거야. 끈기를 가지고 꾸
준히 독서하는 습관을 갖도록 하는 것이 중요해. 하리도 책을
많이 읽어야지! 자, 보자. 과량이송(裹糧以送)하니 물라독서
(勿懶讀書)하라. ‘양식을 싸 보내니 글 읽는 것을 게을리
하지 말라.’ 이 말은 ‘다른 걱정하지 말고 공부를 열심히
하라’는 뜻도 돼. 부모님이 멀리서 양식을 보내 주셨는
데, 딴 짓 하면서 공부를 게을리 하면 되겠어? 오직 공
부만 열심히 해야 하는 거야. 알겠지?

짱이, 하리 예.

事親如此 可謂人才

사　친　여　차　　가　위　인　재

부모님을 섬김이 이와 같다면,
훌륭한 사람이라고 할 수 있다.

글자풀이

사(事): 섬기다. 친(親): 부모님. 여(如): 같다. 차(此): 이것.
가(可): 할 수 있다. 위(謂): 말하다. 인(人): 사람. 재(才): 재주.

아빠와 함께

아빠 사친여차(事親如此)면 가위인재(可謂人才)니라. '사친(事親)'은 무슨 뜻일까?

짱이 '일 사(事)', '어버이 친(親)'이니까, 아빠, '어버이의 일'이겠네요?

아빠 짱이야, '사(事)'는 '일 사(事)'도 되지만, '섬길 사(事)'도 돼. 여기에서는 '섬기다'란 뜻으로 쓰였단다. '섬기다'란 '어떤 사람을 아주 잘 모시는 것'을 말해. 그러므로 '사친(事親)'은 '부모님을 섬기다'라고 해야 하는 거야. '여(如)'는 '…와 같다'란 뜻이고, '차(此)'는 이것저것 할 때의 '이것 차(此)'라고 하지. '여차(如此)'는 '이와 같다'란 뜻이야. 그러니까 '사친여차(事親如此)'는 '부모님 섬기기를 이와 같이 한다면'이라는 뜻인데,

사 자 소 학 (四字小學)

여기에서 ‘이와 같이 한다’란 지금까
지 책에 나온 내용 전부를 말하는 거
야. 지금까지 책에서 부모님께 어떻게
해야 하고, 어떻게 하면 안 되는지를
배웠지? ‘배운 대로 부모님을 섬기면’
어떻게 되겠어? 다음을 보자. ‘가위
(可謂)’는 ‘…라고 말할 수 있다’라는
뜻이거든, 그러면 ‘가(可)’는 무슨 글자가 될까?

짱이   ‘옳을 가(可)’예요.

아빠   물론 ‘시비(是非)’에서처럼 ‘옳다’라는 뜻도 있지만, 여기에서
는 ‘…을 할 수 있다’는 뜻으로 쓰인 거야. ‘위(謂)’는 ‘말할 위
(謂)’ 또는 ‘이를 위(謂)’라고 하고… 그렇다면 ‘가위(可謂)’는
‘…라고 말할 수 있다’가 되겠지. ‘가위인재(可謂人才)’란 바로
‘인재(人才)라고 말할 수 있다’라고 풀이할 수 있지. 그럼 ‘인
재(人才)’란 또 무슨 뜻일까?

짱이   ‘사람 인(人)’, ‘재주 재(才)’인데, ‘사람 재주’?

아빠   응, 그런 대로 잘 했어. ‘인재(人才)’란 ‘사람 가운데의 재주꾼’
으로 곧 ‘재주가 많은 사람’을 말하는데, 바로 ‘훌륭한 사람’을
말하는 거야. ‘가위인재(可謂人才)’는 ‘인재라고 말할 수 있
다’는 뜻이야. 즉, 책에서 말한 대로 ‘부모님을 잘 모시면 아주
훌륭한 사람이라고 말할 수 있다’는 뜻이야. 알겠지?

짱이, 하리   예.

아빠   사친여차(事親如此)면 가위인재(可謂人才)니라. ‘부모님을 섬
기는 것을 이와 같이 한다면, 인재라고 말할 수 있다.’

049

不能如此 禽獸無異
불　능　여　차　금　수　무　이
이와 같이 하지 못하면, 짐승과 다를 바가 없다.

글자풀이

불(不) : 아니. 능(能) : 할 수 있다. 여(如) : 같다. 차(此) : 이것.
금(禽) : 날짐승. 수(獸) : 네발짐승. 무(無) : 없다. 이(異) : 다르다.

아빠와 함께

아빠 불능여차(不能如此)면 금수무이(禽獸無異)니라.

짱이 아빠, 저 여기 글자 알 수 있어요. '아니 불(不)', '능할 능(能)', '같을 여(如)', '이 차(此)'. 모두 맞았죠?

하리 그걸 누가 모르냐? 앞에서 다 배웠는데.

아빠 야~ 우리 아들들 아주 잘 하는데. 아빠가 기분이 매우 좋은 걸.

하리 아빠, 우리들 참 착하죠?

아빠 그럼, 착하고 말고. 여기에서 '능(能)'은 바로 앞에 나온 '가(可)'자와 같은 의미야. 즉 '…을 할 수 있다'란 뜻인데, '불능(不能)'이니까 '…을 할 수 없다'가 되겠지? '여차(如此)'는 앞에 나온 것과 같으니까, '이와 같이'란 뜻일 테고. 그러면 '불능여차(不能如此)'는 '이와 같이 할 수 없다'라고 하면 되겠네. '금수(禽獸)'에서 '금(禽)'은 '새 금(禽)'이라고 해서 '동물 중에서 날개 달린 것'을 말하고, '수(獸)'는 '짐승 수(獸)'라고 해서 '네발 달린 짐승'을 말하거든. 그러므로 '금수(禽獸)'란 '날거나 걸어 다니는 모든 짐승'을 통틀어 하는 말이야.

하리 아빠, 개 돼지는 '수(獸)'지요?

짱이 당연하지! 모두 다리가 넷 달렸잖아.

아빠 그 다음 '무(無)'는 '없을 무(無)'이고, '이(異)'는 '다를 이(異)'니까, '무이(無異)'란 '…와 다른 것이 없다'. 즉 '금수무이(禽獸無異)'란 '짐승과 다른 것이 없다'라는 말이야. 개와 돼지, 소, 닭 같은 것들은 먹이를 보면 서로 먹으려고 다투고, 자기가 하고 싶은 대로, 마음대로 먹고 놀고 자고, 그러지?

하리 공부도 안 해요.

아빠 하하하, 맞았어. 공부도 안 하니까 예절도 모르고, 깨끗한 것도 모르고. 오로지 자고 먹고 꿀꿀대고…. 그런 짐승들이 자기를 낳아준 부모님의 고마움을 알까?

짱이 어떻게 알 수 있겠어요?

아빠 그렇지. 짐승들은 부모도 몰라보고, 오직 자기만 생각하고 먹고 자고 놀고 하는 거야. 그런데 사람이 되어서 부모를 공경하지 않고, 잘 모시지도 않고, 부모님 말씀도 안 듣고 한다면, 짐승과 다를 게 있겠어?

짱이, 하리 없어요.

아빠 그래서 《사자소학》에 '불능여차(不能如此)면 금수무이(禽獸無異)니라'라고 한 거야. '이와 같이 못하면 짐승과 다를 것이 없다.' 잘 알겠지?

짱이, 하리 예.

行勿慢步坐勿歆身
父母衣服勿踰勿踐
膝前勿坐親面勿仰
器有飲食毋與勿食
親前勿祖有命必從
子登高樹父母憂之
髮膚爪骨勿毀勿傷
出必告之反必面之
衣服帶鞋不失不裂
衣服雖惡與之必着
毋與人鬥父母不安
父母臥命俯而聽之
坐命跪聽立命立聽
父母不食思得良饌
平生一欺其罪如山
若告西遊不復東征
我身能惡辱及父母

02

兄弟
형제편

〈형제우애도〉

 '형제(兄弟)'란 좁은 의미로 형과 아우를 뜻하지만, 넓게는 형, 누나, 언니, 동생 등을 모두 포함한 형제자매를 뜻하는 말입니다. 형제는 부모와 함께 이 세상에서 자신과 가장 가까운 사람이며, 동시에 가장 아끼고 존중해야 하는 가족입니다. 《사자소학》에서 '형제편'을 '효행편' 다음에 둔 까닭이 여기에 있습니다. 형제들이 어릴 때는 사이좋게 지내지만, 장성하여 결혼을 하고 제각각 멀리 떨어져 살다보면, 조금씩 소원해질 수가 있습니다. 사는 곳이 멀고 각자의 생활이 바쁘다 하여, 형제간에 우애를 잃어서는 안 됩니다. 그러기 위해서는 어려서부터 서로 돕고 사이좋게 지내는 습성을 길러야 합니다.

050

兄生我前 弟生我後

형 생 아 전 제 생 아 후

형은 내 앞에 태어났고, 동생은 내 뒤에 태어났네.

글자풀이

형(兄) : 형. 생(生) : 태어나다. 아(我) : 나. 전(前) ; 앞.

제(弟) : 아우, 동생. 후(後) : 뒤.

아빠와 함께

아빠 형생아전(兄生我前)하고 제생아후(弟生我後)니라.

하리 아빠, 하리가 할 수 있어요. '형 형(兄)', '나을 생(生)', '앞 전(前)'이잖아요.

짱이 '맏 형(兄)'이야. 그리고 '나 아(我)'도 모르냐? 앞에서 나왔잖아.

아빠 그래, 둘 다 맞는데, 앞으로는 '형 형(兄)'이라고 하는 것이 좋겠다. 앞에서 '아신(我身)'은 '내 몸'이었지. 그럼 '아전(我前)'은 무슨 말일까?

짱이 '내 앞에'.

아빠 그렇지. '형생아전(兄生我前)'이란 '형은 내 앞에 태어났다'는 말이야. 그럼 '제생(弟生)'은 어떻게 되지?

짱이 아빠, 내가 전부 하면 안 돼요?

아빠   할 수 있으면 한번 해봐.

짱이   '동생은 후에 태어났다.'

하리   나도 할 수 있다, 뭘! '아우 제(弟)', '날 생(生)', '나 아(我)', '뒤 후(後)'.

아빠   와! 잘 하는데. 우리 하리가 '뒤 후(後)'를 어떻게 알았을까?

하리   하리도 잘 할 수 있다, 뭘. 다 배웠어요.

아빠   지금은 대개 부모들이 자식을 둘 밖에 안 낳으니까, 짱이는 형이 없고 하리는 동생이 없지? 하지만 옛날에는 아기를 아주 많이 낳았거든. 그래서 형과 동생이 같이 있었어. 그리고 옛날에는 동생을 '아우'라고 했어. 동생과 아우는 같은 말이야. 아빠도 형제가 많이 있잖아.

짱이   큰아버지, 작은아버지 고모, 삼촌 모두 일곱 명이네요?

아빠   그래, 이제 우리 짱이가 모르는 게 없네. 그런데 짱이야, 좁은 의미로 '형제(兄弟)'는 남자들만 뜻해. 고모는 여자지? 그럴 때는 '남매'라고 하고, 또 여자들만 말할 때는 '자매'라고 해. 짱이와 하리는 둘 다 남자니까, 형제라고 해야 되겠지. 하리야, 그런데 왜 '짱이'가 형님이지?

하리   형은 여덟 살이고, 저는 여섯 살이니까 그렇지요.

아빠   그렇지. 먼저 태어나면 형님이고, 나중에 태어나면 동생이 되는 거야. 다음에 나오는 말이 아주 중요해.

051

骨肉雖分 本生一氣

골 육 수 분 본 생 일 기

육체는 비록 나뉘어져 있지만,
본래 한 가지 기운에서 태어났느니라.

골(骨) : 뼈. 육(肉) : 육체. 수(雖) : 비록. 분(分) : 나누다, 다르다.

본(本) : 본래, 근본. 생(生) : 출생하다, 태생.

일(一) : 하나, 한 가지. 기(氣) : 기운.

아빠 골육수분(骨肉雖分)이나 본생일기(本生一氣)니라.

짱이 '뼈 골(骨)', '고기 육(肉)'.

아빠 사람의 몸은 뼈와 살로 이루어졌기 때문에 '골육(骨肉)'이라고
하는데, '골육(骨肉)'은 바로 우리 자신의 육체를 말해. 짱이와
하리는 분명히 몸이 다르지. 그래서 '수분(雖分)'이라는 말을
쓴 거야. '비록 수(雖)'. '나눌 분(分)'. '수분(雖分)'은 '비록 나
뉘어져 있다'는 뜻이 되겠지? 그러니까 '골육수분(骨肉雖分)'
은 '몸은 비록 나뉘어져 있지만'이란 뜻이겠지? 뒷말을 보자.
'본생일기(本生一氣)'라. '근본 본(本)', '날 생(生)', '일기(一
氣)'는 '하나의 기운', 즉 '본래 하나의 기운에서 태어났다'라

는 뜻이야. 짱이와 하리는 몸은 서로 다르지만, 둘 다 어디에
서 태어났을까?

하리 그야, 엄마 배 속에서 나왔잖아요. 맨날 맨날 엄마가 말했잖아
요.

아빠 짱이와 하리는 똑같이 엄마가 낳았지? 그런데 엄마 혼자서 낳
을 수 있었을까?

짱이 아빠, '부생아신(父生我身)'에서 말했잖아요. 아빠가 엄마를
아주 많이 사랑해서 우리들이 생긴 것이라고.

아빠 그랬지. 그렇다면 너희 둘이 태어난 것은 근본적으로 같을까
다를까?

하리 같잖아요! 엄마 아빠가 낳았으니까, 같잖아요.

짱이 아빠, '기(氣)'는 '기운 기(氣)'잖아요. 그런데 '기운'이 뭐예
요?

아빠 짱이가 아주 고차원적인 질문을 하네. 허허허. 기운(氣運)이란
이 세상, 즉 우주를 이루고 있는 물질이라고 할 수 있겠다. 우
리 눈에는 보이지 않지만, 분명 그 기운이 있기 때문에 우리가
숨을 쉴 수 있고, 또 움직일 수 있는 거지. 사람을 예로 들면,
뼈와 살은 육체지? 그러나 살아 있다는 것은 기운과 육체가 합
쳐진 거야. 그러니까 기운은 정신이나 마찬가지야. 사람이 죽
으면 육체는 남아 있지만, 기운은 몸에서 빠져나가는 거야. 그
러면 죽는 거지.

짱이 '기(氣)'는 힘도 되겠네요?

아빠 '기(氣)'는 힘도 되고, 정신도 되는 거야. 그런데 '기(氣)'는 튼
튼한 육체에만 깃드는 거야. 몸이 아주 쇠약하면, 기(氣)가 여

기는 있을 곳이 아니구나 하고 도망을 가거든. 그러면 죽는 거야. 병에 걸려도 마찬가지이고… 그러니까, 우리는 항상 몸을 튼튼하게 해야 하는 거야. 그러려면 운동도 많이 하고, 생활도 규칙적으로 하고, 음식도 골고루 먹어야 하겠지. 그럼, 이 '기(氣)'는 어디에서 받았을까?

짱이   엄마 아빠요.

아빠   그렇지, 부모님께서 생명을 주셨으니, 당연히 엄마 아빠가 기(氣)를 주신 거지. 즉 너희 둘은 몸은 각각 다르지만, 엄마 아빠가 같으니까 동일한 기운에서 태어난 것이지.

짱이   아! 그래서 하리와 내가 아빠를 닮았구나.

아빠   그렇지. 너희들은 아빠만 닮은 것이 아니라, 엄마도 함께 닮은 거야. 이제 왜 너희들이 엄마 아빠를 닮았는지 알겠지?

짱이   예.

아빠   어째 하리는 대답이 없어?

하리   하리는 벌써 알고 있었는걸요.

아빠   그래? 좋아. 골육수분(骨肉雖分)이나 본생일기(本生一氣)니라. '육체는 비록 나뉘어져 있지만, 본래 한 가지 기운에서 태어난 것이니라.'

사 자 소 학 (四字小學)

052

形體雖各 素受一血

형　체　수　각　　소　수　일　혈

형체는 비록 각각이지만,
본래 한 가지 피를 받았느니라.

형(形) : 형체. 체(體) : 몸. 수(雖) : 비록. 각(各) : 각각.

소(素) : 본디, 바탕. 수(受) : 받다. 일(一) : 하나. 혈(血) : 피.

아빠와 함께

아빠 형체수각(形體雖各)이나 소수일혈(素受一血)이니라. '형체(形體)'란 어떤 모양을 이루고 있는 물체를 말하는데, 우리 몸도 바로 그 형체(形體) 중의 하나야. 짱이는 지금의 짱이 모습으로 생겼고, 하리는 또 하리 모습으로 생겼잖아? 이처럼 각각 어떤 모습을 가지고 있는 것을 '형체(形體)'라고 히는 기아. 그런데 짱이와 하리는 그 형체가 어때? 둘은 비슷한 면도 있지만, 또 자세히 보면 서로 다르지? 그래서 뒤에 '수각(雖各)'이라고 한 거야. '수각(雖各)'은 '비록 수(雖)' '각각 각(各)'이니까, '비록 각각이지만'이 되겠지? '각각'이란 '다르다'는 뜻이야. '형체수각(形體雖各)', 즉 '형체(形體)는 비록 각각 다르지만', 어떻다고? '소수일혈(素受一血)'. '본래 소(素)' 또는 '본

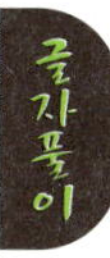

디 소(素)', '받을 수(受)'. '일혈(一血)'은?

짱이 '피가 하나다.'

아빠 '피가 하나'라고 하면 안 되고, '한 가지 피'라고 해야 되는 거야. '소수일혈(素受一血)'은 '원래 한 가지 피를 받았다'란 뜻이야. 곧 '같은 피'라는 말이지. '같은 피'란 바로 엄마 아빠 피를 말하는 거야. 너희들의 피는 엄마 아빠한테서 받았기 때문에 똑같겠지? 그러므로 형제(兄弟)는 기(氣)도 같고, 피도 같은 거야. 이 세상에서 가장 가까운 사람인 것은 당연하고. 그래서 엄마 아빠가 너희들보고 항상 싸우지 말고 사이좋게 지내라고 하는 거야. 가장 가까운 사람끼리 싸우면 되겠어?

하리 안 돼요.

아빠 형제는 서로 아껴주고 사랑해주고 도와줘야 하는 거야. 알겠지? 형체수각(形體雖各)이나 소수일혈(素受一血)이라. '형체는 비록 각각 다르지만, 본디 한 가지 피를 받았느니라.'

053

比之於木 同根異枝
비 지 어 목 동 근 이 지

형제를 나무에 비교하면, 같은 뿌리의 다른 가지니라.

비(比) : 비교하다. 지(之) : 그것. 어(於) : …에, …와. 목(木) : 나무.
동(同) : 같다. 근(根) : 뿌리. 이(異) : 다르다. 지(枝) : 가지.

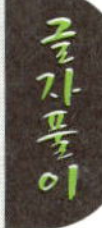

아빠와 함께

아빠 비지어목(比之於木)하면 동근이지(同根異枝)니라. '비지어목(比之於木)'은 '비교할 비(比)', '그것 지(之)', '…에 어(於)', '나무 목(木)'이니까, 그럼 '비지(比之)'는 무슨 뜻일까?

짱이 '그것을 비교한다.'

아빠 그래. 비교하는데 어디에다 비교하느냐 하면, 바로 '어목(於木)'이야. '어(於)'자는 어떤 말을 도와주는 글자인데 '…에'라는 뜻이니까, '어목(於木)'은 '나무에'라는 말이 되겠지? 그렇다면, '비지어목(比之於木)'은 '그것을 나무에 비교하면'이라는 뜻이 되는데, 여기에서 '그것'은 무엇을 가리키는 말일까?

짱이 잘 모르겠어요.

아빠 바로 앞에서 한 말을 잘 생각하면 알 수 있을 텐데.

짱이 그럼 '형제'겠네요?

아빠   그렇지. 앞에 한 말을 잘 생각하면, 왜 형제를 나무에 비교했는지 알 수가 있어. 한번 볼까? '동근이지(同根異枝)'. '동근(同根)'은 무슨 말이냐 하면 '같은 뿌리'라는 뜻이고, '이지(異枝)'는 '다른 가지'라는 뜻이거든. 짱이야, 나무가 있으면 뿌리에서 줄기가 자라 여러 개의 가지가 나오잖아. 그런데 나뭇가지를 자세히 보면, 이쪽 가지와 저쪽 가지는 서로 다른데…. 그러나 뿌리는 어때?

짱이   뿌리는 같아요.

아빠   그렇지. 여기 '동근이지(同根異枝)'라는 말은 바로 그런 뜻이거든. 뿌리는 같은데 가지는 다르잖아. 짱이야, 너와 동생은 다 같이 어디에서 태어났느냐 하면, 엄마 아빠로부터 태어났지? 잘 생각해 봐. 나무의 뿌리는 엄마 아빠이고, 나무의 가지는 너와 네 동생이지. 그러니까 너희들은 결국 같다는 거야. 그런데 서로 같은 뿌리를 가진 사람끼리 서로 미워하고 싸우면 되겠어? 싸우다 동생이 다치면 네가 다친 거나 마찬가지야. 또 네가 다치면 동생이 다친 거나 마찬가지이고. 그러니 당연히 서로 아끼고 보살펴 줘야 되지 않겠어?

짱이   그래야 돼요.

아빠   이제 왜 그런지 알겠지? 비지어목(比之於木)하면 동근이지(同根異枝)니라. '형제를 나무에 비교하면, 같은 뿌리의 다른 가지이니라.'

사 자 소 학 (四 字 小 學)

054

比之於水 同源異流

비　지　어　수　　동　원　이　류

형제를 물에 비교하면, 같은 수원의 다른 물줄기니라.

비(比) : 비교하다. 지(之) : 그것. 어(於) : …에. 수(水) : 물. 동(同) : 같다.

원(源) : 근원. 이(異) : 다르다. 류(流) : 흐르다, 물줄기.

아빠와 함께

아빠 비지어수(比之於水)하면 동원이류(同源異流)니라. 이 글은 쉽게 알 수 있을 거야.

하리 아빠, 글자가 똑같아요. 이상하다?

짱이 뭐가 똑같냐? '물 수(水)' 자가 다르잖아. 와! 쉽다. '그것을 물에 비교하면'.

아빠 여기에서도 '그것'은 앞에서와 마찬가지로 '형제(兄弟)'를 가리키는 말이야. 다음을 보자. '동원이류(同源異流)'라. 짱이 한 번 해석해 볼래?

짱이 '한 가지 근원에 다른 흐르는 물', 조금 이상해요.

아빠 아니야, 그 정도면 잘한 거야. 여기에서 '근원(根源)'이란 '물이 흐를 때 맨 처음 시작하는 곳'을 말하는 거야. '물의 근원'은 또 특별히 '수원(水源)'이라고도 한단다. 만약 커다란 연못

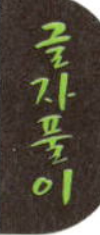

이 있다고 하면, 그 연못이 수원이 되는 거야. 그 연못에서 물
이 흐르도록 물도랑을 만들어 주면, 물은 그 도랑을 타고 흐르
겠지. 물줄기가 여러 개 있으면, 그 줄기는 다르지만 물은 어
때? 똑같은 연못물이잖아? 여기에서 부모님에 해당되는 것은
무엇일까?

짱이 연못은 엄마 아빠이고, 물줄기는 나와 동생이겠네요?

아빠 그렇지. 너희들은 이 사실을 절대 잊으면 안 돼. 너희 둘은 뿌
리와 근원이 똑같은 형제라는 것을! 언제 어느 때이고 이것을
생각하고 부모님이 계시지 않더라도 서로서로 아끼고 보살펴
줘야하는 거야. 알겠지?

짱이, 하리 예.

아빠 비지어수(比之於水)하면 동원이류(同源異流)니라. '형제를 물
에 비교하면, 같은 수원의 다른 물줄기이니라.'

사 자 소 학 (四 字 小 學)

055

爲兄爲弟 何忍不和

위　형　위　제　　하　인　불　화

형이 되고 동생이 되어,
어찌 차마 사이좋게 지내지 않을 수 있겠는가?

위(爲) : 되다, 하다. 형(兄) : 형. 제(弟) : 동생. 하(何) : 어찌.

인(忍) : 참다, 차마. 불(不) : 아니. 화(和) : 온화하다, 사이좋다.

아빠와 함께

아빠 위형위제(爲兄爲弟)하여 하인불화(何忍不和)리오?

짱이 아빠, '위(爲)'는 '하 위(爲)' 아니에요?

아빠 물론 '하 위(爲)'가 맞지. 그러나 한자(漢字)는 한 글자가 여러
가지 뜻을 가진 경우가 많아. 그래서 뜻풀이를 할 때는 알고
있는 글자라 할지라도, 항상 앞뒤 문맥을 잘 살펴서 풀이해야
하는 거야. 위(爲)는 '하다'라는 뜻도 있지만, '되다'라는 뜻도
있거든. 여기에서는 '되다'라는 뜻으로 쓰였단다. 그럼 '위형
위제(爲兄)'는 무슨 뜻이 될까?

짱이 '될 위(爲)', '형 형(兄)'이니까, '형이 되다'.

아빠 그럼 '위제(爲弟)'는?

하리 아빠, 똑같아요. 어? '아우 제(弟)'만 틀리네.

짱이 ‘위제(爲弟)’는 ‘동생이 되다’란 뜻이겠네요?

아빠 그렇지. 합치면 ‘형이 되고 동생이 되어서’라는 뜻인데, 그러면 ‘형이 되고 동생이 되어서’는 어떻게 해야 한다는 것인지 그 다음을 보자. ‘어찌 하(何)’, ‘참을 인(忍)’ 또는 ‘차마 인(忍)’. 짱이야, ‘인내’라는 말 들어봤지?

짱이 아니오.

아빠 ‘인내(忍耐)’는 ‘참는다’라는 뜻인데, 바로 ‘참을 인(忍)’자를 쓰는 거야. ‘아니 불(不), 평화 화(和)’.

짱이 ‘화할 화(和)’ 아니에요?

아빠 그럼 ‘화하다’라는 말이 무슨 뜻이야?

짱이 ‘바뀌는 것’을 말해요.

아빠 물론 사람들은 ‘화할 화’라고 하지만, 짱이는 이 말의 뜻을 확실히 모르는 것 같애. ‘화할 화’라고 하면 ‘변화하다’는 뜻으로 인식되어 ‘바뀌다’라는 뜻으로 받아들이기가 쉬워. 그때 쓰는 글자는 ‘변화(變化)’라고 할 때의 ‘화(化)’자야. 그러나 여기에서 ‘화(和)’는 ‘아주 평화롭고 사이가 좋은 것’을 말하는 거야. ‘평화(平和)’라고 할 때, 바로 이 ‘화(和)’자를 쓰거든. 그렇다면 ‘불화(不和)’는 사이가 좋지 않은 것을 말하겠지? ‘하인불화(何忍不和)’는 ‘어찌 차마 사이가 좋지 않겠는가?’라는 뜻이야. 이 말은 당연히 ‘사이가 좋아야 한다’는 뜻이야. 그럼, 문장 전체를 다시 볼까? 위형위제(爲兄爲弟)하여 하인불화(何忍不和)리오? ‘형이 되고 동생이 되어 어찌 차마 사이좋게 지내지 않을 수 있겠는가? 다들 알겠어?

짱이, 하리 예.

아빠 그러면 어떻게 해야 사이가 좋게 되는지 알아보자.

사 자 소 학 (四 字 小 學)

056

事兄必恭 愛弟如友

사 형 필 공 애 제 여 우

형을 섬김에는 반드시 공손하게 하고,
동생을 사랑함에는 친구와 같이 하라.

글자풀이

사(事) : 섬기다. 형(兄) : 형. 필(必) : 반드시. 공(恭) : 공손하다.

애(愛) : 사랑하다. 제(弟) : 동생. 여(如) : 같다. 우(友) : 친구.

아빠와 함께

아빠 사형필공(事兄必恭)하고 애제여우(愛弟如友)하라.

장이 '사(事)'는 '일 사(事)'가 아니고, 여기에서도 '섬길 사(事)'란 말이에요?

아빠 그래, 앞에서 배운 것과 같이 '누구누구를 모시다'란 뜻으로 쓰였어. 여기에서는 '사형(事兄)'이니까 '형을 섬기다'란 말이겠지. '반드시 필(必)', '공손할 공(恭)'. '필공(必恭)'은 '반드시 공손해야 한다'는 뜻이야. '사형필공(事兄必恭)'은 '형을 섬김에 반드시 공손해야 한다'는 말이야. 이 말은 특히 하리가 잘 알아두어야 할 말이야. 가끔 하리는 형이 마음에 안 든다고 마구 소리 지르고 때리기도 하잖아. 그러면 안 되지. 형이 마음에 안 들게 행동해도 소리 지르거나 때리면 안 돼. 그럴 때

는 조용히 형에게 그렇게 하지 말라고 부탁하고, 그래도 듣지
않으면 엄마 아빠한테 형이 잘못한 것을 말하는 거야. 그러면
엄마 아빠가 너희들의 말을 들어보고 형이 야단맞을 짓을 했으
면 야단을 치고, 맞을 짓을 했으면 '매매'를 할 테고. 절대 하리
가 형을 때리거나 야단치면 안 돼. 알겠지? 그럼 형인 짱이는
어떻게 해야 하는지 알아볼까? '애제여우(愛弟如友)'가 무슨
뜻인지 짱이가 한번 해볼래?

짱이 '사랑 애(愛)', '아우 제(弟)', '같을 여(如)', '우(友)'는 잘 모르
겠어요.

아빠 짱이야, '우정'이라는 말 들어봤지?

짱이 '친구와 사이좋게 지내는 것'을 우정(友情)'이라고 하잖아요.

아빠 그래. 그 친구를 옛날에는 '벗'이라고 했는데, 한자로는 '우
(友)'자로 쓴단다. 그러므로 '벗 우(友)'라고 하면 되는 거야.
'애제(愛弟)'는 '동생을 사랑하는 것'. 그런데 동생을 어떻게
사랑해야 한다고? '여우(如友)'. 바로 '벗과 같이 한다'는 거야.
친구와는 사이좋게 지내고, 함부로 화를 내지도 않고, 항상 서
로서로 잘해주잖아. 동생에게도 그렇게 친구처럼 잘해주라는
말이야. 동생이라고 해서 언제나 심부름만 시키고, 말을 잘 안
듣는다고 야단치고, 함부로 대하면 안 된다는 뜻이야. 짱이야,
동생이 있어서 같이 놀고, 같이 자고, 같이 먹고 하니 얼마나
좋아. 비록 동생이 나이는 어려도 친구같이 생각하고 존중해줘
야 한다는 말이야. 이제 알겠지?

짱이 예.

아빠 사형필공(事兄必恭)하고 애제여우(愛弟如友)하라. '형을 섬김

사 자 소 학 (四字小學)

에 반드시 공손하게 하고, 동생을 사랑함에 친구같이 하라.'
너희들이 잘 기억해야 하는 말이다. 명심해?

   예.

兄雖責我 不敢怨怒
형 수 책 아 불 감 원 노

형이 비록 나를 야단치더라도,
원망하거나 노여워해서는 안 된다.

글자풀이

형(兄) : 형. 수(雖) : 비록. 책(責) : 꾸짖다, 야단치다. 아(我) : 나.

불(不) : 아니. 감(敢) : 감히 할 수 있다. 원(怨) : 원망하다. 노(怒) : 화내다.

아빠와 함께

아빠 형수책아(兄雖責我)라도 불감원노(不敢怨怒)니라. 형수책아(兄雖責我)는 '형이 비록 나를 꾸짖을지라도'라는 뜻인데, '꾸짖다'는 '야단치다'와 같은 말이야. 불감원노(不敢怨怒). 여기에서 '불감(不敢)'은 무슨 뜻일까?

짱이 '아니다 감히'.

아빠 하하. 그런 말이 아니고, 불감(不敢)은 '감히 …하지 말라'는 뜻이야. 뒤에 '원노(怨怒)'라는 말이 있으니까 '감히 성내지도 원망하지도 말라'가 되겠지. 원래는 형이 동생을 야단치면 안 되지만, 정말 어쩔 수 없어서, 형이 야단칠지라도 동생이 대들면 안 된다는 거야. 하리가 잘못해서 형이 야단치는데, 하리는 형한테 아니라고 하면서 막 대들던데, 그러면 되겠냐?

하리 안 돼요. 그래도 하리가 잘못 안 했는데 형이 야단쳤어요. 그러면 안 되잖아요?

아빠 물론 안 되지. 그렇기는 하지만 형한테 대들고 신경질을 내는 것도 잘하는 것은 아니야. 짱이야, 너도 동생을 함부로 야단치면 안 돼. 동생이 정말 잘못하면 아빠 엄마께 말해야지. 그러면 짱이를 대신해서 엄마 아빠가 동생을 야단칠 거니까. 잘 알겠지? 하리야, 하리는 동생이지? 이 말은 바로 동생인 네게 하는 말이니, 잘 들어야 한다.

하리 형도 잘 들어야 되잖아요?

아빠 물론이지. 하지만 이 말은 동생인 네게 해당하는 말이고, 형한테 해당하는 말은 뒤에 따로 있어. 그래서 아빠가 그렇게 말하는 거야. 형수책아(兄雖責我)라도 불감원노(不敢怨怒)하라. '형이 비록 나를 꾸짖을지라도 감히 원망하거나 화내지 말라.'

弟雖有過 須勿聲責
제 수 유 과 수 물 성 책

동생에게 비록 잘못함이 있더라도,
소리를 지르며 야단치지 말라.

제(弟) : 동생, 아우. 수(雖) : 비록. 유(有) : 있다. 과(過) : 잘못, 허물.

수(須) : 모름지기, 반드시. 물(勿) : 하지 말라. 성(聲) : 소리, 소리 지르다.

책(責) : 야단치다, 꾸짖다.

아빠와 함께

아빠 제수유과(弟雖有過)라도 수물성책(須勿聲責)하라. '제수유과(弟雖有過)'에서 '수(雖)'는 무슨 뜻일까?

짱이 '반드시 수(雖)'예요.

아빠 어? '반드시 수'는 아닌데…. '반드시' 또는 '모름지기'라는 뜻은 뒤에 '수물성책(須勿聲責)'에 나오는 '수(須)'자가 그렇지. '제수유과(弟雖有過)'의 '수(雖)'자는 '비록 수(雖)'야. 이것 봐! 글자가 다르잖아. 그렇지?

짱이 예.

아빠 '있을 유(有)', '허물 과(過)'. 여기에서 '허물'이란 '잘못'을 말하는 거야. '제수유과(弟雖有過)'는 '동생이 비록 허물, 즉 잘

못이 있더라도'라는 뜻이고, '수물성책(須勿聲責)'은 '소리내
며 꾸짖지 말라'는 뜻이야. 짱이야, 동생이 잘못한다고 큰 소
리로 야단을 치면, 동생이 깜짝 놀라고 또 동생이 겁을 먹고
형의 눈치를 보게 되거든. 그러면 동생이 진정으로 형을 좋아
할 수가 있을까?

짱이 아니오. 그래도 나는 하리를 좋아하는데요.

아빠 그래. 형제는 서로 좋아하고 아껴줘야 하는 거야. 어느 한 사
람만 좋아해도 사이가 좋다고 할 수 없지. 그리고 정말 동생이
잘못을 하면, 조용한 목소리로 가만히 타일러야 하는 거야. 물
론 이렇게 하는 것보다 더 좋은 방법은 엄마나 아빠께 말씀드
리는 것이고. 알겠지?

짱이 예.

하리 형, 이제 하리 야단치면 안 돼.《사자소학》에 있으니까.

아빠 하리야, 형이 하리를 야단쳐도 안 되지만, 하리도 형 말을 잘
들어야 해. 알았지?

하리 예.

아빠 자, 보자. 제수유과(弟雖有過)라도 수물성책(須勿聲責)하라.
'동생이 비록 잘못하는 일이 있을지라도, 소리치며 야단치지
말라.'

一粒之食 必分而食

일 립 지 식 필 분 이 식

한 톨의 음식이라도 반드시 나누어 먹어야 한다.

일(一) : 하나. 립(粒) : 낱알. 지(之) : …의. 식(食) : 음식, 먹을거리, 먹다.

필(必) : 반드시. 분(分) : 나누다. 이(而) : 그리고.

아빠 일립지식(一粒之食)이라도 필분이식(必分而食)이라. 짱이야, '립(粒)'자에서 앞에 있는 '미(米)'가 무슨 뜻인지 아니?

짱이 '쌀 미(米)'예요.

아빠 그렇지. 그래서 '쌀 한알 립(粒)' 또는 '낱알 립(粒)'이라고 하는 거야. '한 톨'이라고 해도 괜찮고. 그럼 '지(之)'는?

하리 '그것 지(之)'잖아요.

아빠 우리 하리가 공부를 많이 해서 배운 것을 다 기억하고 있네.

하리 그건 뭐 보통이에요.

아빠 그래? 야! 잘한다. 그러나 앞으로도 열심히 해야 돼. 열심히 하니까 다 알 수 있잖아. 그러나 여기에서 '지(之)'는 '…의'라는 뜻이야. 그렇다면 '…의 지(之)'라고 할 수 있겠네.

짱이 그 다음은 '먹을 식(食)'.

아빠 여기에서는 '먹다'라는 뜻이 아니고, '먹을 수 있는 모든 것' 즉, '음식'이라는 뜻으로 쓰였어. '일립지식(一粒之食)'은 '한 알 또는 한 톨의 먹을 것일지라도' 또는 '한 알의 음식이라도' 라는 뜻이야. '한 알'이라는 말은 매우 적다는 뜻이야. 한 알의 먹을 것이라도 어떻게 한다고? 필분이식(必分而食)이라. 즉, '반드시 나누어서 먹어야 한다.' 여기에서 '식(食)'은 '먹다' 라는 뜻으로 쓰였어.

짱이 아빠, 그런데 왜 '이(而)'는 해석 안 해요?

아빠 응, 원래는 '반드시 나누다 그리고 먹어야 한다'이지만, '나누어 먹어야 한다'라고 하면 '그리고'라는 말을 안 해도 말속에 이미 다 포함되어 있는 거야. 알겠지? 그런데 '누구'하고 나누어 먹으라는 말일까?

짱이 동생하고요.

하리 형하고요.

아빠 그렇지. 앞에서부터 계속 형과 동생 이야기이지? 그래서 여기에서는 누구하고 나누어 먹으라는 말이 없지만, 형과 동생이

서로서로 나누어 먹어야 한다는 뜻이야. 일립지식(一粒之食)
이라도 필분이식(必分而食)이라. '한 알, 즉 매우 작은 음식이
라도 반드시 나누어 먹어야 한다.' 이제 먹는 것을 가지고 서로
싸우면 안 되는 거야, 알겠지?

짱이, 하리 예.

아빠 싸우면 어떻게 될까?

하리 나쁜 사람이요.

아빠 그렇지, 물론 나쁜 사람이지. 그러나 먹을 것을 가지고 싸우는
것은 바로 개나 돼지와 같은 짐승 꼴이 되는 거야. 먹을 것은
반드시 형과 동생이 사이좋게 나누어 먹는 것, 잊으면 안 돼!

짱이, 하리 예!

사 자 소 학 (四 字 小 學)

060

一盃之水 必分而飲

일 배 지 수 필 분 이 음

한 잔의 물이라도 반드시 나누어 마셔야 한다.

일(一) : 하나. 배(盃) : 잔. 지(之) : …의. 수(水) : 물.

필(必) : 반드시. 분(分) : 나누다. 이(而) : 그리고. 음(飮) : 마시다.

아빠와 함께

아빠 일배지수(一盃之水)라도 필분이음(必分而飮)이라. 이 말은 앞 말과 같은 말이야. 즉, '일배지수(一盃之水)'는 '한 잔의 물이라도'라는 뜻이고, '필분이음(必分而飮)'은 '반드시 나누어 마셔야 한다'는 뜻이야. 한 톨의 먹을 것과 마찬가지로 한 잔의 물도 아주 적은 양을 말해. 즉 아주 적은 양일지라도 반드시 나누어 마시라는 뜻이야. 그 동인 아빠가 찡이와 하리를 쭉 살펴보니까, 어떤 때는 둘이서 물을 서로 마시려고 싸우던데, 그러면 되겠어? 특히 짱이는 이 말을 잘 좀 명심해둬야겠어. 동생인 하리는 늘 형을 생각하고 나누어 먹는데, 형인 짱이는 동생을 배려하는 마음이 좀 부족한 것 같더라. 어떻게 형이 동생보다 못할 수 있냐? 형은 항상 형답게 행동해서 동생보다 더 잘해야 하는데…. 짱이야, 앞으로는 꼭 콩 하나라도 동생과 나

누어 먹는 형이 되도록 해. 알았지? 그러나 나누어 먹더라도,
형인 짱이가 먼저 먹고, 동생인 하리가 나중에 먹는 거야. 잘
알겠지?

짱이 아빠, 어떻게 콩 하나를 나눌 수가 있어요? 하하하.

아빠 꼭 콩을 가지고 그렇게 하라는 것이 아니라, 적은 음식이라도
항상 동생과 나누어 먹으려는 마음을 가져야 한다는 말이야.
알겠지?

짱이 예.

아빠 일배지수(一盃之水)라도 필분이음(必分而飮)이라. '한 잔의
물이라도 반드시 나누어서 마셔야 한다.'

사 자 소 학 (四 字 小 學)

061

兄無衣服 弟必獻之

형 무 의 복 제 필 헌 지

형에게 옷이 없으면 동생이 반드시 주어야 한다.

형(兄) : 형. 무(無) : 없다. 의(衣) : 옷. 복(服) : 옷. 제(弟) : 아우.

필(必) : 반드시. 헌(獻) : 드리다, 바치다. 지(之) : 그것, 그 사람.

아빠 형무의복(兄無衣服)이면 제필헌지(弟必獻之)니라. 짱이야, '형무의복(兄無衣服)'은 무슨 말일까?

짱이 '형이 의복이 없으면'. 아빠, '부모무의(父母無衣)'와 같은 말이네요?

아빠 우리 아들 잘 하는데. 그럼, '제필헌지(弟必獻之)'도 풀이할 수 있을까?

하리 '동생이 반드시 준다.'

아빠 와, 우리 하리가 어떻게 알 수 있었어? 아주 잘 했어. 여기에서 '헌지(獻之)'는 '그에게 드린다'는 말이거든. 그럼 '그'는 누구일까?

짱이 '형'이지요.

아빠 그래, 맞아. '주다'라는 뜻으로 '헌(獻)'자를 썼지. 이 '헌(獻)'

자는 본래 '드리다, 바치다'라는 뜻으로, 높임말이야. 형이기 때문에 공손함을 나타내기 위하여 '헌(獻)'자를 쓴 거야. 그러나 다음 문장을 보면, 동생에게는 '헌(獻)'자를 쓰지 않고 '여(與)'자를 썼잖아. 이것은 다음에 또 말하기로 하자. 형의 옷이 물에 젖었거나 찢어져서 마땅히 입을 것이 없으면 동생이 자기 옷을 준다는 말이야. 하리, 형이 하리 옷을 입으면 마구 소리 지르고 화를 내던데, 그러면 안 되는 거야. 이제는 하리 옷도 형에게 입으라고 해야 돼. 알았지?

하리 　예.

아빠 　형무의복(兄無衣服)이면 제필헌지(弟必獻之)하라. '형이 의복이 없으면 동생이 반드시 주어야 한다.'

062

弟無衣服 兄必與之
제 무 의 복 　 형 필 여 지

동생에게 옷이 없으면 형이 반드시 주어야 한다.

제(弟) : 동생. 무(無) : 없다. 의(衣) : 옷. 복(服) : 옷. 형(兄) : 형.

필(必) : 반드시. 여(與) : 주다. 지(之) : 그것, 그 사람.

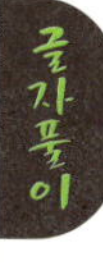

아빠 　제무의복(弟無衣服)이면 형필여지(兄必與之)니라. 짱이, 이 문장 해석할 수 있을까?

짱이 　'동생이 옷이 없으면 형이 반드시 준다.'

아빠 　그래. 앞 문장하고 똑같지? 마찬가지로 동생이 옷을 버렸거나 입을 옷이 없으면 형이 자기 옷을 준다는 말이야. 여기에서 '지(之)'는 앞뒤 뜻으로 보아 '그에게'라고 해도 되고 '그것 을'이라고 해도 돼. '동생에게 주다'는 말은 '여(與)'자를 썼 지? 이것은 동생이 아랫사람이기 때문이야. 앞에서 형에게 준 다고 할 때는 '헌(獻)'자를 썼잖아. 이 말은 곧 동생은 형님을 공경하고, 형은 동생을 아껴야 하기 때문이야. 지금이야 너희 들이 어리니까 그냥 반말을 해도 되지만, 그러나 서로 공경하 고 아껴주는 마음은 꼭 가지고 있어야 하는 거야. 알겠지?

아빠 형제는 서로 우애있게 지내야 하는 거야. 물건이고 옷이고 할
것 없이 형과 동생은 서로 나누어 주고 바꾸어 쓸 줄도 알아야
하는 거야. 그래서 《사자소학》에서 이 말을 한 거야. 제무의복
(弟無衣服)이면 형필여지(兄必與之)니라. '동생이 옷이 없으
면 형이 반드시 동생에게 주어야 한다.'

063

私其飮食 禽獸之類
사 기 음 식 금 수 지 류

음식을 독차지하면 집승과 같으니라.

사(私) : 독차지하다, 제 마음대로 하다, 사사로이 굴다. 개인. 기(其) : 그.

음(飮) : 마시다. 식(食) : 먹다. 금(禽) : 날짐승.

수(獸) : 네발 달린 짐승. 지(之) : …의. 류(類) : 무리, 종류.

아빠와 함께

아빠 사기음식(私其飮食)이면 금수지류(禽獸之類)니라. 여기에서 '사(私)'자는 '자기 마음대로 할 사(私)', 또는 '사사로이 굴 사(私)'라고 해.

짱이 아빠, '사사로이 굴다'는 말이 무슨 뜻이에요?

아빠 다른 사람을 전혀 배려하지 않고 '자기 멋대로 하는 것'을 '사사롭다' 또는 '사사로이 굴다'라고 해. '공적(公的)'이라는 말 들어봤지? '공적(公的)'이란 '여러 사람들을 함께 생각하는 경우'를 말하고, 그 반대로 '혼자나 개인적인 일에 해당하는 경우'를 '사적(私的)'이라고 말해. 그러니까 '사(私)'는 혼자 독차지하거나, 자기 마음대로 하는 것을 뜻하지. '사사롭게 굴다'는 말은 바로 '남을 전혀 배려하지 않고 혼자 독차지하여

마음대로 하는 것'을 말해. 알겠지?

짱이 예.

아빠 다음에 나오는 '기(其)'자는 '그것 기(其)' 또는 '그 기(其)'라고 해도 돼. '음식(飮食)'은 알고 있지? '먹고 마시는 것'. 그럼 '기음식(其飮食)'은 '그 음식'이 되겠지? '그'는 무엇을 가리키느냐 하면, 여기에서는 특별한 의미는 없어. 그냥 '자기 앞에 놓인 음식' 또는 '먹을 음식' 정도로 알아두면 돼. '사기음식(私其飮食)'은 바로 '자기 앞에 놓인 음식을 독차지하여 혼자만 먹으려고 하면'이라는 뜻이야. 그렇게 하면 어떻게 된다고? 바로 '금수지류(禽獸之類)'가 된다는 말이야. 그럼, '금수(禽獸)'는 무슨 뜻일까?

짱이 '새와 짐승'요.

아빠 그래. 그런데 따지고 보면 새도 짐승의 한 종류잖아. 그럼에도 불구하고 '금수(禽獸)'라고 하였으니, 좀더 정확하게 말해야 겠지. '금(禽)'은 '날개 달린 짐승, 곧 새' 종류를 말하고, '수(獸)'는 '네발 달린 짐승'을 말해. 그냥 합치면 '짐승'이란 뜻이야. 여기에서 '지(之)'는 '…의'라는 뜻이고, 또 '무리 류(類)'니까, '금수지류(禽獸之類)'란 바로 '짐승의 무리'란 뜻이겠네. 개와 돼지 같은 짐승들 본 적 있지? 그 짐승들은 먹을 것이 있으면 욕심을 부리고 혼자만 먹으려고 마구 싸우고 그렇잖아? 지난 번 동물원에서 원숭이 보았지? 그때 하리가 먹을 것을 주니까 재빨리 받아가지고 구석에 가서 혼자 먹었지? 그렇게 짐승들은 자기 자신밖에 모르거든. 하지만 사람이라면 짐승과 달리 남을 생각하고 양보할 줄 알아야지. 사람이 되어

사 자 소 학 (四 字 小 學)

서 오로지 자기 자신만 알고 남을 생각하지 않은 채 욕심을 부린다면 그것은 짐승과 다를 것이 없겠지. 자기 것이라고 해서 혼자만 먹고, 형제들과도 나누어 먹지 않으면 짐승과 똑같다는 말이야. 사람으로 태어나서 짐승과 같으면 되겠어? 그래서 짐승과 다르려면 서로 양보하고 나누어 먹어야 한다는 거야. 알겠지?

짱이, 하리   예.

아빠   사기음식(私其飮食)이면 금수지류(禽獸之類)니라. '자기의 음식이라고 제 맘대로 독차지하면 짐승과 같으니라.'

064

私其衣服 夷狄之徒
사　기　의　복　　이　적　지　도

옷을 독차지하면 오랑캐 무리이니라.

사(私) : 독차지하다. 사사로이 굴다, 제 마음대로 하다.

기(其) : 그. 의(衣) : 옷. 복(服) : 옷. 이(夷) : 오랑캐.

적(狄) : 오랑캐. 지(之) : …의. 도(徒) : 무리.

'사기의복(私其衣服)'은 앞의 '사기음식(私其飮食)'과 같은 말이야. 다만 여기에서는 '음식(飮食)' 대신에 '의복(衣服)'을 말한 것일 뿐이야. 자기 옷이라고 자기 마음대로 하면 되겠어? 그래서 여기에서는 '이적지도(夷狄之徒)'라고 했어. '이적(夷狄)'이란 옛날 중국 사람들이 자기들은 중국인이라고 하고, 그 나머지는 모두 예절을 모르는 오랑캐라고 했어. 좀 독선적인 뜻이 내포된 말이야. 사실은 그렇지 않을 수도 있는데… 어쨌든 여기에서 이 글자들은 그냥 '오랑캐 이(夷)' '오랑캐 적(狄)'이라고 해서, 예절도 모르는 야만인들이라는 뜻으로 사용되었어. 이렇게 알아둘 수밖에 없겠어. 야만인들은 오직 자기 자신만 알고 양보할 줄도 모르며 예절도 몰라, 힘이 있으면 약

한 사람을 마구 때리고 또 남의 물건을 빼앗기도 하거든. 다른 사람은 전혀 고려하지 않고 자기 자신밖에 모르는 사람들이야. 앞에 나온 '금수(禽獸)'와 같은 뜻으로 '이적(夷狄)'을 쓴 거야. '지도(之徒)'는 '…의 무리'라는 말인데, 앞의 '무리 류(類)'와 '무리 도(徒)'는 같은 말이야. '이적지도(夷狄之徒)'란 바로 '오랑캐의 무리' 즉, '오랑캐와 같은 사람'이라는 뜻이야. 자기 옷이라고 해서 욕심을 부려서 자기 마음대로 혼자만 입으면 안 된다는 말이야. 오랑캐 같은 사람이 되지 않으려면 서로 양보하고 사이좋게 나누어 입어야 되겠지. 그렇지?

하리 그래요.

아빠 사기의복(私其衣服)이면 이적지도(夷狄之徒)니라. '자기의 옷이라고 혼자 독차지하면 오랑캐 무리이니라.'

065

我打我弟 猶打父母
아 타 아 제 유 타 부 모

내 동생을 때리는 것은,
부모님을 때리는 것과 같으니라.

아(我) : 나. 타(打) : 때리다, 치다. 제(弟) : 동생.

유(猶) : 같다. 부(父) : 아버지. 모(母) : 어머니.

아빠 아타아제(我打我弟)면 유타부모(猶打父母)니라. '나 아(我)', '칠 타(打)' 또는 '때릴 타(打)'. 짱이야, 야구에서 '타자'라는 말 들어 봤지? 그때 '타자'를 한자로 '打者'(타자) 이렇게 쓰는데, '타자(打者)'가 뭐 하는 사람이었니?

짱이 '방망이 들고 공을 치는 사람', '공격하는 사람' 이었어요.

아빠 그래. '타자(打者)'는 바로 '공을 치는 사람' 이니까, 그때 쓰는 글자가 바로 이 '칠 타(打)' 자야. 알겠지? 그럼 '아제(我弟)'는 무슨 뜻일까?

짱이 '나의 동생' 이잖아요.

아빠 아주 잘 아는데. 그럼 '아타아제(我打我弟)'는 어떻게 해석하면 될까?

사 자 소 학 (四 字 小 學)

짱이 '내가 나의 동생을 치면.'

아빠 그렇지. 그런데 사람을 보고는 '친다'라고 하지 않고 '때린다'라고 해야겠지. '내가 나의 동생을 때리면', 그러면 어떻게 된다고? 바로 '유타부모(猶打父母)'니라. 유(猶)는 '…와 같다'라는 뜻이고, '때릴 타(打)', '부모(父母)'는 이미 알고 있지? 유타부모(猶打父母)란 '부모님을 때리는 것과 같다'는 뜻이야. 무엇이 그렇다는 말이지?

짱이 '동생을 때리는 것'이요. 그런데 동생을 때리는데 왜 부모님을 때리는 것과 같아요?

아빠 짱이야, 부모님을 때리면 어떻게 될까?

짱이 아빠, 말도 안 돼요. 부모님을 어떻게 때릴 수 있어요? 그러면 큰 죄를 짓는 거예요.

하리 아빠, 어떻게 엄마 아빠를 때려요? 우리는 키가 아주 작고 아빠는 키가 아주 크고 힘이 세잖아요.

짱이 이 바보야, 그게 아니고. 어쨌든 안 되는 거야.

아빠 그래. 짱이 말이 맞다. 이 세상에서 가장 큰 죄를 짓는 것은 부모님께 거짓말하고 잘못하는 것이란다. 하물며 때린다는 것은 있을 수도 없는 얘기지. 그런데 왜 '동생을 때리는 것이 부모님을 때리는 것과 같다'고 했느냐 하면, 너희들의 몸은 부모님의 피와 정기를 받아 태어났잖아. 부모님의 몸과 너희들의 몸은 각기 다르지만, 너희들은 바로 부모님의 분신(分身)인 거야. 분신(分身)이 무슨 뜻이냐 하면, '나누어진 몸'이란 뜻이거든. 즉, 너희들의 몸은 바로 부모님의 피와 살이야. 그러니까 너희들의 몸은 곧 부모님의 몸이지. 부모님이 없었다면 너희들이 태어날 수 있었겠어?

짱이 아니오.

아빠 그 봐. 그러니까 짱이와 하리의 몸은 바로 부모님의 몸인 거야. 그래서 《사자소학》에서 '동생을 때리는 것은 곧 부모님을 때리는 것과 같다'라고 한 거야. 이제 동생을 때리는 것이 얼마나 나쁜 짓인지 알 수 있겠지? 짱이야, 어떤 상황이든 동생을 때리면 안 돼. 동생이 잘못했을 때는 말로 타이르고, 그래도 안 들으면 부모님께 말씀드리는 거야. 그러면 부모님이 알아서 처리하시겠지. 알겠지?

짱이 예.

하리 형, 이제 동생 때리면 안 돼. 알았지?

아빠 하리야, 형도 너를 때리면 안 되지만, 너도 형 말을 잘 들어야 돼. 알았지?

하리 예.

아빠 그럼 됐어. 자 봐라. 아타아제(我打我弟)면 유타부모(猶打父母)니라. '내가 내 동생을 때리는 것은 부모님을 때리는 것과 같으니라.'

我欺兄弟 如欺父母

066

아 기 형 제 여 기 부 모

형제를 속이는 것은 부모님을 속이는 것과 같으니라.

아(我) : 나. 기(欺) : 속이다. 형(兄) : 형.

제(弟) : 동생. 여(如) : 같다.

아빠와 함께

아빠 아기형제(我欺兄弟)면 여기부모(如欺父母)니라. 짱이야, 여기에서 '기(欺)'는 무슨 자일까?

짱이 앞에서 나왔는데, 생각이 안 나요.

하리 그것도 모르냐? 평생일기(平生一欺)에서 나왔잖아.

아빠 우리 하리는 가끔 아빠를 깜짝 놀라게 한단 말이야. 그래, '평생일기(平生一欺) 기죄여산(其罪如山)'에서 '일생 동안 한번이라도 속이면, 그 죄가 산과 같다'라고 할 때 배웠지.

짱이 이제 알아요. '속일 기(欺)'자예요.

아빠 그렇지. 그럼 아기형제(我欺兄弟)는 무슨 말일까?

하리 '형제를 속이면'.

짱이 '아(我)'자를 빼먹었잖아. '내가 형제를 속이면' 이렇게 해야 되지요?

"

아빠 둘 다 잘했어. 형제란 '형과 아우'를 말하니까, 하리에게는 짱이를 말하고 짱이에게는 하리를 말하는 거야. '여기부모(如欺父母)'에서 '여(如)'는 '유(猶)'자와 같은 뜻이야.

짱이 아빠, '부모님을 속이는 것과 같다.' 맞죠?

아빠 그래. 이제 짱이가 잘 하는구나. 형제는 믿고 따라야 하는데, 서로 속이면 믿음이 생기지 않겠지? 어떤 상황이든 형제간에는 정직하게 속마음을 다 털어놓고 지내야 하는 거야. 서로 속이면 사이도 나빠지고, 그러면 집안도 평화롭지 않게 되겠지? 그래서 '형제를 속이는 것은 부모님을 속이는 것과 같다'라고 한 거야. '부모님을 속이는 것'과 같은 나쁜 짓은 절대 하면 안 되겠지?

짱이, 하리 예.

아빠 아기형제(我欺兄弟)는 여기부모(如欺父母)니라. '내가 형제를 속이는 것은 부모님을 속이는 것과 같으니라.'

我及兄弟 同受親血

아 급 형 제 동 수 친 혈

나와 형제는 부모님 피를 같이 받았느니라.

아(我) : 나. 급(及) : …와, 및. 형(兄) : 형. 제(弟) : 동생.

동(同) : 같다. 수(受) : 받다. 친(親) : 부모. 혈(血) : 피.

글자풀이

아빠와 함께

아빠 아급형제(我及兄弟)는 동수친혈(同受親血)이니라. '나 아(我)', '…와 급(及)', 이 '급(及)' 자는 앞에서 '…에 미치다, 이르다'라는 뜻으로 쓰였지만, 여기에서는 '…와'라는 뜻으로 쓰였어. '아급형제(我及兄弟)'는 '나와 형제'라는 뜻이야.

짱이 아빠, 지난번에 '형제(兄弟)'는 '나와 동생'이라고 하셨잖아요. 그러면 이상해요. '나와 형제'하면 '나'는 두 번 나오는 것이네요?

아빠 그런 셈이지. 그러나 짱이야, 요즈음 부모들은 대부분 아기를 둘만 낳거든. 우리 집도 너와 네 동생 둘이지. 그러나 옛날에는 자식을 많이 낳았어. 할머니도 아빠, 큰아버지, 작은아버지, 삼촌, 고모, 이렇게 여럿 낳으셨잖아. 그래서 '나와 형제'라는 말을 쓴 거야. 여기에서 '형제(兄弟)'는 '나'를 제외한 다

른 형제들을 가리키는 것이야. 그 다음을 보자. '동(同)'은 무슨 자일까?

짱이 '한가지 동(同)'이에요.

아빠 맞았어. '같다'와 '한가지'라는 말은 같은 뜻이야. 여기에서는 너희들이 알기 쉽게 '같을 동(同)'이라고 하자. 다음은 '받을 수(受)', '친(親)'자는 이미 배웠지?

하리 '어버이 친(親)'. 아빠, 그 다음 글자가 '피 혈(血)' 맞아요? 형이 한자 게임에서 가르쳐 줬어요.

아빠 그래. 와! 형이 하리 한문 선생님이네. 짱이야, 앞으로도 동생 잘 가르쳐 줘. 동생이 똑똑하면 형인 짱이도 좋겠지? 아빠는 짱이도 똑똑하고 하리도 똑똑하면 정말 기뻐. 자, 보자. '동수친혈(同受親血)'이란 '친혈(親血)'이 '부모님 피'이니까, '부모님 피를 같이 받았다'란 뜻이야. 너희들이 이 세상에 태어나기 전 아기였을 때 모두 엄마 배 속에 있었잖아. 그런데 어떻게 해서 엄마 배 속에 있었느냐 하면, 엄마 피와 아빠 피가 만나서 아기가 생기는 거야. 그러니까 너희들은 엄마 아빠 피를 받은 것이지. 그런데 하리야, 하리가 아기였을 때 엄마 배 속에 있었지? 형도 마찬가지로 엄마 배 속에서 태어났잖아? 그러니까 너희들은 모두 같은 피를 받아서 태어난 것이 되는 거야.

하리 아빠, 하리가 엄마 배 속에 있었을 때, 어떻게 먹었어요?

아빠 아기가 엄마 배 속에 있을 때는 입으로 먹는 것이 아니라, 배꼽에 나 있는 줄로 먹는 거야. 그 줄이 엄마 몸과 연결되어 있어서, 우리 몸을 튼튼하게 하는 맛있는 영양이 피를 타고 아기에게 전해지는 거야. 나중에 아기가 많이 크면 엄마 배가 아프겠

사 자 소 학 (四字小學)

지? 그러면 병원에 가서 아기를 낳는데, 아기가 엄마 배 속에
서 나왔으니까 줄이 필요 없잖아. 또 입으로 먹을 수 있으니
까. 그래서 의사 선생님이 그 줄을 자르는데, 그 줄을 자른 표
시가 바로 배꼽이야. 하하하, 재미있지?

짱이 아빠, 그러면 사람은 모두 배꼽이 있겠네요?

아빠 당연하지. 사람뿐만 아니라 짐승들로 다 있어. 젖을 먹고 자라
는 것은 모두 그렇게 태어난다고 보면 돼. 자, 이제 그만하고
다시 책으로 돌아가자. 너희들은 형제가 둘이니까, 엄마 아빠
피를 받은 사람은 이 세상에서 너희 둘 뿐이야. 물론 형제가
여럿이면 그 형제들 모두가 부모님한테 똑같은 피를 물려받았
겠지만. 그래서 아급형제(我及兄弟)는 동수친혈(同受親血)이
라고 한 거야. '나와 형제는 똑같이 부모님 피를 받았다'라는
뜻이지. 그러면, 이렇게 똑같은 피를 받은 형제는 어떻게 해야
하는지, 우리 다음 글을 보자.

068

兄有過失 和氣以諫

형 유 과 실 화 기 이 간

형에게 잘못이 있으면 온화한 기색으로 말해야 한다.

글자풀이

형(兄) : 형. 유(有) : 있다. 과(過) : 잘못. 실(失) : 실수.

화(和) : 온화하다. 기(氣) : 기분, 기운, 기색. 이(以) : …로써, 그리고.

간(諫) : 간하다, 웃사람에게 타이르다.

아빠와 함께

아빠 형유과실(兄有過失)이면 화기이간(和氣以諫)하니라. '지나칠 과(過)' 또는 '잘못 과(過)', '잘못할 실(失)' 또는 '실수할 실(失)'. 그러므로 '과실(過失)'이란 '잘못하는 것'을 말하거든. 그럼 '형유(兄有)'는 어떻게 풀이하면 될까?

짱이 '형 형(兄)', '있을 유(有)'니까, '형이 있으면…'

아빠 잘 했어. '형유과실(兄有過失)'은 바로 '형에게 잘못이 있으면'이라고 하면 돼.

하리 '부모님께 말해서 혼내야 된다.' 아빠, 내 말이 맞죠?

아빠 하하하. 물론 그렇게 할 수도 있겠지. 그러나 그보다 먼저 어떻게 해야 하는지 보자. '화(和)'자는 '부드럽고 온화한 것'을 뜻하고, '기(氣)'자는 '기분, 분위기, 기운, 기색'을 뜻하니까,

‘화기(和氣)’는 ‘온화한 분위기’ 또는 ‘기분을 부드럽게 하다’
라는 뜻이 되겠지. 조금 말을 바꾸어서 ‘부드러운 목소리’라고
해도 돼. ‘이(以)’는 ‘…로써’ 또는 ‘…을 가지고’라는 뜻이고,
‘간(諫)’은 ‘아뢰다’ 또는 ‘간하다’라는 뜻이야. 그러므로 ‘화
기이간(和氣以諫)’이란 ‘부드러운 기분, 즉 부드러운 목소리
로 간한다’라는 말이야. 여기에서 ‘간하다’라는 말은 ‘아랫사
람이 윗사람의 잘못을 듣기 좋게 말한다’는 뜻이야. 그러니까
윗사람에게 쓰는 말이지. 하리야, 형이 잘못하면 큰소리치며
신경질 부리지 말고, 예쁜 소리로 ‘형, 이것은 잘못했으니까
고쳐야 된다.’라고 형한테 말하는 거야. 알겠지? 형유과실(兄
有過失)이면 화기이간(和氣以諫)하라. ‘형에게 잘못이 있으면
온화한 기분, 곧 부드러운 목소리로 알려주어라.’

짱이   아빠, 그럼 동생이 잘못하면 형이 어떻게 해야 되는 가르쳐 주
세요.

아빠   그것은 다음에 나오는 말을 잘 들으면 알 수 있어.

069

弟有過失 怡聲以訓

제　유　과　실　　이　성　이　훈

동생에게 잘못이 있으면,
부드러운 소리로 타일러야 한다.

글자풀이

제(弟) : 동생. 유(有) : 있다. 과(過) : 잘못. 실(失) : 실수. 이(怡) : 기쁘다,
부드럽다. 성(聲) : 목소리, 소리. 이(以) : …로써. 훈(訓) : 타이르다.

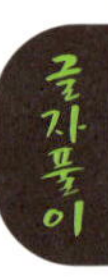

아빠와 함께

아빠 제유과실(弟有過失)이면 이성이훈(怡聲以訓)하니라.

하리 아빠, 하리가 할 수 있어요. '동생에게 잘못이 있으면'.

짱이 야, 하리 제법인데…

아빠 그래, 잘 했다. 그러면 다음 글자를 보자. '이(怡)'는 '부드럽
다'는 뜻이고, '소리 성(聲)', '…로써 이(以)', '가르칠 훈(訓)'
이니까, '이성이훈(怡聲以訓)'은 '부드러운 목소리로 타이른
다'는 뜻이야.

하리 형, 이제 알겠어? 하리 때리면 안 돼!

짱이 내가 언제 때렸다고 그래?

아빠 그만 해. 이《사자소학》을 다 배우고 나면, 다시는 그럴 일이
없을 거야. 자, 다시 봐. 여기에서는 형이 동생에게 가르치고

타이르는 것이니까 '훈(訓)'자를 쓴 거야. 짱이야, 형이라고 해서 동생을 마구 때리고 야단치면 안 되는 거야. 이 세상에 같은 피를 가진 사람은 오직 형제와 자매뿐이거든. 그러니 서로 잘 하도록 칭찬하고 격려하고 아껴주어야 하는 거야. 동생은 아직 어려서 잘 모르거든. 그러니까 동생이 잘못하면 잘 타이르고 가르쳐 줘야 하는 거야. 야단치는 게 아니고. 알았지?

짱이 예.

아빠 제유과실(弟有過失)이면 이성이훈(怡聲以訓)하라. '동생에게 잘못이 있으면 부드러운 목소리로 잘 타일러야 한다.'

070

兄弟有病 憫而思救
형 제 유 병 민 이 사 구

형제가 아프면 애처롭게 여기고 고치려고 생각해야 한다

글자풀이

형(兄): 형. 제(弟): 아우. 유(有): 있다. 병(病): 병. 민(憫): 애처롭게 여기다. 불쌍히 여기다. 이(而): 그리고. 사(思): 생각하다. 구(救): 구하다.

아빠와 함께

아빠 형제유병(兄弟有病)이면 민이사구(憫而思救)하라. '유병(有病)'은 무슨 뜻일까?

짱이 '있을 유(有)', '병들 병(病)'이니까, '병이 있으면'.

아빠 그렇지. '형제가 병이 있으면'이라는 말이야. '병이 있으면'이라는 말은 '아프면'이라는 말과 같지? 그럼 '형제가 아프면' 어떻게 해야 할까?

하리 병원에 가야 돼요.

아빠 병원에? 물론 그렇게 해야겠지. 그러나 조금 아픈데도 병원에 가면 너무 자주 가게 되잖아. 또 주사도 많이 맞아야 하고. 이럴 때 《사자소학》에서는 무엇이라고 했는지 보자. 다음에 나오는 '민(憫)'자는 '불쌍히 여기다' 또는 '애처롭게 생각하다'는 뜻이거든. 그럼 '불쌍히 여기는 것'은 어떻게 하는 것일까?

짱이　동생이 아프면 눈물이 나오는 거예요.

아빠　그래. '같이 아파하고, 도와주고, 생각해주고, 잘해주고 싶어 하는 마음을 가지는 것'을 '불쌍히 여기다' 또는 '애처롭게 여기다'라고 해. '이(而)'는 '그리고'라는 뜻이고, '생각 사(思)', '구할 구(救)'. 그러니까 '민이사구(憫而思救)'는 '불쌍히 여기고 그리고 구할 것을 생각하라'는 말이야. 그런데 무엇을 구해주라는 것일까?

짱이　목숨?

아빠　그렇게 생각할 수도 있겠구나. 그러나 여기에서는 약을 구한다는 뜻이야. 지금은 아프면 무조건 병원에 가지만, 옛날에는 병원이 잘 없었어. 그 때는 주로 요즘 의사에 해당하는 의원이 있었는데, 모두가 약으로 치료를 했거든. 그래서 옛날에는 아프면 약을 구할 생각을 먼저 했던 거야. 그래서 여기에서 형제가 아프면 약을 구해줄 것을 생각하라고 한 거지. 지금은 엄마 아빠가 있으니까 너희들이 병이 나면 부모님이 고쳐 주시지만, 나중에 엄마 아빠가 안 계시면 너희들이 서로 마음 아프게 생각하고 고쳐주려고 노력해야 한다는 거야. 안 아픈 쪽에서 아픈 쪽을 고쳐 주도록 노력해야 하는 거야. 옛날에 짱이가 아플 때 병원에서 하리가 손잡아주고 이마에 손도 올려줬지? 그리고 하리가 치과에서 이빨 뽑을 때 형이 손잡아 줬잖아? 나중에도 그렇게 서로 아껴 주어야한다. 알겠지?

짱이, 하리　예.

아빠　형제유병(兄弟有病)이면 민이사구(憫而思救)하라. '형제가 병에 걸리면 애처롭게 여기고 약을 구하려고, 곧 고쳐줄 방법을 생각하라.'

071

兄弟有善 必譽于外

형 제 유 선 필 예 우 외

형제에게 착한 것이 있으면,
반드시 다른 사람들에게 자랑거리가 된다.

글자풀이

형(兄) : 형. 제(弟) : 아우. 유(有) : 있다. 선(善) : 착하다. 필(必) : 반드시.
예(譽) : 명예. 자랑하다. 우(于) : …에. 외(外) : 밖.

아빠 형제유선(兄弟有善)이면 필예우외(必譽于外)니라. 여기에서 '형제(兄弟)'는?

짱이 '동생'.

하리 '형과 동생'.

아빠 어? 어떻게 형이 동생보다 못할 수 있지?

짱이 하하하, 항상 동생만 생각하니까 그렇죠.

아빠 그 말도 맞네. 하하하, 그러나 '형제(兄弟)'는 '형과 동생'을 말하는 거야. '유선(有善)'은 '착함이 있으면' 또는 '착한 행동 곧 선행(善行)이 있으면', '반드시 필(必)', '명예 예(譽)' 또는 '자랑할 예(譽)', '…에 우(于)', '밖 외(外)'. 여기에서 '밖'이라는 말은 '다른 사람들'을 말하는 거야. 다른 사람들을 '바깥 사람'이라고도 하잖아. 필예우외(必譽于外)는 '반드시 밖으로,

바로 다른 사람들에게 자랑을 하라'는 뜻이야. 이 말은 '형제의 착한 행동이나 좋은 일을 숨기지 말고, 다른 사람들에게 인정을 받을 수 있도록 한다'라는 말이야. 짱이야, 동생이 착한 일을 하면 짱이가 다른 사람들에게 자랑스럽지 않겠어?

짱이 자랑스러워요.

아빠 자랑스러우면 다른 사람들에게 '내 동생은 참 착하다'라고 자랑을 하라는 말이야. 잘못 생각하면, 동생만 착하다고 생각할까 봐 일부러 말하지 않을 수도 있겠지만, 사실은 동생이 칭찬을 받으면 짱이도 기분이 좋잖아. 또 그렇게 하는 것이 진정한 대인이고… 짱이, 하리가 칭찬을 받는 것이 좋겠어? 꾸중을 듣는 것이 좋겠어?

짱이 그야 당연히 칭찬받는 것이지요.

아빠 하리는?

하리 하리도 형이 칭찬을 많이 받으면 좋겠어요.

아빠 그래. 그러면 형과 동생이 칭찬을 많이 받게 하려면 어떻게 해야 되겠어?

짱이 착한 일을 많이 해야 돼요.

아빠 그렇지. 그렇게 착한 일을 하고 나면, 다른 사람들에게 '내 동생이 이렇게 착한 일을 많이 했다'고 자랑하는 거야. 그래야 다른 사람들이 그것을 알고 칭찬을 많이 하지. 마찬가지로 형이 착한 일을 하면 또 동생도 다른 사람들에게 자랑해야 되겠지? 그러면 본인은 착한 일 해서 좋고, 형제는 그것이 또 자랑스러워서 좋고. 그러면 짱이와 하리는 저절로 칭찬받는 어린이가 되지 않겠어? 그렇게 되면 엄마 아빠한테도 정말 명예가 될 거야. '어떻게 그 집 아이는 둘 다 그렇게 착할 수가 있어요?' 하고 보는 사람들마다 다 칭찬을 하지 않겠어? 그런데, 조심할 것은, 형제는 자랑할 수 있지만, 자기자신을 자랑하면 안 된다는 거야.

짱이 왜요?

아빠 원래 자기 자랑은 하지 않는 거야. 온 세상 사람들이 모두 자기 자랑을 하면 어떻게 되겠어? 온통 잘난 사람들이겠지? 그래서 옛날부터 자기 자랑하는 사람을 '못난 사람'이라고 했어. 그러나 형제는 괜찮아. 아니, 형제는 자랑을 해줘야 돼. 그래서 《사자소학》에서 이 말을 한 거야. 알겠지?

짱이, 하리 예.

아빠 그럼, '착한 일'은 어떤 일일까?

하리 부모님 말씀 잘 듣고, 심부름 잘 하는 거예요.

짱이 너무 많아서 말할 수가 없어요.

아빠 그래도 두 가지만 말해보렴.

짱이 물건을 아껴 쓰고, 용돈도 절약하는 거예요.

아빠 그래. 착한 일은 아주 많단다. 그 중에서 가장 착한 일은, 아빠 생각에는 밖에서 사람들에게 인사를 잘하는 것이 아닐까 싶어. 밖에 나가서 어른을 만나면 공손하게 "안녕하세요" 하고 인사를 잘하는 거야.

짱이 아빠, 잘 알지 못해도 해야 돼요?

아빠 짱이야, 같은 아파트 안에서 만나는 사람은 잘 모르더라도 모두 우리 아파트에 사는 이웃이거든. 그러니 인사를 하는 것이 좋겠지. 다음으로 집안에서 할 수 있는 가장 착한 일은 부모님 말씀을 잘 듣는 것이야. 그러면 정말로 착한 사람이 될 수 있을 거야. 알겠지?

짱이, 하리 예.

아빠 형제유선(兄弟有善)이면 필예우외(必譽于外)니라. '형제가 착한 일을 한 것이 있으면 반드시 다른 사람들에게 자랑거리가 된다.'

072

兄弟有惡 隱而勿現
형 제 유 악 은 이 물 현

형제에게 나쁜 일이 있으면 숨기고 나타내지 말라.

글자풀이

형(兄) : 형. 제(弟) : 아우. 유(有) : 있다. 악(惡) : 나쁘다. 은(隱) : 숨기다.

이(而) : 그리고. 물(勿) : 하지 말라. 현(現) : 드러내다, 나타내다.

아빠와 함께

아빠 형제유악(兄弟有惡)이면 은이물현(隱而勿現)하라.

짱이 '형제유악(兄弟有惡)'. '형제에게 악한 것이 있으면'. 아빠, 제 말이 맞죠?

아빠 잘 했어. 악(惡)은 '악하다, 나쁘다'라는 말이야. 그러니까 '형제에게 나쁜 일이 있으면'이란 뜻이겠지. 은(隱)은 '숨기다'라는 뜻인데, '숨는 곳'이라는 뜻의 '은신처(隱身處)'라고 할 때의 은(隱)자와 같은 글자야. '그리고 이(而)', '하지말 물(勿)', '나타낼 현(現)'. 여기에서 '나타내다'는 말은 '드러내다'는 뜻으로 '밖으로 표해내는 것'을 말하는 거야. 그런데 '물현(勿現)'이라고 했으니까 '나타내지 말라'가 되겠지. 즉, 은이물현(隱而勿現)은 '숨기고 밖으로 드러내지 말라'는 뜻이야.

하리 왜요?

아빠 하리가 사실은 아주 착하고 예쁘거든. 그런데 하리가 어쩌다 조금 나쁜 짓을 했다고 해서, 형이 밖에 나가서 다른 사람들에게 '동생이 나쁜 짓을 했다'고 하면, 다른 사람들은 하리가 정말 아주 나쁜 사람인 줄 알 거 아냐. 사실은 착한데도 말이야. 하리는 형이 잘못했다고 다른 사람들에게 말하고, 또 거꾸로 형은 하리가 잘못했다고 고자질하면 어떻게 되겠어? 서로 사이가 나빠지겠지. 형제간에는 잘한 것은 자랑하고 잘못한 것은 서로 감싸주어야 하는 거야. 앞으로 서로 서로 자랑할 것은 자랑하고, 숨겨줄 것은 숨겨 주어서 의좋은 형제가 되도록 해야 돼.

하리 하리는 잘 할 수 있어요.

아빠 물론이지. 우리 하리는 형을 아주 많이 좋아하니까 잘 할 수 있을 거야. 그러나 형이나 동생의 잘못을 부모님에게는 바로 알려주어야 해. 그래야 부모님이 그것을 알고 다음부터는 그렇게 하지 않도록 할 것 아니냐? 그렇지?

하리 예.

아빠 형제유악(兄弟有惡)이면 은이물현(隱而勿現)하라. '형제에게 나쁜 일이 있으면 숨기고 나타내지 말라.'

073

我身能孝 兄弟亦效
아 신 능 효　형 제 역 효

내가 효도를 하게 되면 형제가 또한 본받는다.

아(我) : 나. 신(身) : 자신, 몸. 능(能) : 할 수 있다. 효(孝) : 효도하다.

형(兄) : 형. 제(弟) : 아우. 역(亦) : 또한. 효(效) : 본받다.

아빠　아신능효(我身能孝)면 형제역효(兄弟亦效)이니라. '나 아(我)',
'몸 신(身)', 그럼, '아신(我身)'은 무슨 뜻일까?

하리　'내 몸'.

아빠　그렇지. '내 몸' 즉, '나 자신'이지. 능(能)은 '할 수 있다'라는
뜻으로, 능력(能力)이라고 할 때 바로 이 글자를 써. 효(孝)는?

하리　'효도 효(孝)'잖아요.

짱이　아빠, 효도가 무엇이에요?

하리　형, 그것도 모르냐? 몸을 튼튼히 해서 안 아픈 것이 효도라고
엄마가 맨날맨날 말하잖아. 형이 그것도 몰라?

짱이　아니야. 자기도 모르면서 그러네.

아빠　아이구, 됐어요. 장군님들! '효도(孝道)'란 '부모님이 걱정하
지 않도록 마음을 편하게 해드리는 것'을 말해. 그러니까 여러

가지가 있겠지. 부모님 말씀 잘 듣고, 동생과 사이좋게 지내고, 공부도 잘하고, 밖에 나가서 다른 사람들에게 인사도 잘하고, 밥을 잘 먹어서 몸을 튼튼하게 해서 부모님이 걱정하지 않도록 하는 것 등등, 이 모든 것을 효도라고 할 수 있는 거야.

하리 아빠, 몸이 튼튼한 것도 효도가 맞지요?

아빠 맞고말고. 너희들이 건강하게 잘 자라는 것이 가장 큰 효도라고 할 수 있지. 음식도 골고루 잘 먹고, 공부도 열심히 하고, 착하고 건강하게 잘 자라는 것이 곧 엄마 아빠의 바램이란다.

짱이 아빠, 한 마디로 착한 일을 하면 되는 거네요.

아빠 결론적으로 그런 셈이지. 아신능효(我身能孝)는 '내 몸 즉, 내 자신이 효도하게 되면', 형제역효(兄弟亦效)라. '형제가 또한 본받는다' 라는 말이야. 역(亦)은 '또한' 이라는 뜻이고, 효(效)는 '본받는다' 는 뜻으로, 다른 사람의 말과 행동을 따라하는 것을 말해. '내가 부모님 말씀 잘 듣고 좋은 일을 하면, 다른 형제들이 자연히 따라서 하게 된다' 는 말이야. 짱이야, 너 평소에 늘 '하리는 내가 하는 대로 따라한다'고 불평했지? 그것 봐라. 동생은 형을 따라하게 되어 있어. 그러니까 형인 짱이는 항상 좋은 일, 착한 일을 해야 하는 거야. 앞으로도 부모님 말씀 잘 듣고, 부모님이 하지 말라고 하는 짓은 하면 안 돼. 아빠 말 잘 알겠지? 항상 동생의 모범이 되도록 해야 하는 거야. 그래서 형님 노릇하기가 어렵다고 하는 거야.

하리 형, 알았어?

짱이 누가 형에게 그런 소리를 하냐?

아빠 그래. 이건 형 말이 맞아. 형에게는 말을 공손하게 해야지.

하하. 자, 아신능효(我身能孝)면 형제역효(兄弟亦效)니라.
‘내 자신이 효도를 하면, 다른 형제들이 또한 본을 받느니라.’

사 자 소 학 (四 字 小 學)

074

我身不孝 兄弟亦則
아 신 불 효 형 제 역 칙

내가 불효를 하게 되면, 형제가 또한 따라한다.

아(我) : 나. 신(身) : 자신, 몸. 불(不) : 아니. 효(孝) : 효도, 효도하다.

형(兄) : 형. 제(弟) : 아우. 역(亦) : 또한. 칙(則) : 본받다, 따라하다, 법칙.

아빠와 함께

아빠 아신불효(我身不孝)면 형제역칙(兄弟亦則)이니라. 이 말은 앞의 말과 같은 맥락이야. '불효(不孝)'는 '효도하지 않는다'는 뜻인데, 그냥 '불효(不孝)'라고 해도 돼. 효도의 반대말이지. 아신불효(我身不孝)는 '내가 몸소 효도를 하지 아니하면', 형제역칙(兄弟亦則). '형제가 또한 따라한다'라는 말이야. 칙(則)은 원래 '법칙 칙(則)'인데, 여기에서는 앞의 '효(效)'와 똑같이 '본받다'라는 뜻으로 쓰였어. 그런데 여기에서는 나쁜 행동이니까 '따라한다'고 해야 하겠지. 앞에서 '내가 효도를 하면 다른 형제들이 본받는다'라고 했지? 마찬가지로 내가 불효를 하면 또한 형제들이 따라하게 되거든. 어려서부터 좋은 일을 하는 습관을 가지도록 하는 것이 매우 중요하단다. 어리다고 엄마 아빠 말씀을 안 들으면, 그것이 버릇이 되어 커서도

잘 안 듣게 되거든. 지금부터 엄마 아빠 말씀은 어떤 상황이든 지 단번에 듣도록 해야 돼. 잘 알겠지? 또 형제는 서로 말과 행동을 따라하게 되니까, 형은 자신은 물론 동생을 위해서, 동생도 자신은 물론 형을 위해서 착하고 좋은 일을 하도록 습관을 들이는 것이 중요하단다. 잘 알겠지?

짱이, 하리 예.

아빠 아신불효(我身不孝)면 형제역칙(兄弟亦則)이니라. '내 자신이 불효하면, 형제들이 또한 따라하게 된다.'

사 자 소 학 (四 字 小 學)

075

我出晚來 倚門俟之
아 출 만 래 의 문 사 지

우리가 나갔다가 늦게 돌아오면,
부모님께서 문에 기대어 기다리신다.

我(아) : 나, 우리. 出(출) : 나가다. 晚(만) : 늦다. 來(래) : 오다.
倚(의) : 기대다, 의지하다. 門(문) : 문. 俟(사) : 기다리다. 之(지) : 그 사람.

아빠와 함께

아빠 아출만래(我出晚來)면 의문사지(倚門俟之)니라. '나 아(我)',
'나갈 출(出)', '늦을 만(晚)', '올 래(來)', '기댈 의(倚)', '문 문
(門)', '기다릴 사(俟)', '그 사람 지(之)'.

하리 아빠, 잠깐! 여기에서는 '그것 지(之)'가 아니라, '그 사람 지
(之)'이예요?

아빠 그렇단다. '之(지)'는 물건을 가리키기도 하고, 사람을 가리키
기도 해. 여기에서는 앞에 '기다리다'는 말이 있으니까, 사람
을 기다린다는 뜻이 되므로, '그 사람'으로 해야 옳아.

하리 복잡해요.

아빠 하하하, 그렇게 생각될 수도 있겠구나. 그러나 한자(漢字)는
한 글자가 여러 가지 뜻을 가진단다. 그것을 모두 알아두었다

가, 그때그때 적당한 뜻을 골라서 쓰면 돼. 천천히 공부하다 보
면 모두 알게 되니까, 너무 고민하지 마. 알았지? 그럼 볼게.
'아출만래(我出晩來) 의문사지(倚門俟之)'. 즉, '내가 나갔다가
늦게 돌아오면 문에 기대어 그 사람을 기다린다.' 그러면, 여기
에서 '그 사람'은 누구일까?

짱이   '나'지요.

아빠   그렇지. 여기에서 '그 사람'은 바로 앞에서 나갔다고 한 사람, 바
로 '나'겠지? 그러면 문에 기대어 기다리는 사람은 누구일까?

짱이   아빠, 그런데 왜 문에 기대어 기다리는데요?

아빠   음, 그것은 말이야. 오래 기다리면 다리도 아프고 힘이 들지 않
겠어? 그래서 문에 기대어 서서 기다리면 오래도록 기다릴 수
있지. 그러나 여기에서 '문에 기대어'라는 말은, 반드시 문에
기대어 기다린다는 뜻이 아니라, 바로 기다리는 사람이 올 때
까지 오래도록 기다린다는 뜻이야. 알겠지? 그러면 누가 누구

사 자 소 학 (四字小學)

를 기다릴까?

짱이   음, 아, 알았다. 집에 있는 사람들.

아빠   그렇지, 그럼 집에 있는 사람들은 누구일까?

하리   그야 엄마지요. 엄마는 맨날맨날 집에 있잖아요.

아빠   그러네. 아마도 엄마일 가능성이 제일 높네. 그러면 보자. '내가 나갔다가 늦게 돌아오면, 엄마가 문에 기대어 기다리신다.' 이런 말이 되네, 그렇지?

하리   예, 그렇죠.

아빠   그러면 다시 보자. 이 말이 무슨 뜻이냐 하면, 여기에서 '나'는 반드시 '내'가 아니라, '우리'라는 뜻도 돼. 즉 '우리가 밖에 나갔다가 늦게 돌아오면 엄마가 문에서 기다리신다'라는 뜻이 되는 거지. 여기에서 '우리'는 너희들과 같은 '아이'를 말하는 거야. 너희들이 밖에 나갔다가 늦게 돌아오면, 엄마가 어떻게 하신다고?

짱이   문 앞에서 기다려요.

아빠   그렇지. 왜 기다리시느냐 하면, 그것은 걱정이 되기 때문이지. 혹시 무슨 일이 있는 것은 아닐까 하고… 그러므로, 밖에 나갈 때는 항상 가는 곳을 먼저 말씀드리고 나가되, 가능한 한 밖에서 볼 일을 빨리 보고 일찍 집에 와야 하는 거야. 놀 때도 마찬가지이고… 놀다가 늦게 오면 부모님이 얼마나 걱정하시겠어? 알겠지?

짱이   예.

아빠   하리는 왜 대답을 않지?

하리   하리는 다 알아요. 히히.

아빠   알아도 대답을 해야 하는 거야. 그럼 보자. 아출만래(我出晚

來)면 의문사지(倚門俟之)니라. ‘우리가 외출했다가 늦게 돌아
오면 부모님이 문에 기대어 기다리시느니라.’

사 자 소 학 (四 字 小 學)

弟出不還 登高望之
제 출 불 환 등 고 망 지

동생이 나가서 늦게 돌아오면,
높은 곳에 올라 동생이 오는지 바라보라.

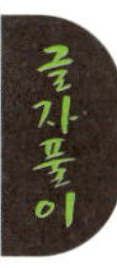

글자풀이

弟(제) : 동생. 出(출) : 나가다. 不(불) : 아니. 還(환) : 돌아오다. 登(등) : 오르다.

高(고) : 높다, 높은 곳. 望(망) : 바라보다. 之(지) : 그것, 그 사람.

아빠와 함께

아빠 제출불환(弟出不還)이면 등고망지(登高望之)니라. 이번에는 동생이 밖에 나가서 오지 않을 경우의 이야기이네. 여기에서 환(還)은 '돌아올 환(還)'이니, 불환(不還)은 '돌아오지 않는다'가 되겠네. 그러면, 제출불환(弟出不還)은 '동생이 나갔다가 돌아오지 않으면'이라는 뜻이 되겠다. 그지?

짱이 예.

아빠 그럼, 동생이 돌아오지 않으면 어떻게 해야 할까?

짱이 엄마가 찾으러 가요.

아빠 야! 그건 좀 잘못됐다. 동생이 놀러나갔다가 늦게까지 안 온다는 이야기는 저녁 때가 다 되었다는 말인데, 엄마가 저녁식사를 준비하면서 어떻게 나갈 수가 있냐?

하리 그러니까 당연히 형이 찾으러 와야지.

아빠 그래. 그건 하리 말이 맞는 것 같은데. 그럼 우리 《사자소학》에
서는 뭐라고 했는지, 그 다음을 보자. 등고망지(登高望之). '오
를 등(登)', '높을 고(高)', '바라볼 망(望)', '그 사람 지(之)'. 그
러니까 '등고(登高)'는 '높은 곳에 올라간다'는 뜻이겠지? 그
럼 왜 높은 곳에 올라갈까?

하리 높은 곳에 올라가면 엄마가 위험하다고 했는데, 어떻게 높은
데 올라갈 수 있어요?

아빠 응, 물론 위험한 곳은 안 되지. 그러나 사람이 오나 안 오나 기
다릴 때, 높은 곳에 올라가 보면 더 잘 보이잖아. 또 멀리까지
볼 수도 있고. 그래서 높은 곳에 올라가서 멀리 본다는 거야.
그러나 위험한 곳은 절대 안 되겠지? 옛날에는 대부분 시골에
살았으니까 언덕이나 개울 둑 같은 곳에 올라가서 볼 수 있었
을 것 아니냐. 요즈음은 어디가 높을까?

짱이 아빠! 우리 베란다가 제일 좋을 것 같아요.

아빠 그래. 난간에만 매달리지 않는다면, 그곳이 제일 잘 보이겠지.
대신 절대 난간에 매달리면 안 돼. 알았지?

짱이, 하리 예.

아빠 좋았어. 그럼 다음 말을 보자. '망지(望之)'는 '그 사람을 바라
본다'고 해도 되고, '그곳, 즉 먼 곳을 바라본다'고 해도 돼. 그
럼 '그 사람을 바라본다'고 한다면, 여기에서 '그 사람'이란 누
구일까?

짱이 동생이겠네요.

아빠 그렇지. 밖에 나간 동생이 오는지 안 오는지 형이 기다린다는

뜻이겠지. 여기에서는 형이 동생을 기다려줘야 한다는 말이야. 이렇게 형제는 서로서로 기다려주고 염려해줘야 하는 거야. 앞에서 아빠가 말했지? 이 세상에서 형제만큼 가까운 사이는 없다고. 항상 서로 아끼고 염려해주는 사람이 되도록 해야한다. 알았지?

짱이, 하리 예.

아빠 제출불환(弟出不還)이면 등고망지(登高望之)하라. '동생이 밖에 나가서 돌아오지 않으면 높은 곳에 올라서서 그가 오는지를 바라보라.'

077

兄亦如此 弟亦似之

형 역 여 차 제 역 사 지

형이 또한 이와 같이 하면, 동생 역시 본받는다.

兄(형) : 형. 亦(역) : 또한. 如(여) : 같다, 같이 하다. 此(차) : 이것.

弟(제) : 아우. 似(사) : 본받다. 비슷하다. 之(지) : 그것.

아빠 형역여차(兄亦如此)면 제역사지(弟亦似之)니라. '형 형(兄)', '또 역(亦)', '같을 여(如)', '이것 차(此)', '아우 제(弟)', '비슷할 사(似)', '그것 지(之)'. 이 글자들은 모두 알겠지? 그런데 '형역(兄亦)'은 '형이 또한'인데, '여차(如此)'는 무슨 뜻일까?

깡이 '같으면'.

아빠 한 글자의 해석이 빠졌어. 뒤에 '이것 차(此)'가 있으니까, '여차(如此)'는 '이와 같다'는 뜻이 되겠네. 그러면 전체는 '형이 또한 이와 같으면', 제역사지(弟亦似之)니라. 즉, '동생이 또한 그것을 본받는다.' '사(似)'는 원래 '비슷하다, 같다'라는 뜻이나, 여기에서는 '비슷하게 한다' 즉, '본받는다'라는 뜻으로 풀이하는 것이 더 좋아. 그럼, 여기에서 '이와 같이하면'이라고 할 때, '이'는 무엇을 가리키는 말일까?

짱이 '책에서 말한 것'. 즉 '효도하고 동생을 기다려주는' 거요.

하리 우리 형은 똑똑해요. 그래서 형은 하리를 가르쳐 주거든요. 그러면 할 수 있어요.

짱이 형이 가르쳐 주는 것 말고도, 내가 하는 것 모두 따라 하잖아.

아빠 하하하, 그랬어? 그런데 그건 당연한 거야. 형은 항상 동생을 돌봐주고 가르쳐주고 또 동생이 보고 있다는 것을 명심하고 올바른 행동을 해야 하는 거야.

짱이 아빠, 그러면 동생이 하는 일은 없잖아요. 그런 것이 어디 있어요?

아빠 물론 동생이 해야 할 일도 있지. 동생은 형이 가르쳐주는 것을 잊지 말고 따르고 배우며, 형의 말을 들어야 하는 거야. 형의 말과 행동은 동생이 그대로 따라하니까, 형은 동생의 모범이 되도록 해야 하고. 모두 알겠어?

짱이, 하리 예.

아빠 좋았어. 그럼 정리한다. 형역여차(兄亦如此)면 제역사지(弟亦似之)니라. '형이 또한 이와 같이 하면, 동생 역시 형과 비슷하게 한다.'

078

雖有他親 豈有如此

수 유 타 친 　 기 유 여 차

비록 유달리 친함이 있을지라도,
어찌 이와 같을 수 있겠는가?

글자풀이

수(雖) : 비록. 유(有) : 있다. 타(他) : 다른, 특별한. 친(親) : 친하다.

기(豈) : 어찌. 여(如) : 같다. 차(此) : 이것

아빠와 함께

아빠 수유타친(雖有他親)이라도 기유여차(豈有如此)리오. '비록 수(雖)', '있을 유(有)', '다를 타(他)', '친할 친(親)'. 수유타친(雖有他親), 곧 '비록 특별히 다른 친함이 있다고 할지라도', '어찌 기(豈)', '있을 유(有)', '같을 여(如)', '이것 차(此)'. 기유여차(豈有如此), '어찌 이와 같음이 있겠는가?' 짱이, 이 말이 무슨 뜻 같애?

짱이 모르겠어요. 이 말은 너무 어려워요.

하리 어렵기는 뭐가 어렵냐? 하리는 다 알 수 있어.

짱이 그럼, 뭔데? 말해봐.

하리 아빠! 뭐예요?

아빠 뭐? 아니 그럼 너는 모르면서 안다고 한 거야? 그건 모르는 것

이잖아. 모르면서 안다고 하면 안 되지.

짱이 하리! 거짓말하면 안 돼. 형도 못하는 걸 감히 할 수 있다고 하냐?

하리 하리는 거짓말 안 했다. 아빠가 가르쳐주면 다 알 수 있다 뭐? 아빠, 제 말이 맞죠?

아빠 아니, 틀리는데! 모르는 것은 당연히 모른다라고 해야지. 그래야 정직하고 착한 어린이가 되지. 이제 그만하고 책을 보자. 여기 '유달리 친함이 있다'라고 하는 것은 '특별히 매우 친하다'는 것을 말해. 그리고 '어찌 이와 같음이 있겠는가?'라는 말은, '어찌 이와 같을 수 있겠는가? 또는 '어찌 이와 같겠는가?'라는 뜻과 같은데, 여기에서 '이와 같다'는 말은 '형이 밖에 나갔다가 늦게 오면 동생이 기다려 주고, 또 동생이 놀러갔다가 늦도록 돌아오지 않으면 형이 또 높은 곳에 올라가서 동생이 오는지 살펴본다'는 거야. 친구들끼리 이렇게 할 수 있어? 친구들은 같이 놀다가도 해가 지면 각각 자기 집으로 돌아가잖아. 그러니까 그렇게 하고 싶어도 할 수가 없지. 그런데 형제는 같은 집에 사니까, 그렇게 할 수 있잖아. 여기 '어찌 이와 같이 하겠는가?'라는 말은 바로 '그렇게 할 수 없다'는 뜻이야. 그러니까 전체를 합치면, '아무리 친한 친구일지라도 그렇게 기다려 줄 수가 없다.'는 말이 되니, 이 말은 곧 '아무리 친해도 형제보다 가까울 수 없다'는 뜻이 되겠지. 다들 알겠어?

짱이 이젠 알겠어요.

아빠 그런데 어떤 때 짱이는 친구들하고 놀 때, 하리하고는 같이 놀

아주지 않더라?

하리 아빠, 할머니 집에 갔을 때, 형은 사촌 형하고만 놀고, 또 놀리기도 해요.

아빠 짱이야, 사촌 형제를 오랜만에 만나면 같이 놀고 싶겠지만, 그래도 동생을 떼어놓으면 안 돼. 형은 항상 동생을 잘 보살피고 돌봐줘야 한다는 것을 명심해야 하는 거야. 알겠지?

짱이 예.

아빠 수유타친(雖有他親)이라도 기유여차(豈有如此)리오. ‘비록 유달리 친함이 있을지라도 어찌 이와 같음이 있겠는가?’

  사 자 소 학 (四 字 小 學)

079

我有憂患 兄弟亦憂

아 유 우 환 형 제 역 우

내게 우환이 있으면, 형제가 또한 근심한다.

아(我) : 나. 유(有) : 있다. 우(憂) : 근심, 걱정. 환(患) : 질병, 걱정.

형(兄) : 형. 제(弟) : 동생. 역(亦) : 또한.

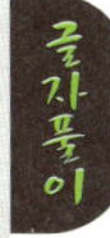

아빠 아유우환(我有憂患)이면 형제역우(兄弟亦憂)이니라. 여기에서 '우환(憂患)'이 무슨 뜻일까?

짱이 '근심'이에요.

아빠 그렇지. '근심 우(憂)', '근심 환(患)' 해서 '우환(憂患)'이야. 조금만 더 자세히 설명하면, '우(憂)'는 여러 가지 부담에서 오는 걱정이고, '환(患)'은 몸이 아픈 데서 오는 걱정이란다. '우려(憂慮)'와 '질환(疾患)' 정도라고 알아두자. 이것들은 모두 사람들의 걱정거리이므로, 같이 붙여서 '우환(憂患)'이라고 하는 거야. 아유우환(我有憂患), 곧 '내게 근심 걱정이 있으면', 형제역우(兄弟亦憂). '형제가 또한 걱정을 한다'는 말이야. 짱이야, 하리가 근심하는 것이 있어서 잘 놀지도 안고 먹지도 않으면, 짱이는 마음이 어때?

짱이 나도 걱정이 되어서 기분이 안 좋아요.

아빠 마찬가지야. 또 짱이가 근심이 있으면 동생인 하리가 걱정을
하게 되거든. 짱이가 아플 때, 하리는 꼭 네 얼굴을 쓰다듬으면
서 "형 괜찮아"하고 묻지? 그러니까 나중에 너희들이 어른이
되더라도 근심이나 걱정거리가 있으면 서로 의논해서 해결하
도록 해. 마음속으로 가장 염려하고 서로 위해 줄 수 있는 사람
은 결국 너희 형제라는 것을 잊으면 안 돼. 알겠지?

짱이, 하리 예.

아빠 아, 그리고 또 하나, 이 말은 내게 근심거리가 있으면, 형제가
또한 걱정을 하기 때문에, 형제들을 걱정하지 않도록 하기 위
해서는, 평소에 몸을 잘 관리하고 부지런히 일하며 열심히 살
아서, 걱정거리가 없도록 해야 한다는 의미도 있어. 알겠지?

짱이, 하리 예.

아빠 아유우환(我有憂患)이면 형제역우(兄弟亦憂)니라. '내게 근심
이 있으면, 형제가 또한 근심하느니라.'

  사 자 소 학 (四 字 小 學)

080

我有歡樂 兄弟亦樂
아 유 환 락 형 제 역 락

내게 즐거움이 있으면, 형제가 또한 즐겁다.

아(我) : 나. 유(有) : 있다. 환(歡) : 기쁘다. 락(樂) : 즐겁다.

형(兄) : 형. 제(弟) : 동생. 역(亦) : 또한.

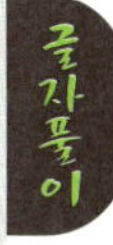

아빠와 함께

아빠 아유환락(我有歡樂)이면 형제역락(兄弟亦樂)이니라. 여기에서 '환락(歡樂)'은 '기쁠 환(歡)', '즐거울 락(樂)'이니까, '기쁨, 즐거움' 또는 '좋은 일, 기쁜 일'을 말하는 거야. 이 글은 앞말과 서로 짝을 이루는 말인데, '아유환락(我有歡樂)' 즉, '내게 즐거움이 있으면' '형제역락(兄弟亦樂)', 곧 '형제도 또한 즐겁다'라는 말이야. 이 말은 짱이에게 기쁜 일이 있으면 하리도 즐겁고, 하리에게 좋은 일이 있으면 짱이도 또한 즐겁다는 뜻이야.

짱이 아빠, 어떻게 하면 즐거워요?

하리 사이좋게 놀면 되잖아. 형이 재미있게 놀면 즐겁잖아.

짱이 누가 그걸 물었어?

아빠 짱이야, 밖에 나가서 착한 일을 했을 때 다른 사람들에게 칭찬

들으면 즐겁지? 또 공부 잘하고 심부름 잘해서 엄마 아빠께 칭
찬 들으면 즐겁지? 재미있는 책을 보아도 즐겁겠지? 동생이나
형이 즐거워하는 모습을 보아도 즐겁겠지? 즐거운 일에는 여
러 가지가 있어. 이렇게 해서 즐거우면 그것을 보고 있는 형제
도 즐겁고, 너희들이 즐거우면 엄마 아빠도 즐겁고. 그러면 가
족 모두가 즐겁겠지. 그럼 내가 즐거우려면, 착한 일 좋은 일을
많이 하고 또 잘해야하겠지? 그래서 내가 즐거우면 형제도 즐
겁고, 형제가 즐거우면 부모님도 즐겁고, 이 얼마나 좋겠어? 그
러니 앞으로는 우리 자신이 각자 기쁘고, 즐거운 일을 많이 하
도록 노력하자. 짱이, 하리! 어떻게 생각해?

짱이 좋아요.

하리 하리는 할 수 있어요.

아빠 좋아. 아유환락(我有歡樂)이면 형제역락(兄弟亦樂)이니라.
'내게 즐거움이 있으면, 즉 내가 즐거우면 형제도 또한 즐겁게
되다.'

사 자 소 학 (四 字 小 學)

081

雖有良朋 不及如此
수 유 양 붕 불 급 여 차

비록 좋은 친구가 있다고 해도,
형제에는 미치지 못한다.

수(雖) : 비록. 유(有) : 있다. 양/량(良) : 좋다. 붕(朋) : 친구.
불(不) : 아니. 급(及) : 미치다, 이르다. 여(如) : 같다. 차(此) : 이것.

아빠와 함께

아빠 수유양붕(雖有良朋)이라도 불급여차(不及如此)니라. '붕(朋)'
은 '친구'를 나타내는 말로서, '벗 붕(朋)', '친구 붕(朋)'이라
고 해.

짱이 아빠, '밝을 명(明)'이잖아요?

아빠 짱이야, 한자(漢字)는 자세히 보아야 하는 거야. '밝을 명(明)'
은 앞에 있는 것이 '날 일(日)' 즉, '해 일(日)'인데, '벗 붕
(朋)'은 '달 월(月)'이잖아?

짱이 아, 그걸 몰랐네.

하리 형 틀렸지. 메롱!

아빠 하리! 그러는 거 아니야. 짱이야, 그러니까 잘 봐야 하는 거야.
그럼 '수(雖)'는 무슨 뜻이지?

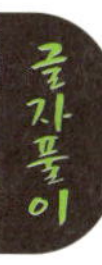

하리 '반드시 수'예요. 옛날에 배웠어요.

아빠 그런데 잘못됐어. '반드시'라고 할 때는 '모름지기 수(須)'잖아. '수물대타(須勿大唾)', '반드시 큰 소리로 침을 뱉지 말라.' 생각 안 나?

짱이 하리도 틀렸지. 메롱!

하리 형, 아빠가 그렇게 하면 안 된다고 했잖아. 아빠, 이제 생각나요. 그런데 글자가 너무 어려워요.

아빠 짱이, 그렇게 하는 거 아니라고 했는데… 당연히 어렵지. 그러나 배운 것이라고 다 알 수는 없어. 잊어도 괜찮아. 대신에 잊으면 또 하고 또 해야 돼. 한번 보고 모두 알 수는 없거든. 공부는 계속 반복해야 돼. 알았지? '비록 수(雖)', '있을 유(有)', '좋을 양(良)', '벗 붕(朋)'. 그럼, '양붕(良朋)'은 무슨 뜻이 될까?

짱이 '좋은 친구'요. '만나면 좋은 친구'.

아빠 후후후. 잘 하는데… '수유양붕(雖有良朋)'이란 '비록 좋은 친구가 있을지라도', '불급(不及)'은 '…에 미치지 않는다'는 말이고, '여차(如此)'는 '이와 같다'라고 했지? 그러면, '불급여차(不及如此)'는 '이와 같은 것에 미치지 않는다'라는 뜻이 되겠네. 여기에서 '이와 같은'이라고 할 때의 '이'가 가리키는 말은 무엇일까?

짱이 잘 모르겠어요. 동생인가?

아빠 그렇지. 짱이에게는 동생이겠지만, 정확하게 말하면 '형제'가 되겠네. 그러니까 이 말은 '형제는 부모님의 피를 같이 받았기 때문에 서로 걱정해주고 좋아해주는 그 마음에는 아무리 좋은 친구라 할지라도 미치지 못한다'라는 뜻이야. 친구가 아무리

좋아도 형제만큼은 아니라는 말이야. 형제에게 잘하고 난 뒤
에 친구에게 잘 해야지, 친구에게는 잘 하고 형제에게는 못하
면, 아무 것도 아니야. 그건 근본을 모르는 거야. 이 세상에서
'형제(兄弟)'를 제일 아껴야 한다. 잘 알겠지?

짱이, 하리 예.

아빠 수유양붕(雖有良朋)이라도 불급여차(不及如此)이니라. '비록
좋은 친구가 있다고 할지라도 형제에게는 미치지 못한다.'

082

敬我兄後 敬人之兄

경 아 형 후 경 인 지 형

나의 형을 존경한 뒤에 다른 사람의 형을 존경하라.

글자풀이

경(敬) : 존경하다. 아(我) : 나. 형(兄) : 형. 후(後) : 뒤.

인(人) : 사람. 지(之) : …의.

아빠 경아형후(敬我兄後)에 경인지형(敬人之兄)하라. 경(敬)은 '공경하다'라는 뜻이야. '아형(我兄)'은 무슨 뜻일까?

짱이 '나의 형'.

아빠 그렇지. 그러면 '경아형후(敬我兄後)'는 '나의 형을 공경한 후에'라는 뜻이 되겠네. 그렇게 하고 나서 '경인지형(敬人之兄)하라'. '경인지형(敬人之兄)'에서 인(人)은 보통 '사람 인(人)'이라고 하는데, 여기에서 '사람'이란 '자신이 아닌 다른 사람'을 뜻해. 그러면 '인지형(人之兄)'은 무슨 말일까?

짱이 '다른 사람의 형'이겠네요.

아빠 그렇지. 지(之)는 여기에서 '…의'라는 뜻으로 쓰였으니까, '다른 사람의 형'이 되는 거야. 그런데 앞에 경(敬)이 있으니까 '다른 사람의 형을 공경하라'는 말이 되겠다. 하리, 하리가 형

에게는 못하면서, 다른 친구 형에게 잘하면 아무 소용이 없다
는 거야.

하리 왜요? 아빠는 이상해요. 밖에 나가면 인사 잘하라고 했잖아요.

아빠 하리야, 이 말은 당연히 '우리 형에게 잘 하고, 그러고 나서 또
다른 사람들의 형에게도 잘하라'는 것이지, '다른 사람의 형을
공경하지 말라'는 말이 아니거든. 물론 다른 사람에게도 잘해
야 하지만, 내 형에게도 잘해야 한다는 거야. 자기 형에게는
잘하지 못하면서, 다른 사람에게 잘한다면 그것이 무슨 소용
이 있겠어? 알겠지?

하리 알았어요. 하리는 언제나 잘 할 수 있어요.

아빠 암, 당연히 그래야지. 경아형후(敬我兄後)에 경인지형(敬人之
兄)하라. '나의 형을 공경한 후에, 다른 사람의 형을 공경하
라.'

083

愛我弟後 愛人之弟
애 아 제 후 애 인 지 제

내 동생을 아낀 후에 다른 사람의 동생을 사랑하라.

글자풀이

애(愛) : 사랑하다, 아끼다. 아(我) : 나. 제(弟) : 동생. 후(後) : 뒤.

인(人) : 사람. 지(之) : …의.

아빠와 함께

아빠 애아제후(愛我弟後)에 애인지제(愛人之弟)하라. 이 말은 앞의 말과 같은 맥락에서 한 말인데, 앞에서는 동생에게 한 말이잖아. 그런데 이번에는 형에게 하는 말이야. 먼저 애(愛)는 무슨 뜻일까?

짱이 '사랑 애(愛)', '사람 인(人)', '그것 지(之)', '아우 제(弟)'.

아빠 애(愛)는 흔히 '사랑 애(愛)'라고 하지만, '아낄 애(愛)'라고 해도 돼. 좋아하니까 아끼고, 또 아끼니까 좋아하는 것이지. 이 말은 근본적으로 같은 말이야. 그런데 짱이가 말한 것 가운데 '지(之)'자는 이 경우 '그것 지(之)'가 아니고 '…의 지(之)'라는 말이야. '그것'이라는 뜻인지 '…의'라는 뜻인지 어떻게 아느냐 하면, '지(之)' 뒤에 다른 말이 있느냐 없느냐를 보고 알아. 여기 '인지제(人之弟)'처럼 다른 말이 있으면 '…의'라는

사 자 소 학 (四字小學)

뜻이 되고, '등고망지(登高望之)'처럼 아무 말이 없으면 '그 것'이라는 뜻이란다. 이것은 글을 많이 보면 저절로 알게 돼. 자, 그럼 또 보자. 여기에서 '아제(我弟)'는 '나의 동생'이니 까, 애아제후(愛我弟後)는 '나의 동생을 사랑한 후에'가 되겠 네. 그러고 나서 애인지제(愛人之弟)하라. 즉 '다른 사람의 동 생을 사랑하라.' 짱이야, 이 말은 네 동생을 사랑하고 나서 다 른 사람의 동생을 사랑하라는 말이야. 알겠지?

하리 그 봐. 형, 형은 할머니집에서 맨날맨날 사촌형하고 놀면서 하 리를 놀렸잖아. 하리는 정말로 화난다 말이야. 형, 앞으로는 그러면 안 돼. 사촌형이 형 동생이냐?

짱이 사촌동생도 동생이잖아?

아빠 하하하. 짱이, 정말 그랬어? 그러면 안 되지. 물론 사촌동생하 고도 잘 놀아야 하지만, 친동생인 하리에게도 잘해 주어야지. 동생을 놀리면 되겠어?

하리 형은 밉단 말이야. 내가 동생인데, 그것도 모르고….

아빠 앞으로는 형이 하리에게 잘해 줄 거야. 그러니 형 한번만 용서해 주자. 우리 하리 착하지? 짱이야, 하리가 형을 얼마나 좋아하는지 아니? 늘 형 먼저 챙기잖아? 짱이도 하리같이 동생을 먼저 챙겨주면 좋겠는데….

짱이 아빠, 저도 하리 좋아해요. 유치원 갔다오면 마중도 나가는데요.

아빠 그럼, 그래야지. 그래도 동생이 섭섭하게 생각하지 않도록 해. 애아제후(愛我弟後)에 애인지제(愛人之弟)하라. '내 동생을 먼저 사랑한 후에 남의 동생을 사랑하라.'

사자소학(四字小學)

我事人親 人事我親

084

아 사 인 친 인 사 아 친

내가 남의 부모님을 섬기면,
다른 사람도 나의 부모님를 섬긴다.

아(我) : 나. 사(事) : 섬기다. 인(人) : 사람, 남. 친(親) : 어버이, 부모.

아빠　아사인친(我事人親)이면 인사아친(人事我親)이니라. '나 아(我)', '섬길 사(事)', '사람 인(人)', '어버이 친(親)'. '인친(人親)'에서 '인(人)' 자는 흔히 '사람 인(人)'이라고 하는데, 여기에서 '사람'이란 곧 '다른 사람' 즉, '남'을 가리키는 거야. 그러니까 '인친(人親)'은 바로 '남의 부모'가 되겠지? 사(事)는 원래 '일 사(事)'라고 해서 '일'이라는 뜻이지만, '섬기다'라는 뜻도 있어. 여기에서는 '섬기다'라는 뜻으로 쓰였어. '섬기다'라는 말은 '잘 모신다'는 뜻이야. 그렇다면 '아사인친(我事人親)'은 '내가 다른 사람의 부모님을 섬기면'이라는 뜻이 되겠지. 그렇게 하면 '인사아친(人事我親)'하니라. 그럼 '인사아친(人事我親)'이라는 말은 무슨 뜻일까? 이 글의 뜻은 알 수 있겠지? 앞말과 구조가 똑같잖아.

짱이　'다른 사람들이 나의 부모님을 섬긴다'는 뜻이겠네요?

아빠　잘 했어. 내가 남의 부모를 소중하게 생각하게 되면 그 사람도 나의 부모님을 소중하게 생각하게 된다는 거야. 자기를 낳아 주시고 길러주신 부모님을 잘 섬기는 것은 사람으로서 해야 할 당연한 일이거든. 그것을 모르면 무엇과 같다고 했지?

짱이　개와 돼지 같은 짐승.

아빠　앞에서 많이 강조했지? 이렇게 부모님 고마운 줄 알고 부모님 수고하신 줄 알면 다른 부모님도 똑같이 수고하신 줄을 알겠지? 그래서 내 부모를 잘 섬기는 사람이 다른 사람의 부모도 잘 섬기게 되는 거야. 내가 먼저 다른 사람의 부모를 잘 섬기면, 그 사람도 역시 나의 부모님을 잘 섬길 것 아니냐? 이 말은 내가 먼저 솔선수범하면 다른 사람도 그렇게 따라하게 된다는 말이야. 알겠어?

짱이, 하리　예.

짱이　아빠, 그런데 '솔선수범'이라는 말이 무슨 뜻이에요?

아빠　야아, 이번 짱이 질문은 참 좋았어. 이처럼 모르는 것이 있으면 주저하지 않고 물을 줄 알아야 하는 거야. '솔선수범'이란 '내가 앞장서서 일을 하여 다른 사람들에게 모범을 보인다'는 뜻이야.

짱이　아하, 그런 뜻이구나.

아빠　아사인친(我事人親)이면 인사아친(人事我親)이니라. '내가 남의 부모를 잘 섬기게 되면, 다른 사람도 나의 부모를 잘 섬긴다.'

사 자 소 학 (四 字 小 學)

085

我敬人兄 人敬我兄

아 경 인 형 　 인 경 아 형

내가 남의 형을 존경하면,
다른 사람도 나의 형을 존경하게 된다.

아(我) : 나. 경(敬) : 존경하다. 인(人) : 다른 사람. 형(兄) : 형.

아빠 아경인형(我敬人兄)이면 인경아형(人敬我兄)이니라. '나 아
(我)', '공경할 경(敬)', '사람 인(人)', '형 형(兄)'. 여기에서도
'사람 인(人)'은 모두 '다른 사람'을 뜻하는 거야. 그럼 '아경
인형(我敬人兄)'이 무슨 뜻인지 알 수 있을까?

짱이 '내가 다른 사람의 형을 공경한다.'

아빠 그렇지. '인형(人兄)'은 '다른 사람의 형'이라는 뜻이니까,
'내가 다른 사람의 형을 공경하면' '인경아형(人敬我兄)'. 즉,
'다른 사람도 나의 형을 공경한다.' 사람은 혼자 살 수 없거든.
여러 사람이 어울려 살아야 재미있잖아? 너희들도 친구들과
같이 놀면 재미있지? 그럼 친구를 사귀려면 어떻게 해야 될까?

하리 사이좋게 지내야 돼요.

아빠 그렇지. 너희들이 다른 사람에게 잘 하고 그 사람들을 좋아하

면, 그 사람들도 너희들을 좋아하게 되거든. 그와 마찬가지로 내 형에게 다른 사람이 잘하기를 바라면, 내가 먼저 다른 사람의 형을 공경하고 따라야지. 그러면 다른 사람들도 자연히 나의 형을 따르고 공경하게 되는 거야. 남들이 무엇을 해주기를 원한다면, 너희들이 먼저 그렇게 하는 거야. 그렇게 하는 것을 '솔선수범(率先垂範)'이라고 한다고 했지? 바로 '솔선수범' 하는 거야. 너희 둘끼리도 마찬가지야. 너희 둘이 장난감을 가지고 놀다가, 다 놀고 나서 서로 치우라고 할 것이 아니라, 둘 중 어느 한 사람이 먼저 치우면 나머지 한 사람도 따라서 치우지 않겠어? 그리고 다른 사람이 치우는 것을 본다면 자기도 당연히 같이 해야지. 하기 싫은 일일수록 같이 하는 거야. 알겠지?

짱이, 하리 예.

아빠 아경인형(我敬人兄)이면 인경아형(人敬我兄)이니라. '내가 다른 사람의 형을 공경하면, 다른 사람도 나의 형을 공경하게 된다.'

사 자 소 학 (四 字 小 學)

朋友
붕우편

〈붕우견제도〉

'붕우(朋友)'란 우리말로 벗, 동무라는 뜻으로, 친구를 말합니다. 엄밀히 말하면, '붕우(朋友)'는 두 가지 유형의 친구를 말합니다. '붕(朋)'은 선생님이 같은 친구이고, '우(友)'는 마음을 같이 하는 친구입니다. 우리가 세상을 살다보면, 반드시 이 두 유형의 친구를 만나게 되며, 이 친구는 우리 인생에 절대적인 영향을 끼치게 됩니다. 어떤 친구를 사귀느냐는 바로 그 사람의 삶이 성공할 수 있느냐 없느냐의 관건이 됩니다.《사자소학》에서 특별히 '붕우편'을 두어, 친구에 대한 교훈을 중시하는 이유가 여기에 있습니다. 어떤 친구를 사귀어야 하는지《사자소학》의 내용을 잘 살펴보세요.

086

人之處世 不可無友
인 지 처 세 　 불 가 무 우

사람이 세상을 사는데 친구가 없을 수는 없다.

글자풀이

인(人) : 사람. 지(之) : 조사, 도와주는 글자. 처(處) : 살다, 머물다, 처신하다.
세(世) : 세상. 불(不) : 아니. 가(可) : 할 수 있다. 무(無) : 없다. 우(友) : 벗, 친구.

아빠와 함께

아빠 인지처세(人之處世)에 불가무우(不可無友)라. 여기에서 '사람 인(人)'은 '다른 사람'이란 뜻이 아니라, 일반적인 사람, 즉 너, 나, 우리를 포함한 '모든 사람'을 말하는 거야. 지(之)는 여기에서 특별한 뜻이 없이 그냥 도와주는 말로 쓰였는데, 이와 같이 다른 말들을 도와주는 글자를 '조사(助詞)'라고 해. 조사(助詞)는 이 말과 저 말을 하나로 맺어주는 글자라고 알아두면 좋겠어. 처세(處世)란 '처신할 처(處)', '인간 세(世)'자인데, '세상에서 사람이 살아가면서 어떻게 해야 할까 하는 것'을 말하는 거야. 짱이야, 만약 네가 잘못해서 야단을 맞는다면, 어떻게 할 것인데?

짱이 잘못했다고 용서를 빌 거예요.

아빠 그렇게 어떻게 할 것인지를 결정하고 행동하는 것이 '처신(處

身)'이고, 그 '처신(處身)'이 자꾸 연결되어 세상을 살아가는 것을 '처세(處世)'라고 하는 거야. '인지처세(人之處世)'라는 말은 '사람들이 세상을 살아가는데'라는 뜻이야. 사람이 세상을 살아가자면 어떻게 해야 한다고? 바로 '불가무우(不可無友)'라. 즉 '아니 불(不)', '할 수 있을 가(可)', '없을 무(無)', '벗 우(友)'. '불가(不可)'는 '할 수 없다'라는 뜻이야. 가(可)는 '…을 할 수 있다'라는 가능성을 나타내는 말이니까, 불가(不可)는 '할 수 없다'는 말이 되는 거야. '무우(無友)'는 '친구가 없다'는 뜻이지. 그러면 불가무우(不可無友)는 바로 '친구가 없는 것이 있을 수 없다.' 즉 '반드시 친구가 있어야 한다'는 뜻이야. '아니다'라는 말이 두 번 겹쳐서 오면 '반드시 …이다'라는 뜻이 되는 거야. 즉 '사람이 세상을 살아가는데는 반드시 친구가 필요하다'라는 말이야. 이 말은 바로 친구가 매우 중요하다는 것을 말하는 거야. 인지처세(人之處世)에 불가무우(不可無友)니라. '사람이 세상을 살아가는데 친구가 없을 수 없다.'

087

擇而交之 有所補益

택 이 교 지 유 소 보 익

친구를 가려서 사귀면,
모자람을 보완하고 도움되는 바가 있느니라.

글자풀이

택(擇) : 고르다, 가리다. 이(而) : 그리고. 교(交) : 사귀다. 지(之) : 그 사람.
유(有) : 있다. 소(所) : …바. 보(補) : 돕다. 익(益) : 이익.

아빠와 함께

아빠 택이교지(擇而交之)면 유소보익(有所補益)이니라. '가릴 택(擇)', 즉 '선택한다'는 말이야. 그러니까 '고르고 가리는 것'을 '택(擇)'이라고 해. '그리고 이(而)', '사귈 교(交)', '그 사람 지(之)', '있을 유(有)', '바 소(所)', '소(所)'는 '…하는 것', 또는 '…하는 바'라고 할 때 쓰는 글자야. '보충할 보(補)', 또는 '도울 보(補)'. 짱이야, 보약(補藥) 알지? 보약은 어떤 약이지?

짱이 힘이 나는 약이에요.

하리 아빠, 보약은 참 맛이 있어요. 힘도 세어지고, 튼튼해져요.

아빠 하하하, 우리 하리는 못 말려. 한약은 쓴데도 맛이 있다고 하니…. 그래 맞아. 그렇게 '힘과 기운이 날 수 있도록 우리 몸을 도와주는 약'이 보약(補藥)이야. 그래서 보(補)자를 쓰는 거야.

익(益)은 ‘더할 익(益)’ 또는 ‘이익 익(益)’이라고 하거든. 그러
니까 ‘보익(補益)’은 ‘도움’과 ‘이익’이지만, 그냥 ‘도움’이라
고 하면 돼. ‘유소보익(有所補益)’은 바로 ‘도움 되는 바가 있
다’라는 말이야. 그럼 무엇이 도움이 되느냐 하면, 바로 ‘택이
교지(擇而交之)’. 즉 ‘친구를 가려서 그리고 그 사람을 사귀
면’ 그렇게 된다는 뜻이야. 여기에서 ‘그 사람’은 바로 ‘친구’
를 말하는 거야. 그러니까 ‘친구를 가려서 사귀면 도움이 된
다’는 말이겠지. 그런데 ‘친구를 가린다’ 또는 ‘고른다’는 말
은 무슨 뜻일까?

하리   그것은 ‘예쁜 친구와 논다’는 말이에요.

짱이   ‘착한 친구를 고르는 것’인가? 그런데 어떻게 알 수 있어요?

아빠   그래. 마음이 예쁘고 착한 친구를 사귀어 같이 놀면 마음이 착
해지고, 나쁜 친구를 사귀어 놀면 너희들도 마음이 나빠지거
든. 왜냐하면 친구들이 착한 일하는 것을 자꾸 보면 너희들도
착한 일을 하게 될 것 아니야. 그래서 친구를 골라 사귀어야
한다는 말이 있는 거야. 어떤 사람이 착한 사람인지는 행동을
보면 알 수 있어. 인사 잘하고, 공부 열심히 하고, 부모님 말씀
잘 듣고, 선생님 말씀 잘 듣고, 짱이가 좋은 일이라고 생각하
는 일을 많이 하는 친구가 착한 친구야. 그런 친구를 짱이가
사귈 수 있다면, 짱이는 정말 훌륭한 사람이 될 수 있는 거야.
알겠지? 택이교지(擇而交之)면 유소보익(有所補益)이니라.
‘친구를 가려서 사귀면, 도움이 되고 이익되는 바가 있다.’

088

不擇而交 反有害之

불 택 이 교 반 유 해 지

친구를 가려서 사귀지 아니하면,
도리어 해가 된다.

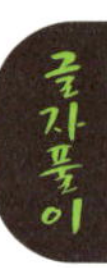

불(不) : 아니. 택(擇) : 고르다. 이(而) : 그리고. 교(交) : 사귀다.

반(反) : 도리어, 반대로. 유(有) : 있다. 해(害) : 해치다. 지(之) : 그 사람.

아빠 불택이교(不擇而交)면 반유해지(反有害之)니라. '불택(不擇)' 은 '가리지 않는 것'을 말하거든. 그렇다면 '불택이교(不擇而 交)'는 무슨 말일까?

짱이 '가리지 않고 사귀면'.

아빠 그렇지. '가리지 않고 그리고 사귀면', 여기 친구라는 말은 없 지만, 이 말은 당연히 '친구를 가리지 않고 사귀면'이라는 말 이 되겠지? 그러면 '반유해지(反有害之)'니라. '반대 반(反)', '있을 유(有)', '해로울 해(害)', '그 사람 지(之)'. 그러니까 '반 대로 그 사람을 해치는 것이 있다.' 여기에서 '그 사람'은 바로 '자기 자신'을 가리켜. 좋지 않은 친구를 사귀는 것은 사귀지 않는 것보다 못하거든. 왜냐하면 나쁜 친구들과 어울려 다니면 매일 나쁜 짓 하는 것만 보게 될 것 아냐. 그러면 자신도 모르게 나쁜 짓을 하게 되는 거야. 사람을 가리지 않고 마구 친구로 사귀면 해가 되거든. 그래서 옛날 사람들은 친구를 사귈 때는 반드시 좋은 사람을 가려서 친구로 사귀었던 거야. 공부는 못하더라도 마음이 착하면 친구로 사귀어도 되지만, 공부를 아무리 잘 해도 마음이 나쁜 사람은 친구로 사귀면 안 되는 거야. 자기보다 착한 사람과 사귀면 자기 자신도 발전이 있게 되는 거야. 알겠지?

짱이, 하리 예.

아빠 불택이교(不擇而交)면 반유해지(反有害之)니라. '친구를 가리지 않고 사귀면 도리어 자신을 해치는 것이 있게 된다.'

089

有其正人 我亦自正
유 기 정 인　아 역 자 정

바른 사람이 있으면
나 또한 저절로 바르게 된다.

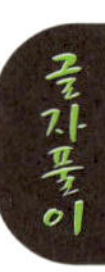

유(有) : 있다. 기(其) : 그 사람. 정(正) : 바르다. 인(人) : 남, 다른 사람.

아(我) : 나. 역(亦) : 또한. 자(自) : 스스로, 저절로.

아빠와 함께

아빠 유기정인(有其正人)이면 아역자정(我亦自正)이니라. 하리, 여기에서 '정(正)' 자가 무슨 뜻인지 알아?

하리 '바를 정(正)'이에요. 아빠, '정직'할 때 이 글자를 쓰잖아요?

짱이 당연하지. '바를 정(正)' 곧을 직(直)' 해서 '정직(正直)'이잖아.

하리 와, 우리 형 똑똑해요. 그렇죠? 아빠!

아빠 자, 그만하고. '있을 유(有)', '그 사람 기(其)', '바를 정(正)', '사람 인(人)', '나 아(我)', '또 역(亦)', '스스로 자(自)', '바를 정(正)'. 그렇다면, '유기정인(有其正人)'이 무슨 뜻일까?

짱이 '바른 사람이 있으면'.

아빠 야, 잘 하는데. 그런데 이 말은 여러 가지로 해석될 수가 있어 좀 복잡하네. 그러나 여기에서는 짱이가 한 것처럼 그냥 '바른

사 자 소 학 (四 字 小 學)

사람이 있으면'으로 해야겠다. '기(其)'는 원래 '그 사람'이나 여기에서는 특별한 뜻이 없어. 우리말로는 그저 '그' 정도로만 생각하면 좋겠어. 일종의 강조하는 말이지. '그 바른 사람이 있으면', 즉 '바른 사람을 친구로 가지면', 그러면 어떻게 된다고? 아역자정(我亦自正). 즉, '나도 또한 저절로 바르게 된다'라는 거야. 주변에 바른 친구가 많으면, 자기 자신도 저절로 바르게 된다는 말이야. 봐라. 짱이의 친구가 다른 사람이 잘못하는 것을 보고 "그렇게 하면 안돼!"하고 바르게 고쳐 주면, 짱이도 저절로 바르게 되겠지? 그래서 '좋은 친구를 사귀어야 한다'는 말을 자꾸 하게 되는 거야. 이제 알겠지?

짱이 예.

아빠 유기정인(有其正人)이면 아역자정(我亦自正)이니라. '바른 사람이 있게 되면, 나도 또한 저절로 바르게 된다.'

참 고

'유기정인(有其正人) 아역자정(我亦自正)'은 또 다음의 해석이 가능하다. 즉, 유기정인(有其正人)에서 '기정인(其正人)'을 '주어-동사-목적어'로 분석하는 것이다. 실제 문장구조상으로 보면, 이러한 견해가 더욱 타당해 보인다. 그러면 '유기정인(有其正人)'은 '다른 사람을 바르게 함이 있으면', 곧 '다른 사람을 바르게 하게 되면'이란 뜻이 된다. 여기 주어 '기(其)'는 뒷문장의 주어인 '아(我)'의 재귀대명사로 보는 것이다. 그러면 이 글은

‘내가 남을 바르게 하게 되면, 나도 또한 저절로 바르게
된다.’와 같이 번역될 것이다.

그러나 여기에서 이러한 해석을 제쳐두고 본문처럼 ‘기
정인(其正人)’을 명사구로 보아 ‘그 바른 사람이 있으
면’으로 해석한 것은, 이 글의 다음 문장 ‘從遊邪人 我亦
自邪’(나쁜 사람을 따라 놀면 나도 또한 저절로 나쁘게
된다)에서 ‘사인(邪人)’과 짝을 이루고 있기 때문이다.

사 자 소 학 (四 字 小 學)

090

從遊邪人 我亦自邪

종 유 사 인 아 역 자 사

나쁜 사람을 따라 놀면, 나도 또한 저절로 나쁘게 된다.

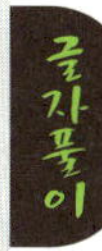

종(從) : 따르다. 유(遊) : 놀다. 사(邪) : 나쁘다. 인(人) : 사람.

아(我) : 나. 역(亦) : 또한. 자(自) : 스스로, 저절로.

아빠와 함께

아빠 종유사인(從遊邪人)이면 아역자사(我亦自邪)니라. '따를 종(從)', '놀 유(遊)', '나쁠 사(邪)', '사람 인(人)', '나 아(我)', '또 역(亦)', '스스로 자(自)', '나쁠 사(邪)'. 여기에서 '종유(從遊)'라는 말은 '따라 노는 것'을 말하고, '사인(邪人)'은 '나쁜 사람'을 말하는 거야. 그러니까 '종유사인(從遊邪人)'이란 '나쁜 사람을 따라 놀면'이란 뜻이 되겠지? 그러면 어떻게 된다고? 아역자사(我亦自邪)라. '나 또한 저절로 나쁜 사람이 된다'는 거야.

하리 '나쁜 사람'을 어떻게 알 수 있어요?

짱이 그것도 모르냐? 나쁜 사람은 나쁜 짓만 하는 사람이란 말이야.

아빠 그렇지. 형이 아주 잘 하는데. 부모님 말씀도 안 듣고, 싸움만 하고, 거짓말만 하고, 공부도 안 하고, 인사도 안 하고, 게으르고, ……. 이런 사람들은 나쁜 사람이거든. 이런 사람을 친구로 사귀면 자기 자신도 모르는 사이에 나쁜 짓을 하는 사람이 되는 거야. 한번 나쁘게 되면 좋게 되기가 힘들어. 아빠 이야기 한번 들어봐. 꽃이 잘 자라다가 한번 부러지면 어떻게 되겠어? 다시 똑바로 자라서 꽃을 피울 수 있을까?

짱이 없어요.

아빠 마찬가지야. 친구를 잘 사귀어서 처음부터 예쁘고 착한 사람이 되어야지. 그렇게 해야 바르게 자라고, 또 훌륭한 사람도 될 수 있는 거야. 좋은 친구 사귀는 것이 얼마나 중요한지 알 수 있겠지? 짱이가 바르고 착하고 공부 잘하면, 다른 사람들이 너를 친구로 사귀고 싶어할 것 아냐. 안 그래? 좋은 친구를 사귀려면 나부터 착하고 공부를 잘해야 하는 거야. 알겠지?

짱이, 하리 예.

아빠 종유사인(從遊邪人)이면 아역자사(我亦自邪)이니라. '나쁜 사람을 따라 놀면, 나 또한 저절로 나쁘게 된다.'

091

近墨者黑 近朱者赤
근　묵　자　흑　근　주　자　적

먹을 가까이하는 자는 검게 되고,
붉은 먹을 가까이하는 자는 붉게 된다.

근(近) : 가깝다, 가까이 하다. 묵(墨) : 검은 먹. 자(者) : 사람. 흑(黑) : 검다.
주(朱) : 붉다, 붉은 먹. 적(赤) : 붉다.

아빠 　근묵자흑(近墨者黑)하고 근주자적(近朱者赤)하니라. 이 문장은 참 재미있는 말이야. '가까울 근(近)', '먹 묵(墨)', '사람 자(者)', '검을 흑(黑)'. 그러니까 '근묵(近墨)'은 '먹을 가까이 한다'는 말이 되겠지? 그런데 짱이야, '먹'이 무엇인지 아니?

짱이 　아빠 붓글씨 쓸 때 갈아서 먹물을 만드는 것이 '먹'이잖아요. 매일 엄마랑 붓글씨 쓰는데, 그것을 왜 모르겠어요?

아빠 　그래, 붓글씨 쓰면 손이고 옷이고 모두 먹물이 묻지?

짱이 　예. 아무리 조심해도 나도 모르게 먹물이 묻어요.

아빠 　그래, 지금 말하려는 것이 바로 그것이란다. '근묵자흑(近墨者黑)'은 '먹을 가까이 하는 사람은 검어진다'라는 뜻이야. '흑(黑)'은 '검다'라는 말인데. 짱이야, 바둑에서 '흑과 백을 가린다'라는 말 알지?

짱이 바둑을 두려고 바둑알을 가릴 때 '흑백을 고른다'라고 해요.

아빠 그래, 바둑알이 흰색과 검정색이잖니? 그래서 '검을 흑(黑)'과 '흰 백(白)'을 사용해서 '흑과 백'이라고 하는 거야. 마찬가지로 '가까울 근(近)', '붉은 먹 주(朱)', '사람 자(者)', '붉을 적(赤)'. 그러므로 '근주자적(近朱者赤)'이란 '붉은 먹을 가까이하는 사람은 붉어진다'라는 말이야. '주(朱)'자는 원래 '붉다'라는 뜻이지만, 여기에서는 '붉은 먹'을 뜻하는 글자로 쓰였어. 먹 중에도 붉은 먹이 있거든. 붉은 글씨를 쓰려면 붉은 먹을 갈아서 써야 하는 거야. 짱이야, '적십자'라고 들어보았지? 붉은 색으로 '열 십(十)'자를 쓰고, 사람의 병을 고쳐주는 단체가 '적십자사'거든. 붉은 색으로 표시되니까 '적십자(赤十字)'라고 하는 거야. '근묵자흑(近墨者黑) 근주자적(近朱者赤)'이라는 말은 좋은 친구를 사귀어야 하는지, 아니면 나쁜 친구를 사귀어야 하는지를 비유할 때 곧잘 쓰는 '격언(格言)'이란다. 붓글씨를 쓸 때 아무리 조심해도 먹물이 몸에 묻는다고 했지? 친구도 마찬가지야. 영향을 안 받으려고 해도 자신도 모르는 사이에 친구를 닮아가게 되거든. 착한 친구를 사귀면 자신도 모르는 사이에 착해지고, 나쁜 친구를 사귀면 자기도 모르는 사이에 나쁜 행동을 하게 되는 거야. 꼭 먹물이 옷이나 몸에 묻는 것과 같이 말이야. 이 말도 친구의 중요성을 강조한 말이야. 알겠지?

짱이 예.

아빠 근묵자흑(近墨者黑)하고 근주자적(近朱者赤)하니라. '먹을 가까이하는 자는 검게 되고, 붉은 먹을 가까이하는 자는 붉게 된다.'

092

蓬生麻中 不扶自正
봉 생 마 중 불 부 자 정

쑥이 삼 가운데 나면,
붙잡아 주지 않아도 저절로 바르게 된다.

봉(蓬) : 쑥. 생(生) : 나다. 마(麻) : 삼. 중(中) : 가운데. 불(不) : 아니.
부(扶) : 붙잡다, 부축하다. 자(自) : 저절로, 스스로. 정(正) : 바르다.

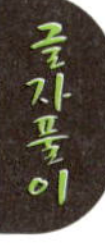

아빠와 함께

아빠 봉생마중(蓬生麻中)이면 불부자정(不扶自正)이라. '쑥 봉(蓬)', '날 생(生)', '삼 마(麻)', '가운데 중(中)', '아니 불(不)', '붙잡을 부(扶)', '스스로 자(自)', '바를 정(正)'. 하리야, '쑥' 본 적 있지?

하리 아빠, 엄마랑 쑥 캐서 쑥떡 만들어 먹었잖아요. 얼마나 맛있는데요. 아빠, 지금도 쑥 있어요? 쑥 캐러가요. 네?

아빠 하하하. 지금은 《사자소학》 하는 시간이야. 그리고 지금은 쑥이 너무 크게 자라서 떡을 해 먹을 수가 없어. 내년 봄에 엄마랑 다시 쑥 캐러가자. 그 쑥은 들에 많이 있었지? 그런데 들에서 자라는 쑥은 주위에 큰 풀들이 없어서 바람이 불면 휘어지고 옆으로 넓게 퍼져서 빵빵하게 자라거든. 그런데 쑥이 삼밭

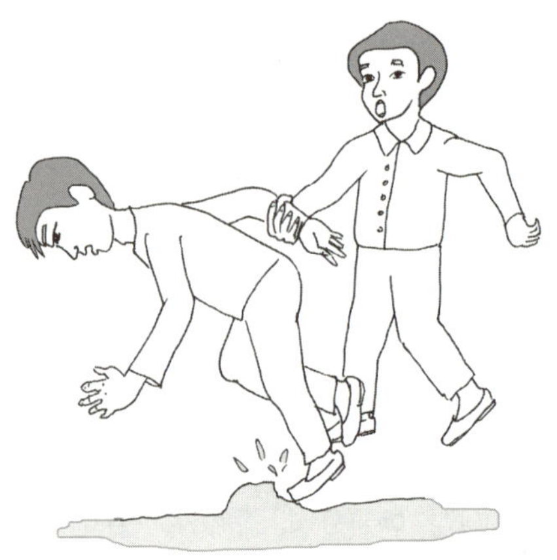

에 나면 똑바로 크게 자랄 수 있어. 왜냐하면, 사방에는 커다란 삼이 쭉쭉 뻗어 있어서 쑥이 넘어지려고 해도 넘어질 수가 없기 때문이야. 봉생마중(蓬生麻中)이란 바로 '쑥이 삼밭 가운데 나면'이란 말이야.

 아빠, 그런데 삼이 뭐예요?

 응. 짱이야, 삼베 알지? 삼은 옷감을 만드는 일종의 풀인데, 어른 키보다 더 커. 그 껍질로 삼베를 만들어서, 옷도 지어 입고 이불도 만들어. 옛날에는 옷감 재료를 구하지 못해서 이 삼으로 베를 만들었단다. 그런데 짱이도 삼베로 만든 이불이 시원하다며 매일 덮으려고 하지? 바로 그 삼베 만드는 재료가 삼이야. 삼은 아빠 키보다 훨씬 크게 자라거든. 삼으로 여름에 옷을 만들어 입으면 시원해서 옛날 사람들이 많이 심었거든. 그렇게 키가 큰 삼밭 속에 쑥이 나서 자라면, 옆으로 쓰러지려고 해도 삼이 받쳐주니까 넘어지지 않고 위로 똑바로 자라는 거지. 그래서 불부자정(不扶自正)이라고 한 거야. 즉 '붙잡아 주지 않

절로 바르게 된다'는 뜻이야. 그런데 왜 《사자소학(四字小學)》
에서 이 말을 했느냐 하면, 이것은 바로 좋은 친구가 많아야
한다는 것을 너희들에게 알기 쉽게 이해시키기 위해서야. 여
기에서 '삼'은 바로 '좋은 친구'를 뜻하는 거야. 좋은 친구가
옆에 많으면 너희가 나쁜 짓을 하려고 해도 그 친구들이 "그러
면 안 돼!" 하고 못하게 하겠지? 꼭 쑥이 옆으로 쓰러지려고 하
면 삼이 쑥을 받쳐주는 것처럼 말이야. 그래서 좋은 친구를 많
이 사귀어야 하는 거야.

하리 아빠, 하리는 친구가 많이 있어요.

아빠 그래, 친구가 많아야지. 그런데 모두 착한 친구라야 돼. 알았
지?

짱이, 하리 예.

아빠 봉생마중(蓬生麻中)이면 불부자정(不扶自正)이니라. '쑥이 삼
가운데 자라면 붙잡아 주지 않아도 저절로 바르게 된다.'

白沙在泥 不染自陋

백 사 재 니 불 염 자 루

흰모래가 진흙 속에 있으면,
물들이지 않아도 저절로 더러워진다.

백(白) : 희다. 사(沙) : 모래. 재(在) : 있다. 니(泥) : 진흙.

불(不) : 아니. 염(染) : 물들다, 물들이다. 자(自) : 저절로. 루(陋) : 더럽다.

아빠와 함께

아빠 백사재니(白沙在泥)면 불염자루(不染自陋)니라. '흰 백(白)', '모래 사(沙)'. '백사(白沙)'는 '흰모래'를 말하는데. 짱이야, '백사장'이란 말 들어 봤지?

짱이 바닷가 모래밭을 백사장이라고 하잖아요.

아빠 그래. 지난 번 바닷가에 갔을 때 봤지? 바닷가의 모래, 특히 동해 모래밭은 굉장히 깨끗하지? 그래서 '백사장'이라고 하는 거야. '백사(白沙)'란 원래 '흰모래'인데, 통상적으로 꼭 흰색이 아니더라도 깨끗한 모래밭이면 모두 백사장이라고 해. '재니(在泥)'는 '있을 재(在)', '진흙 니(泥)'인데, '진흙 속에 있다'는 뜻이야. 그렇다면 '백사재니(白沙在泥)'는 '흰모래가 진흙 속에 있으면'이라는 뜻이 되겠네. 그러면 어떻게 된다고 했지?

바로 '불염자루(不染自陋)'니라. '아니 불(不)', '물들일 염
(染)', '스스로 자(自)', '더러울 루(陋)'. 즉 '물들이지 않아도
저절로 더러워진다'. 짱이야, 진흙은 어떠니?

짱이 까맣고 질퍽질퍽해요.

하리 그런데 아빠, 진흙 속에서 놀면 안 되지요? 그전에 비가 왔잖
아요. 그래서 놀이터 옆에 진흙이 생겼어요. 진흙 속에서 놀면
얼마나 재미있다고요. 아빠도 한번 놀아 보세요. 정말로 재미
있어요. 아, 참! 옷 조심해야 돼요. 엄마한테 야단맞아요. 아빠,
엄마하고 누가 더 힘이 세요?

짱이 당연히 아빠가 힘이 세지. 아빠는 남자잖아.

아빠 이놈들이 옆길로 빠지네! 하하하, 아니, 얘들아 여기에서 왜
갑자기 힘 얘기가 나와? 진흙하고 힘하고 무슨 관계가 있어?
쓸 데 없는 소리하지 말고 아빠 말이나 잘 들어요. 진흙은 옷
을 더럽히니까 조심해서 놀아야겠지? 그런데 그렇게 더러운
진흙 속에 흰모래가 있으면 어떻게 될까?

짱이 모래가 더러워져요.

하리 모래도 진흙이 돼서 안 보여요.

짱이 아니야, 모래는 모래야.

하리 맞다. 지난번 사탕을 진흙 속에 넣었는데 진흙 됐다.

아빠 또 말다툼하네. 둘 다 잘 났으니까 제발 그만해. 알았지? 사탕
이든 모래든 진흙 속에 있으면 더러워지지. 사람도 마찬가지
야. 여기에서 진흙은 나쁜 친구를 의미하고, 흰모래는 자기 자
신을 말해. 흰모래가 진흙 속에 있으면 저절로 더러워지듯이,
아무리 착한 사람이라고 해도 나쁜 친구들과 어울려 그 속에

있으면 자기도 모르는 사이에, 흰모래에 흙탕물이 물들듯이 나
쁜 사람이 되는 거야. 그래서 좋은 친구를 얻으면 정말 즐겁고
행복한 일이라고 하는 거야. 알겠지?

짱이, 하리   예.

아빠   어떤 친구가 좋은 친구인지는 알고 있겠지?

하리   착한 어린이예요.

아빠   그래. 착한 사람을 친구로 사귀어야 돼. 백사재니(白沙在泥)면
불염자루(不染自陋)니라. '흰모래가 진흙 속에 있으면 물들이
지 않아도 저절로 더러워진다.'

094

面贊我身 諂諛之人
면　찬　아　신　　첨　유　지　인

면전에서 나를 칭찬한다면 아첨하는 사람이다.

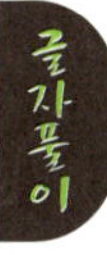

면(面) : 얼굴. 찬(贊) : 칭찬하다. 아(我) : 나. 신(身) : 자신.
첨(諂) : 아첨하다. 유(諛) : 아첨하다. 지(之) : …의. 인(人) : 사람.

아빠　면찬아신(面贊我身)이면 첨유지인(諂諛之人)이라. '얼굴 면
(面)', '칭찬할 찬(贊)', '나 아(我)', '몸 신(身)'이니, '아신(我
身)'은 '내 자신'이라는 뜻이고, '면찬(面贊)'은 '면전에서 칭
찬하다'라는 뜻으로, '얼굴을 보고 칭찬한다'는 말이야. '면찬
아신(面贊我身)'은 바로 '내 앞에서 나를 칭찬하면', 첨유지인
(諂諛之人)이라. '아첨할 첨(諂)', '아첨할 유(諛)', '…의 지
(之)', '사람 인(人)'. '첨유(諂諛)'는 '아첨한다'는 뜻인데, '아
첨(阿諂)'이란 '상대방이 기분이 좋도록 일부로 꾸며서 말하
는 것'을 뜻해. 그러므로 '아첨(阿諂)'은 진실되지 못하고 거
짓으로 하는 경우가 많은 거야. 상대방을 기분 좋게 하기 위해
서는 옳지 않아도 옳다고 하고, 보기 싫어도 보기 좋다고 해야
할 것 아니냐. 이런 사람을 옛날에는 '간신'이라고 해서 사람

들이 매우 경계하고 멀리했거든. 언제나 바른 말을 하는 사람을 '충신'이라고 해서 존경하고 따랐어. 그런데 간신들은 또 남들이 보는 앞에서는 좋은 일을 하는 척하지만, 사람들이 안 보는 곳에서는 온갖 나쁜 짓을 하지. 그래서 바로 앞에서 칭찬하는 사람을 첨유지인(諂諛之人), 즉 '아첨하는 사람이다'라고 한 거야. 그러므로 이제부터는 다른 사람들이 면전에서 칭찬하면 좋아하지만 말고 왜 그러는지를 잘 생각해 봐야 해. 바로 앞에서 직접 충고하는 사람들이 진짜 진실되고 용기있는 사람이니까 말이야. 알겠지?

짱이　그런데 좀 어려울 것 같아요. 어떻게 정말로 그러는지 안 그러는지…….

하리　애구! 형은 그것도 몰라.

아빠　하리야, 형 말이 맞아. 사실 아직 너희들은 어리기 때문에 잘 모를 수 있어. 그럼, 이 말은 나중에 너희들이 아빠만큼 크면 잘 생각해 보도록 해, 알았지? 그럼 한번 따라 읽자. 면찬아신(面贊我身)하면 첨유지인(諂諛之人)이라.

짱이, 하리　면찬아신(面贊我身)하면 첨유지인(諂諛之人)이라.

아빠　'바로 앞에서 나를 칭찬하면 아첨하는 사람이다.'

095

面責我身 剛直之人
면 책 아 신 강 직 지 인

면전에서 나를 꾸짖으면, 강직한 사람이다.

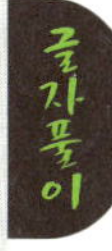

면(面) : 얼굴. 책(責) : 꾸짖다. 아(我) : 나. 신(身) : 몸, 자신.
강(剛) : 굳세다. 직(直) : 정직하다. 지(之) : …의. 인(人) : 사람.

아빠와 함께

아빠 면책아신(面責我身)이면 강직지인(剛直之人)이라.

짱이 아빠, '면책아신(面責我身)'은 제가 할 수 있어요. '얼굴 앞에서 나의 몸을 꾸짖는다'라고 하면 되지요?

하리 책(責)은 '꾸짖을 책(責)'.

아빠 둘 다 잘 했어. 이제 잘 하는데… 그런데 말을 조금만 더 다듬으면 좋겠어. '얼굴'은 '면전'으로 하고, '나의 몸'은 '내 자신'으로 하면 좋겠네. 그러면 '면전에서 내 자신을 꾸짖는다'는 말이 되겠네. 그러면 어떤 사람이라고? 바로 '강직지인(剛直之人)'이라. 이 말은 '강직한 사람이다'라는 뜻인데, '강직(剛直)'이라는 말은 '굳세고 정직해서 항상 바른 말을 한다'는 뜻이야. 옛날에 훌륭한 사람이나 충신은 모두 강직한 성품을 타고났거든. 짱이 네 앞에서 잘못한 점을 지적하거나 충고하

는 사람은 절대 두 가지 마음을 가진 사람이 아니란다. 앞에서 칭찬하고 듣기 좋은 말만 하는 사람은 그 사람이 없는 자리에서는 욕하고 흉보고 하는 두 가지 마음을 가진 사람일 수 있거든. 사람은 자기에게 불리하더라도 항상 한결같은 마음을 가지는 것이 진짜 훌륭한 사람이란다. 이런 사람들과 사귈 수 있다면 역시 훌륭한 사람이 될 수 있을 거야. 면책아신(面責我身)이면 강직지인(剛直之人)이라. 따라해 봐.

짱이, 하리 면책아신(面責我身)이면 강직지인(剛直之人)이라.

아빠 '면전에서 내게 충고해준다면 강직한 사람이다.'

사 자 소 학 (四 字 小 學)

096

悅人贊己 百事皆僞

열 인 찬 기 백 사 개 위

남을 기쁘게 하고 자신을 칭찬하는 것은,
백 가지 일이 모두 거짓이다.

글자풀이

열(悅) : 기쁘다, 기쁘게 하다. 인(人) : 다른 사람. 찬(贊) : 칭찬하다.
기(己) : 자기. 백(百) : 일백. 사(事) : 일. 개(皆) : 모두. 위(僞) : 거짓.

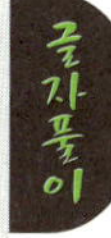

아빠와 함께

아빠 열인찬기(悅人贊己)는 백사개위(百事皆僞)니라. '기쁠 열(悅)', '사람 인(人)', '칭찬할 찬(贊)', '자기 기(己)'. '열인(悅人)'은 '다른 사람을 기쁘게 한다'는 뜻이고, '찬기(贊己)'는 '자신을 칭찬한다'는 뜻이야. 그렇다면, '열인찬기(悅人贊己)'는 '다른 사람을 기쁘게 하고 자기자신을 칭찬한다'는 뜻이겠지. 또 '백사개위(百事皆僞)'에서 '백사(百事)'는 '일백 백(百)', '일 사(事)'니까 '백가지 일'이라는 뜻이 되겠지? 그런데 '백 가지 일'이란 꼭 '백 가지'가 아니라, '많은 일'이라는 뜻이야. 즉 '모든 일'을 말하는 거야. 너희들 '백화점(百貨店)' 알지? '백화점'이 무슨 뜻이냐 하면, 바로 '백 가지 물건을 파는 가게'. 즉 '많은 물건을 파는 가게'라는 뜻이야. '개위(皆

僞)’는 ‘모두 개(皆)’, ‘거짓 위(僞)’니까, ‘모두가 거짓이다’는 뜻이 되겠네. 그렇다면, ‘백사개위(百事皆僞)’는 ‘모든 일이 전부 거짓이다’ 이런 뜻이 되겠다. 그지?

짱이   예.

아빠   그러면 ‘열인찬기(悅人讚己) 백사개위(百事皆僞)’ 전체를 붙여 해석하면, ‘남을 기쁘게 하고 자신을 칭찬하는 것은 백 가지 일이 모두 거짓이다’로 되겠다. 왜냐하면, 우리말로 해석할 때는 우리말에 맞게 말해야 되거든. 이 말은 ‘다른 친구를 착하게 하려면 그 사람이 잘못했을 때 기분을 상하게 할지라도 충고를 해줘야 한다는 뜻이야. 우리 바꾸어서 생각해 보자. 다른 사람을 기분 좋게 해주려면 어떻게 해야 되겠어? 그 사람을 칭찬해 주어야겠지? 특히 그 사람이 잘못했을 때, 그 잘못을 꼬집어서 말하면 누구나 듣기를 싫어할 거야. 그러나 정말 그 친구를 위한다면, 어떻게 해야 되겠어?

짱이   잘못했다고 말해줘야 돼요.

아빠   그렇지, 그렇게 해야지. 그러나 그럴 때도 가능하면 그 사람이 기분 나쁘지 않도록 조심스럽게 말해줘야 돼. 알겠지? 그리고 어떤 경우에도 자기 자신을 칭찬하면 안 돼. 이 세상에서 제일 못난 사람이 자기 자랑하는 사람인데, 자기 자랑을 하면 다른 사람들이 비웃게 돼. 사람이 살다보면 가끔 자랑하고 싶을 때도 있지만, 그래도 꾹 참아야 돼. 자랑은 자신이 하는 것이 아니라, 다른 사람이 칭찬을 해야 하는 거야. 그러려면 어떻게 해야 되겠어? 말도 점잖게 하고 행동도 잘해야 할 것 아냐? 모든 면에서 올바르게 해야겠지. 그러면 자신은 가만히 있어도 다른 사람들이 칭찬을 해주게 될 거야. 알겠지?

짱이 예.

아빠 자신이 잘못했는데도 기분 좋게 말하는 사람이나, 자기 자신을 칭찬하는 사람은 조심하고 경계해야 되겠지. 왜? 모든 말이 거짓이니까 말이야. 처음부터 바른 말을 하면 끝까지 바른 말만 하면 되니까 지키기 쉬운데, 처음에 거짓말을 한번 하면 지키기가 정말로 힘들어. 자꾸 거짓말을 해야 되거든. 아빠 엄마한테 야단맞을지라도 정직하게 말하는 것이 정말로 강직하고 훌륭한 사람이란다. 잘 알겠지?

짱이, 하리 예.

아빠 좋아. '열인찬기(悅人贊己)는 백사개위(百事皆僞)'니라. '다른 사람이 잘못했는데도 그 사람을 기쁘게 하거나, 또 자신을 칭찬하는 것은 모두가 거짓이니라.'

097

厭人責者 其行無進

염 인 책 자　기 행 무 진

남이 야단치는 것을 싫어하는 사람은,
그 언행에 발전이 없다.

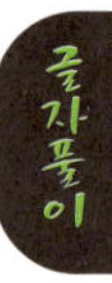

글자풀이

염(厭) : 싫어하다.　인(人) : 다른 사람.　책(責) : 야단치다, 꾸짖다.
자(者) : 사람.　기(其) : 그 사람의.　행(行) : 행동.　무(無) : 없다.
진(進) : 나아가다, 진보하다, 발전하다.

아빠와 함께

아빠 염인책자(厭人責者)는 기행무진(其行無進)이니라. '싫어할 염(厭)', '사람 인(人)', '꾸짖을 책(責)', '사람 자(者)'. 여기 '염인책자(厭人責者)'에서 '염(厭)'은 '싫어하다'는 뜻인데, '무엇을 싫어하느냐 하면' 바로 '인책(人責)'을 싫어하는 거야. '인책(人責)'은 또 '남이 야단치다'는 뜻이니까, '염인책(厭人責)'은 바로 '남이 야단치는 것을 싫어하다'는 뜻이 되겠지. 그런데 끝에 '사람 자(者)' 자가 있으니까, '염인책자(厭人責者)'는 바로 '남이 야단치는 것을 싫어하는 사람'이라는 뜻이 되는 거야. 그런 사람은 어떠하다고 했어? 짱이가 대답해 볼래.

짱이 '기행무진(其行無進)'.

아빠 그래. '그 기(其)', '행동 행(行)', '없을 무(無)', '나아갈 진(進)'. 이 말은 무슨 뜻이냐 하면, '기행(其行)'은 '그의 행동'이라는 뜻이고, '무진(無進)'은 '진보, 발전이 없다'는 뜻이니까, '기행무진(其行無進)'은 바로 '그 행동에 진보가 없다'는 뜻이 되겠네. '진보(進步)'라는 말은 '더 좋아진다'는 뜻이야. 옆에서 누가 '너희들에게 이런 점은 잘못 됐어!' 하고 말해주면, 그 잘못을 고치려고 노력하게 되고, 그렇게 노력하다 보면 자연히 발전이 있을 텐데, 그런 충고나 야단치는 것을 싫어해서 듣지 않고, 자기가 무조건 잘했다고 하는 사람은 고치려는 노력을 하지 않기 때문에 발전할 수가 없는 거야. 짱이와 하리는 당연히 누가 충고하거나 잘못을 지적해 주면 그 말을 잘 듣겠지?

짱이, 하리   예.

아빠   암, 그래야지. 그렇게 다른 사람이나 친구의 말에 귀 기울일 수 있어야 더 이상 잘못하지 않고, 또 잘못하지 않아야 발전할 수 있고, 나중에는 훌륭한 사람이 될 수 있는 거야. 짱이와 하리는 나중에 훌륭한 사람이 될 수 있을 거야. 그렇지?

하리   형은 똑똑하잖아요.

아빠   그럼, 하리는?

하리   하리는 몸이 튼튼해요.

아빠   그래 맞아. 형은 똑똑하고 너는 튼튼해. 그러니까 나중에 모두 훌륭한 사람이 될 수 있을 거야. 그러기 위해서는 먼저 엄마 아빠 말씀을 잘 들어야 하고, 선생님 말씀을 잘 들어야 하고, 또 친구들의 말도 잘 들어야 하는 거야. 알았지?

짱이, 하리   예.

아빠   염인책자(厭人責者)는 기행무진(其行無進)이니라. '남이 야단치는 것을 싫어하는 사람은 그 언행에 발전이 없다.'

098

人無責友 易陷不義

인 무 책 우 이 함 불 의

야단치는 친구가 없으면,
옳지 못한 일에 빠지기가 쉽다.

글자풀이

인(人) : 사람. 무(無) : 없다. 책(責) : 야단치다. 우(友) : 벗, 친구.

이(易) : 쉽다. 함(陷) : 빠지다. 불(不) : 아니. 의(義) : 옳다, 정의.

아빠와 함께

아빠 인무책우(人無責友)면 이함불의(易陷不義)니라. '책우(責友)'는 '야단치는 친구'라는 뜻인데, 앞에 '무(無)가' 있으니까, '야단치는 친구가 없으면'이란 뜻이 되겠지. '인(人)'자는 '사람 인(人)'인데, 여기에서는 '일반적인 사람', 즉 '모든 사람'을 뜻하는 말이야. 그렇다면, '인무책우(人無責友)'란 바로 '사람이 야단쳐주는 친구가 없다'는 뜻이 되겠지. '야단을 쳐준다'는 것은 '잘못한 것을 지적하여 고치도록 한다'는 말이야. '야단치고 충고해 주는 친구가 진짜 좋은 친구'인데, 그런 친구가 없으면 어떻게 될까?

하리 아빠, 그래도 하리에게는 친구가 많이 있어요. 매일 매일 하리랑 놀고 싶어 하는데요.

아빠 하리야, 지금은 하리가 어리기 때문에 친구들과 사이좋게 놀기만 하면 되는 거야. 그러나 먼 훗날 하리가 더 많이 크면 지금 배우는 말들이 '정말 그렇구나' 하고 생각하게 될 때가 있을 거야. '사람이 야단쳐주는 친구가 없으면' 바로 '이함불의(易陷不義)'니라. 즉 '쉬울 이(易)', '빠질 함(陷)'. '이함(易陷)'은 '빠지기가 쉽다'란 뜻이야. 어디에? '불의(不義)'에. '불의(不義)'는 '아닐 불(不)', '옳을 의(義)'니까, '옳지 않은 것'이란 뜻이겠지. 즉 '이함불의(易陷不義)'는 '옳지 않은 것에 빠지기 쉽다'라는 뜻이야. 야단치고 충고해주는 친구가 옆에 있으면 절대 불의(不義)에 빠지는 일은 없어. 왜냐하면, 잘못할 때마다 그 친구가 야단치고 충고해주니까. 그러니 너희들에게 직접 야단치고 충고해주는 친구가 얼마나 소중한지 알 수 있겠지. 가끔 아빠 엄마가 너희들을 야단치고 벌주고 하지? 그것도 너희들이 나쁜 길로 빠지지 않고 올바르게 잘 자라기 바라는 마음에서 그렇게 하는 것이거든. 이 세상에서 엄마 아빠만큼 너희들을 사랑하는 사람은 없단다. 그래서 야단을 많이 치는 거야.

하리 그걸 누가 몰라요? 이미 다 알고 있어요. 우리도 엄마 아빠를 제일 사랑해요. 이뻐, 아빠도 알고 있었어요?

아빠 그럼. 엄마 아빠는 하리가 무슨 생각을 하는지 다 알고 있어. 그래도 너희들은 엄마 아빠 외에 또 착하고 좋은 친구들을 많이 사귀도록 해야 돼.

짱이, 하리 예.

아빠 인무책우(人無責友)면 이함불의(易陷不義)니라. '사람이 야단쳐주는 친구가 없으면, 옳지 않은 일에 빠지기가 쉽다.'

099

百足之蟲 至死不僵
백 족 지 충 지 사 불 강

백 개의 발을 가진 벌레는,
죽음에 이르러서도 넘어지지 않는다.

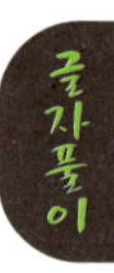

백(百) : 일백. 족(足) : 발. 지(之) : …의. 충(蟲) : 벌레.
지(至) : 이르다. 사(死) : 죽다. 불(不) : 아니. 강(僵) : 넘어지다.

아빠와 함께

아빠 백족지충(百足之蟲)은 지사불강(至死不僵)이라. 야, 이 말 재미있다. 짱이, '백족(百足)'이 무슨 뜻일까? '일백 백(百)', '발 족(足)'인데…

짱이 '백 개의 발'이겠네요.

하리 아니야. '백 개의 발'이 어딨어? 형은 발이 백 개나 있는 사람 봤어?

짱이 하하하… 사람이 어떻게 발이 백 개나 있을 수 있냐? 이 바보야. 뒤에 '벌레 충(蟲)'자가 있는데, '사람'이라고 하면 되냐? '벌레'라고 해야지. 아빠 맞죠?

아빠 그래. 사람은 그럴 수가 없지. 형이 잘 했어. 그러나 짱이야, 그렇더라도 동생보고 바보라고 하는 건 좀 심한 표현이다. 말을

사 자 소 학 (四 字 小 學)

점잖게 해야지. 아무튼 벌레나 곤충들은 발이 아주 많단다.

짱이 곤충은 발이 여섯 개이잖아요.

아빠 그렇구나. 아빠가 말을 잘못하였네. 곤충을 빼고 그냥 벌레라고만 하자. 하하하. 녀석. 아무튼 지네 같은 절지류는 발이 셀 수도 없이 많단다. 여기에서 '백 개의 발'라는 말은 발이 꼭 백 개가 아니라 '발이 아주 많다'는 뜻이야. 그냥 표면적으로 '백 개'라고 했을 뿐이야. 그런데 '백족지충(百足之蟲)', 즉 '발이 백 개인 벌레'는 어떠하다고? '지사불강(至死不僵)'이라. '지사(至死)'라는 말은 '죽음에 이르다'는 뜻이야. '이를 지(至)', '죽을 사(死)'인데, '죽음에 이르다'라는 말은 '죽음을 당하다' 또는 '죽게 되다'는 뜻이야. '강(僵)'자는 '넘어지다, 쓰러지다'는 뜻인데, 앞에 '아니 불(不)'이 있으니까 '넘어지지 않는다'라는 말이 되겠네. 그러니까 '백족지충(百足之蟲), 지사불강(至死不僵)'이란 '백 개의 발을 가진 벌레는 죽음에 이르러도 넘어지지 않는다'라는 말이 되는 거지. 이 말은 무슨 뜻일까?

짱이 몸조심하라는 말 아니예요?

아빠 글쎄? 잘 생각해보면 알 수 있을 텐데… 다리가 여럿 달린 벌레는 다리 한두 개가 부러져도 넘어지지 않고 살 수 있지만, 사람은 그렇지 못하겠지? 사람이야 다리가 두 개 뿐이니 금방 넘어지지 않겠어? 이 말은 다리가 두 개일 때는 넘어지기 쉽지만, 다리가 여러 개이면 죽음에 이르러서도 넘어지지 않을 수 있듯이, 사람도 혼자일 때는 나쁜 곳에 빠지기 쉽고, 올바른 길로 가기가 힘들지만, 주위에 좋은 친구들이 많이 있으면 서

로 충고하고 일깨워주어 나쁜 길로 빠지지 않고 올바른 길로
갈 수 있다는 뜻이야. 벌레가 백 개의 발이 있어서 넘어지지 않
듯이, 사람도 좋은 친구들이 많이 있으면 나쁜 길로 빠지지 않
는다는 말이야. 그래서 좋은 친구를 많이 사귀어야 하는 거야.
알겠지?

짱이 예.

아빠 백족지충(百足之蟲)은 지사불강(至死不僵)이라. '백 개의 발
을 가진 벌레는 죽음에 이르러서도 넘어지지 않는다.'

100

多友之人 當事無誤
다 우 지 인 　 당 사 무 오
친구가 많은 사람은 일을 당해도 잘못되는 경우가 없다.

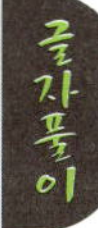

다(多) : 많다. 우(友) : 벗, 친구. 지(之) : …의. 인(人) : 사람. 당(當) : 당하다.
사(事) : 일. 무(無) : 없다. 오(誤) : 그르치다, 잘못되다, 그릇되다. 틀리다.

아빠와 함께

아빠 다우지인(多友之人)은 당사무오(當事無誤)니라. '다우(多友)' 는 '많은 친구'이고, '다우지인(多友之人)'은 '많은 친구의 사람' 즉, '친구가 많은 사람'이란 뜻이야. 그런 사람은 어떻다고 했어?

짱이 '당사무오(當事無誤)' 니라. 하하하.

아빠 그래. 그렇게 하는 거야. '당사무오(當事無誤)'에서 '당사(當事)'는 '일을 당하다, 일을 맡다'라는 뜻이고, '무오(無誤)'는 '그릇됨 또는 그르침이 없다'라는 뜻이거든. '그르치다'와 '잘못되다'는 뜻이 같은 말이야. 그렇다면 '당사무오(當事無誤)'는 '일을 당해도 그르침이 없다'라는 뜻이 되겠지. 그래서 좋은 친구를 사귀고, 또 많이 사귀어야 되는 거야. 짱이, 오늘 친구들과 축구했지? 그런데 공이 짱이 것이라고 짱이 마음대로

하려고 하던데… 마음대로 친구를 골키퍼 시키고 말이야. 짱이야, 너는 공격하는 것이 좋아? 골키퍼 하는 것이 좋아?

짱이 공격하며 공차는 것이 재미있어요.

아빠 그럼, 그 친구도 공차는 것을 더 재미있어 할 거야. 그런데 짱이는 네가 재미있는 것을 하기 위하여 친구에게 재미없는 것을 시켰잖아. 그러면 되겠니? 짱이가 친구 입장이 되면 기분이 안 좋겠지? 내일부터는 그러면 안 돼. 먼저 친구 의견을 물어보고 서로서로 한번씩 한다든가 해서 모두 기분 좋게 놀아야지. 그렇게 해야 친구가 되는 거야. 잘 알겠지? 먼저 짱이가 친구에게 잘해주면, 그 친구도 짱이에게 잘해주게 되거든. 그렇게 되면 서로 아껴주는 친구가 될 수 있는 거지. 알겠어?

짱이 예.

하리 하리는 형처럼 안 해요. 그러면 나쁜 어린이예요.

아빠 그래? 그런데 형도 나쁜 어린이는 아니야. 또 앞으로 다른 사람을 먼저 생각해 준다고 했잖아. 안 그래?

짱이 맞아요. 하리 너는 뭐 맨 날 그렇게 하냐?

하리 그래. 흥.

아빠 그만해. 알았어. 다우지인(多友之人)은 당사무오(當事無誤)니라. '친구가 많은 사람은 일을 당해도 그르침이 없다.' 다들 좋은 친구를 많이 사귀도록 할 것!

101

初不擇友 後苦絶之

초 불 택 우 후 고 절 지

처음에 친구를 가려 사귀지 않으면,
뒤에 고생하고 끊게 된다.

초(初) : 처음. 불(不) : 아니. 택(擇) : 가리다. 우(友) : 벗, 친구.

후(後) : 뒤. 고(苦) : 고생하다, 괴롭다. 절(絶) : 끊다. 지(之) : 그 사람.

아빠와 함께

아빠 초불택우(初不擇友)면 후고절지(後苦絶之)니라. '처음 초
(初)', '아니 불(不)', '가릴 택(擇)', '벗 우(友)'.

짱이 아빠, '초등학교'라고 할 때, 이 초(初)자를 쓰나요?

아빠 그래. '당초(當初)'라고 할 때도, '9월초(初)'라고 할 때도 이
초(初) 자를 쓰는 거야. '처음'이라는 뜻이야.

하리 아빠, '유치원' 할 때도, '처음 유'자를 쓰겠네요?

짱이 그런 자(字)가 어디 있냐? 하하하.

하리 그럼, 왜 '초등학교' 할 때 '처음 초(初)'자 쓴다고 했냐?

짱이 그것은 '처음 초(初)'자를 쓰니까 그렇지.

하리 아빠, 나도 '처음 유'자 쓰게 해줘요.

아빠 하하하, 하리야, 한자(漢字)는 하리가 하고 싶다고 마음대로

쓰는 것이 아니라, 그것에 맞는 글자가 정해져 있단다. 하리가 조금 더 크면 형같이 알맞은 글자를 찾아서 쓸 수 있을 거야. '유치원'이라고 할 때는 '어릴 유(幼)'자를 쓰는 거야. 유치원(幼稚園)은 어린 꼬마들이 다니는 곳이잖아. 이제 알겠니?

하리 그래도 하리는 형님하고 똑같이 '처음 유'자를 쓰고 싶은데….

아빠 그건 나중에 하리가 초등학교에 다니게 되면 초(初)자를 쓰게 되니까, 부러워할 필요가 없어. 이제 그만하고, 다음 글귀를 보자. '불택(不擇)'은 '선택하지 않는다, 고르지 않는다'는 뜻이지? 그런데 '무엇을 고르지 않는다'는 말일까?

짱이 '친구'요.

아빠 그래. 뒤에 '벗 우(友)'가 있으니까, '친구를 고르지 않는다'는 말이지. 그럼, 이제 전부 붙여볼까? '초불택우(初不擇友)' 즉, '처음에 친구를 고르지 않는다.' 그러면 어떻게 될까?

짱이 '후고절지(後苦絶之)'니라.

아빠 짱이, 이제 잘한다. 그래. 그러면 '후고절지(後苦絶之)'는 또 무슨 뜻인지 보자. '뒤 후(後)', '괴로울 고(苦)', '끊을 절(絶)', '그 사람 지(之)'. 이 말은 '뒤에 고생하고 그 사람을 끊게 된다'라는 뜻이야. 짱이야, 처음에 친구를 가리지 않고 사귀면 나쁜 친구를 사귈 수도 있겠지. 처음에는 몰랐는데, 나중에 알고 보니까 나쁜 친구라면, 그 나쁜 친구를 더 이상 친구로 사귈 수가 없을 것 아니야. 그럼 할 수없이 그 친구와 헤어져야 하는데, 그러면 그 친구가 좋아하겠어?

짱이 아니오.

아빠 당연히 화를 내겠지. 그리고 나쁜 친구 때문에 나쁜 길로 빠지

사 자 소 학 (四字小學)

게 되면, 착한 사람 되기가 힘이 드는 거야. 그래서 '고생한
다'고 말을 한 거야. 그러니까 처음부터 친구를 잘 골라서 사
귀어야 하는 거야. 알겠지?

짱이, 하리 예.

아빠 초불택우(初不擇友)면 후고절지(後苦絕之)니라. '처음에 친구
를 가려 사귀지 않으면, 뒤에 고생하며 끊게 된다.'

彼必大怒 反有我害

피 필 대 노 　 반 유 아 해

그는 반드시 크게 화를 낼 것이며,
반대로 내게는 해로움이 있을 것이다.

피(彼) : 그것, 그 사람. 필(必) : 반드시. 대(大) : 크다. 노(怒) : 화내다.

반(反) : 반대로, 도리어. 유(有) : 있다. 아(我) : 나. 해(害) : 해치다, 해롭다.

아빠 피필대노(彼必大怒)하고 반유아해(反有我害)니라. 이 말은 앞의 '처음에 친구를 가려 사귀지 않으면, 후에 고생하고 끊게 된다'는 말을 다시 보충해 주는 말인데, 어떻게 고생하고, 나쁜 친구를 끊게 되는지 보자. 먼저 한 글자 한 글자의 뜻을 보자. '저 사람 피(彼)', '반드시 필(必)', '큰 대(大)', '성낼 노(怒)', '반대 반(反)', '있을 유(有)', '나 아(我)', '해로울 해(害)'. 짱이, '대노(大怒)'가 무슨 뜻일까?

짱이 '크게 화를 내다'.

하리 아빠, 아빠가 '대노(大怒)'하면 굉장히 무서워요. 그러니까 화 내면 안돼요.

아빠 아빠가 언제 '대노(大怒)' 했다고 그러니? 아빠가 화를 냈다면 너희들이 먼저 엄마 아빠 말씀을 안 듣고 버릇없이 제멋대로 하려고 했겠지. 그러니까 화를 내는 거지. 아빠가 화를 내고 안 내고는 너희들의 행동에 달려 있어. 그래? 안 그래?

하리 그래요. 그래도 아빠가 화내는 게 문제야.

아빠 앞으로 너희들이 아빠 말을 잘 듣는다면 아빠도 화내는 법은 없을 거야. 자, 쓸데없는 소리 그만 하고 책 보자. '피필대노(彼必大怒)'란 '그 사람은 반드시 크게 화를 낸다'는 뜻이야. 그런데 여기에서 '그 사람'은 누굴까?

짱이 '나쁜 친구'요.

아빠 그래. '그 친구는 화를 내고', 또 '반유아해(反有我害)'라. '반대로 내게는 해로움이 있다'는 거야. 나쁜 친구와 사귀다가 더 이상 마음이 맞지 않아 같이 지내지 않고 헤어지게 되면, 그 친구는 틀림없이 화를 내겠지? 그러면 그런 친구와 함께 했다는 것 자체가 내게는 큰 손해가 되는 것 아니겠어? 그래서 '내게 해가 된다'라고 한 거야. 처음부터 친구를 가려서 좋은 친구를 사귀었다면, 친구와 헤어져야 하는 고통스러운 일을 겪지 않아도 될 테고, 또 그 친구가 화를 내는 일도 없게 되겠지. 항상 새로운 사람을 만나 친구로 사귀게 되었을 때, 먼저 그 친구의 심성(心性), 곧 마음을 보고 사귀어야 하는 거야. 마음이 착하면 친구로 사귀어도 되는 거야. 알겠어?

짱이, 하리 예.

아빠 피필대노(彼必大怒)하고 반유아해(反有我害)니라. '그는 반드시 크게 화를 낼 것이며, 반대로 내게는 해로움이 있을 것이다.'

103

友而不信 非直之人
우 이 불 신 비 직 지 인

친구로 지내면서 믿지 않으면, 바르지 못한 사람이다.

우(友) : 친구. 이(而) : 그리고. 불(不) : 아니. 신(信) : 믿다.

비(非) : 아니다. 직(直) : 바르다, 정직하다. 지(之) : …의. 인(人) : 사람.

아빠 우이불신(友而不信)이면 비직지인(非直之人)이니라.

짱이 아빠! '벗 우(友)', '그리고 이(而)', '아닐 불(不)', '믿을 신(信)', 제 말이 맞죠?

아빠 아주 잘하는데. 여기에서 '우(友)'는 물론 '친구'라는 뜻이지만, 그러나 뒤에 '그리고'라는 뜻의 '이(而)'가 있으니까, 둘을 연결하면 '벗이면서, 또는 친구가 되어'라고 해석해야 해. 그리고 '불신(不信)'이란 '서로 믿지 못하는 것'을 말하는 거야. 그러니까 '우이불신(友而不信)'은 '친구로 지내면서 믿지 못한다'라는 뜻이 되겠지. 그러면 어떤 사람이 되겠어?

짱이 좋은 친구가 아니예요.

아빠 그렇지. 그래서 뒤에 '비직지인(非直之人)'이라고 한 거야. 여기에서 '직(直)'은 '곧을 직(直)'인데, 곧 '바르다'는 것을 말하

사 자 소 학 (四字小學)

는 거야. '정직'이라고 할 때 이 글자를 쓰지. 그런데 앞에 다시 '아닐 비(非)' 자가 있잖아. 그렇다면 '비직(非直)'은 '바르지 않다'라는 뜻이 되겠지. '비직지인(非直之人)'이란 바로 '바르지 못한 사람'이라는 뜻이야. 친구 사이에서 가장 중요한 것이 믿음인데, 믿음이 없으면 친구라고 할 수 있겠어?

짱이 없어요.

아빠 그래. 네가 친구라고 생각하면, 그 친구의 말을 가능한 한 믿어줘야 되는 거야. 그렇게 해야 진정한 친구라고 할 수 있지.

짱이 그렇지만, 그 친구가 거짓말을 할 수도 있잖아요?

아빠 물론 그럴 수도 있겠지. 그러나 분명한 증거가 없다면, 설령 그 친구가 거짓말을 했을지라도 너는 믿어줘야 하는 거야. 그 친구가 거짓말한 것이 나쁜 것이지, 친구의 말을 믿어준 네가 잘못한 것은 아니거든. 확실히 그 친구가 거짓말을 했다면, 친구로서 너는 '그러면 안 된다'고 충고를 해 주어야겠지. 그리고 그 친구도 너를 친구라고 생각한다면 거짓말을 하면 안 되겠지. 거짓말 하는 친구라면 이미 진정한 친구라고는 할 수 없는 거야. 알겠어?

짱이 예.

아빠 그리고 그 친구가 바른 말을 했는데도, 다른 사람들이 믿어주지 않아 더욱 난처한 상황에 처했을 때, 너만이라도 그 친구를 믿고 도와주어야 하겠지. 알겠어?

짱이 예.

아빠 우이불신(友而不信)이면 비직지인(非直之人)이니라. '친구로 지내면서 믿지 않으면 바르지 못한 사람이다.'

104

內疏外親 是謂不信

내　소　외　친　　시　위　불　신

속으로는 멀리 여기면서 겉으로 친한 척하는 것,
이것을 '불신'이라고 한다.

내(內) : 안, 속. 소(疏) 성기다, 소원하게 여기다, 멀리 여기다.
외(外) : 밖. 친(親) : 친하다. 시(是) : 이것. 위(謂) : …라고 말하다.
불(不) : 아니. 신(信) : 믿다.

아빠와
함께

아빠 내소외친(內疏外親), 시위불신(是謂不信)이니라. '안 내(內)',
'멀 소(疏)' 또는 '성길 소(疏)', 여기에서 '소(疏)' 자는 '드물
다, 멀다, 친하지 않다'는 것을 말하는데, '내소(內疏)'란 '안으
로 멀리 여긴다'는 뜻이야. 이 반대말이 바로 '외친(外親)'인
데, 이것은 '밖으로 친하게 여긴다'는 뜻이야.

짱이 아빠, 왜 '친(親)' 자를 '어버이'라고 하지 않아요?

하리 그것도 모르냐? '부자유친(父子有親)', '아버지와 아들은 친함
이 있어야 한다'도 모르냐?

짱이 그게 여기에서 무슨 상관이 있어?

아빠 상관이 있지. '친(親)'자는 앞에서 배운 '어버이, 부모'라는 뜻
도 있지만, '친하다'라는 뜻도 있단다. '부자유친(父子有親)'이

라고 할 때는 바로 '친하다'라는 뜻이지. 야! 하리 굉장한데.

짱이 하리야, 너 어떻게 알았어?

하리 다 아는 수가 있지. 이번 주 '언어 전달'이 '부자유친(父子有親)'이야. 그래서 알았지.

아빠 유치원에서 선생님이 가르쳐 주셨구나. 우리 하리는 한번 배우면 다 알 수가 있네.

하리 '맨날맨날' 공부해서 그래요.

아빠 그래. 우리 아들 정말 착하네. 그럼, 우리 또 다음을 보자. '시(是)'는 '이것'이라는 뜻으로, 앞에서 했던 말을 가리키는 글자야. 여기에서는 바로 '안으로는 멀리 여기고 겉으로만 친한 척하는 것'을 말해. '위(謂)'는 '…라고 말하다'라는 뜻으로, 뒤에 '불신(不信)'이 있으니까, '불신(不信)이라고 한다'는 말이 되겠지. 사람은 겉과 속이 같아야 하는데, 마음속으로는 친구를 싫어하면서 겉으로만 좋은 척하면 믿을 수가 없겠지? 사람은 서로 믿어야 하는 거야. '불신(不信)'하면 안 돼. 마음속으로 좋아하면 겉으로도 좋은 것이 나타나게 되어 있거든.

짱이 속으로는 좋은데 겉으로 싫어 할 수도 있잖아요?

아빠 짱이야, 얼굴 표정이나 행동은 마음속에서 우러나오는 거야. 그렇기 때문에, 속으로 좋으면서 겉으로 싫은 척 할 수는 없는 거야. 장난으로 속이려고 하면 모를까. 그러나 그것도 잠깐이겠지? 자, 아빠가 다시 한번 읽고 해석할 테니까 잘 들어봐. 내소외친(內疏外親) 시위불신(是謂不信)이니라. '속으로 멀리 여기면서 겉으로 친한 척하는 것, 이것을 불신(不信)이라고 한다.'

105

我益我害 惟在我矣

아 익 아 해 유 재 아 의

내게 득이 되고 손해가 되는 것은,
오직 나에게 달려있다.

글자풀이

아(我) : 나. 익(益) : 이익, 득이 되다. 해(害) : 손해, 손해가 되다.

유(惟) : 오직. 재(在) : 있다. 의(矣) : 조사(감정을 나타내는 말로, 문장 끝에 씀.)

아빠와 함께

아빠 아익아해(我益我害)는 유재아의(惟在我矣)니라. '나 아(我)',
'유익할 익(益)', '나 아(我)', '손해 해(害)', '오직 유(惟)', '있
을 재(在)'. '재(在)'는 '존재(存在)'할 때의 그 '재(在)'자야.

하리 아빠, '아우 제'와 똑같네요.

짱이 아니야. '아우 제(弟)'는 이렇게 생겼잖아. 하리야, '형제(兄
弟)'할 때 배웠잖아.

하리 나도 알아. '아우 제'할 때의 '제'와 '있을 재'할 때의 '재'는
소리가 똑같잖아.

아빠 그래, 맞아. 그러나 소리는 비슷하지만, 쓸 때는 완전히 다르단
다. 형이 말한 것과 같이 '존재(存在)'할 때의 '재(在)'와 '형제
(兄弟)'할 때의 '제(弟)'는 글자가 다르잖아. 하리, 이제 알겠

지?

하리 조금 전에 안다고 했잖아요. 아빠! 그래도 ‘제’ ‘재’니까 소리
는 똑같잖아요.

아빠 그래. 우리 하리도 정말 똑똑해. 그렇지?

하리 흥. 하리도 뭐 형만큼 똑똑할 수 있어. 그런데 형은 여덟 살이
잖아.

아빠 이제 그만하자. ‘아익아해(我益我害) 유재아의(惟在我矣)’가
무슨 뜻인지 알아봐야지. ‘아익아해(我益我害)’는 ‘나에게 이
익이 되고 나에게 손해가 되다’라는 뜻이고, ‘유재유의(惟在
我矣)’에서 ‘의(矣)’는 어조사라는 것인데, 문장의 끝에 쓰여
감정을 표시하는 글자야. ‘유재아의(惟在我矣)’의 뜻은 ‘오직
나에게 달려있다’는 말이야. 좋은 친구를 사귀면 내게 득이 되
고, 나쁜 친구를 사귀면 내게 손해가 되겠지. 그런데 득이 되
고 손해가 되는 것은 바로 내가 친구를 잘 가리어 사귀느냐에
달려 있잖아. 그래서 ‘내게 달려있다’고 한 거야. 모든 일이 잘
되고 잘못되고 하는 것이 내게 달려있다고 생각하면, 불만도
없거니와 또 남의 탓으로 돌리지도 않겠지? 나쁜 친구를 사귀
어서 그 친구에게 맞았다면, 그것은 친구를 잘못 선택했기 때
문일 것 아니냐? 그러니까 항상 친구를 사귈 때는 신중하게 좋
은 친구를 사귀어야 하는 거야. 알겠어?

짱이 그럼, 나쁜 사람은 친구가 없겠네요?

아빠 그렇지. 그 사람이 나쁜 줄 알면, 누가 친구로 지내려고 하겠
어? 아니면 나쁜 사람들끼리 친구가 되든지. 그러니까 착하고,
공부를 열심히 하면 좋은 친구 사귀기도 그 만큼 더 쉬워지겠

지. 이제 알겠지?

짱이 예.

아빠 아익아해(我益我害)는 유재아의(惟在我矣)니라. '내게 득이
되고 손해가 되는 것은 오직 내게 달려 있느니라.'

사 자 소 학 (四 字 小 學)

106

行不如言 亦曰不信

행　　불　　여　　언　　　　역　　왈　　불　　신

행동이 말하는 것과 같지 않으면,
또한 미덥지 못하다고 한다.

행(行) : 행동, 행하다. 불(不) : 아니. 여(如) : 같다. 언(言) : 말, 말하다.

역(亦) : 또한. 왈(曰) : 말하다. 신(信) : 믿다.

짱이 ‘갈 행(行)’, ‘아니 불(不)’, ‘같을 여(如)’, ‘말씀 언(言)’.

아빠 물론 ‘갈 행(行)’이라고 해도 되지만, 여기에서는 ‘행동’ 또는
‘행하다’라고 해야 돼. 한자(漢字)는 한 글자가 여러 가지 뜻을
지니고 있거든. 짱이야, ‘언행(言行)’이라는 말 들어 봤지?

짱이 예. 말과 행동이라는 뜻이에요.

아빠 그래. 말과 행동은 항상 같아야 돼. 말은 이렇게 해놓고 행동
은 저렇게 하면 되겠어?

하리 안 돼요.

아빠 그래. 말한 대로 행동하지 않으면 바로 거짓말이 되거든. 그래
서 언행(言行)이 일치(一致)해야 한다고 말하는 거야. 그런데
여기에서는 ‘행불여언(行不如言)’이라고 했으니까, ‘행동이

말과 같지 않다'는 뜻이겠지? 그러면 어떻게 되겠어?

짱이 거짓말쟁이가 되겠죠.

아빠 그래. 그래서 뒤에 '역왈불신(亦曰不信)'이라고 한 거야. '또 역(亦)', '가로 왈(曰)', '아니 불(不)', '믿을 신(信)'.

하리 어! 아빠도 틀릴 때가 있네. 어떻게 '날 일(日)'인데 '가로 왈(曰)'이라고 할 수 있어요?

아빠 하하하. 아빠가 틀린 것이 아니라 이 글자를 잘 봐라. '날 일(日)'은 위에서 아래로 길게 생겼는데, '가로 왈(曰)'은 옆으로 길지. 그러니까 이 둘은 같은 글자가 아니야. 그런데 '가로 왈(曰)'이 무슨 뜻인지 알아?

하리 그것은 '가로'라는 말이에요.

아빠 하하하. '가로 세로'라고 할 때 그 '가로'라는 것 말이지? 그런데 그게 아니라, '말하다'라는 뜻이야. 사람들이 '공자 가라사대', '예수 가라사대'라고 하는 말 들어 봤지? 바로 그 때의 '가라사대'라는 말이 '왈(曰)'이야. 그러니까 '역왈(亦曰)'은 '또한 말한다'라는 뜻이 되겠지. 뭐라고 말하느냐 하면, 바로 '불신(不信)'이라고 한다는 거야. '불신(不信)'이란 '믿지 못한다', '신뢰가 없다'는 뜻이라고 했지? 이 말은 바로 '행동이 말과 같지 않으면 또한 믿을 것이 못된다고 한다'라는 뜻이야. 말한 것은 반드시 지켜야지. 그렇게 해야 친구들이 믿을 것 아냐?

짱이, 하리 예.

아빠 앞으로 아빠가 유심히 지켜볼 거야. 행불여언(行不如言)이면 역왈불신(亦曰不信)이니라. '행동이 말하는 것과 같지 않으면, 또한 믿지 못한다고 하느니라.'

사 자 소 학 (四 字 小 學)

107

欲爲君子 何不行此
욕 위 군 자 하 불 행 차
군자가 되고자 하면서 어찌 이를 행하지 않는가?

욕(欲) : 바라다, 하고자 하다. 위(爲) : 되다. 군(君) : 임금. 자(子) : 아들.
하(何); 어찌, 무엇. 불(不) : 아니. 행(行) : 행하다. 차(此) : 이것.

아빠 욕위군자(欲爲君子)로 하불행차(何不行此)리오. '하고자 할
욕(欲)', '될 위(爲)', '임금 군(君)', '아들 자(子)'. 여기에서 '임
금 군(君)', '아들 자(子)'를 합쳐서 군자(君子)라고 하는데, 짱
이야, 군자(君子)가 무슨 뜻인지 알아?

짱이 '임금님의 아들'이니까 '왕자(王子)'겠네요?

아빠 물론, 글자대로 하면 그렇지. 그러나 '군자(君子)'라는 말은 이
미 하나의 단어로 변한 것이기 때문에 글자대로 해석하면 안
돼. 여기에서 '군(君)'은 상대를 높여서 부르는 말이야. 옛날에
는 임금의 형제들을 '군(君)'이라고 불렀잖아. 수양대군, 안평
대군이라는 말 들어봤지?

짱이 예. 요즘 텔레비전에서 〈용(龍)의 눈물〉 할 때 나왔어요.

아빠 그래. 그러나 여기에서 '군자(君子)'는 '덕이 많아서 다른 사

람들에게 존경을 받는 사람'을 뜻하는 거야. 옛날부터 아주 훌륭한 사람을 '군자(君子)'라고 했어. '군자(君子)'의 반대말은 '소인(小人)'이라고 하는데, '속이 좁고 그야말로 언행이 일치하지 않은 사람'이지.

짱이 그럼, 대인(大人)도 있겠네요? 하하하.

아빠 당연하지. 대인(大人)은 군자(君子)와 같은 말이야. '욕위군자(欲爲君子)', 그러니까 '군자가 되고자 하면서' 하불행차(何不行此)오. '어찌 하(何)', '아니 불(不)', '행할 행(行)', '이것 차(此)', '어찌 이것을 행하지 않는가?' 여기에서 '이것'이란 말은 앞에서 말한 것 전부를 가리키는 거야. 즉, 친구지간에 믿게 하고, 잘하고 못하는 것은 모두 자신에게 달려있다고 생각하고, 언행이 일치하고 등등. 이렇게 하면 '군자(君子)'가 되는 거야. 마땅히 또 '군자(君子)', 즉 훌륭한 사람이 되고자 한다면 이렇게 해야 되겠지. 욕위군자(欲爲君子)면 하불행차(何不行此)리오. '군자가 되고자 하면서 어찌 이를 행하지 않는가?'

사 자 소 학 (四 字 小 學)

04

師恩
사은편

〈은사공경도〉

‘사은(師恩)’이란 ‘선생님의 은혜’를 말합니다. 사람이 동물과 구별되는 가장 큰 특징 중의 하나는 배울 줄 안다는 것입니다. 사람의 도리를 배우고 살아가는 지혜를 배워, 인생을 더욱 보람 있게 살 줄 안다는 것이지요. 선생님은 바로 이 배움의 중심에 있는 분입니다. 선생님의 가르침이 없으면, 우리는 인간의 도리를 다하지 못함은 물론, 동물과 같은 매우 원초적인 생활을 하게 될 것입니다. 따라서 우리는 선생님을 존경하고 그 은혜에 보답할 줄 아는 사람이 되어야 합니다. 이것이 《사자소학》에서 특별히 ‘사은편’을 둔 까닭입니다.

108

事師如親 必敬必恭

사 사 여 친 　 필 경 필 공

선생님을 섬기는 것은 부모님과 같이하여,
반드시 존경하고 공손하게 해야한다.

사(事) : 섬기다.　사(師) : 스승, 선생님.　여(如) : 같다, 같이하다.　친(親) : 부모님.

필(必) : 반드시.　경(敬) : 존경하다, 공경하다.　공(恭) : 공손하다, 공경하다.

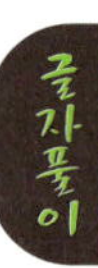

아빠 사사여친(事師如親)하여 필경필공(必敬必恭)하라. '섬길 사
(事)', '스승 사(師)', '같을 여(如)', '어버이 친(親)'. '사사(事
師)'란 '선생님을 섬기는 것'. 즉 '선생님을 존경하고 선생님
말씀을 잘 듣는 것'을 '선생님을 섬긴다'라고 하는 거야. '여친
(如親)'은 '부모님과 같다', '부모님과 같이하다'라는 뜻이야.
그러니까 '사사여친(事師如親)'은 '선생님을 섬기는 것은 부
모님과 같이 한다'는 뜻이 되겠지?

하리 아빠, 선생님이 엄마 아빠예요? 어, 아닌데….

아빠 물론 그렇지만, 선생님 역시 엄마 아빠같이 하리가 잘되기를
바라고, 하리가 많은 것을 알도록 가르쳐 주시니까, 부모님만
큼 고마우신 분이지. 하리야, 유치원에서 선생님이 글자도 가

사 자 소 학 (四 字 小 學)

르쳐 주시고, 한자(漢字)도 가르쳐 주시고, 하리를 예뻐해 주시지? 그러니 얼마나 고마우신 분이냐? 그래서 엄마 아빠를 섬기는 것처럼 선생님도 잘 섬겨야 하는 거야. 그럼 어떻게 해야 될까?

짱이 인사 잘하고, 말씀도 잘 듣고 하면 되지요.

아빠 그렇지. 그래서 '필경필공(必敬必恭)'이라고 한 거야. '반드시 존경하고 반드시 공손하게 해야 한다'라는 뜻이야. 여기에서 '존경(尊敬)'이란 말은 '마음속으로 좋아해서 받들어 모시는 것'이고. '공손(恭遜)'은 '말을 아주 잘 듣고 얌전하게 행동하는 것'을 말하는 거야. 두 말을 합쳐서 말하면 바로 '공경(恭敬)'이 되는데, '어른을 공경해야 한다'라고 할때 바로 이 글자를 써. 알겠지?

하리 예.

아빠 사사여친(事師如親)하여 필경필공(必敬必恭)하라. '선생님 섬기는 것은 부모님 같이 반드시 존경하고 공손하게 해야 한다.'

109

非教不知 非知何行

비 교 부 지　비 지 하 행

가르치지 않으면 알지 못하니,
알지 못하는데 어찌 행하겠는가?

비(非) : 아니다. 교(教) : 가르치다. 불(不) : 아니. 지(知) : 알다.

하(何) : 어떻게, 어찌, 무엇. 행(行) : 행하다.

아빠　비교부지(非教不知)한데 비지하행(非知何行)이리오.

짱이　아빠, '불(不)'자를 왜 '부'로 읽어요?

하리　그 봐. 아빠도 자세히 안 보니까 틀리잖아요.

아빠　하하하. 하리야 그것은 아빠가 틀린 것이 아니라, '불(不)'자는
'부'로도 읽히는 거야. 그래도 뜻은 '아니다'인데, 뒤에 무슨
글자가 오느냐에 따라 '불' 또는 '부'로 읽게 되는 거야. '불
(不)'자 뒤에 'ㄷ이나 ㅈ'으로 시작되는 글자가 오면 그때는
'부(不)'로 읽어야 돼. 여기에서는 뒤에 '지(知)'자가 있으니까
'부(不)'로 읽어야 되겠지? 그래서 아빠가 '부지(不知)'라고 읽
은 거야.

짱이　아빠, 그럼 '알 지(知)'자가 있으면 무조건 '부'로 읽어야 하겠

네요?

아빠 그렇지. 이것은 한자(漢字)에 문제가 있는 것이 아니라, 우리 말 '지(知)'가 앞의 '불(不)'자 발음을 결정하는 거지. 자, 또 보자. '아닐 비(非)', '가르칠 교(敎)'. '교실(敎室)', '교과서(敎科書)'라고 할 때도 바로 이 '가르칠 교(敎)'를 쓰는 거야. '비교(非敎)'는 바로 '가르치지 않는다'라는 뜻이야. 또 '부지(不知)'는 '알지 못한다'는 말이니까, '비교부지(非敎不知)'란 '가르치지 않으면 알 수가 없다'라는 뜻이 되겠지. 그럼 '비지(非知)'는 무슨 뜻일까?

짱이 '알지 못한다.'

아빠 그렇지. '어찌 하(何)', '행할 행(行)'. '하행(何行)'은 '어찌 행하겠는가'라는 뜻이거든. 그러니까 '비지하행(非知何行)'은 '모르는데 어찌 행하겠는가?' 즉 '알아야 행한다'는 뜻이 되겠지. '가르치지 않으면 알 수가 없고, 알 수 없으면 행할 수가 없다'는 말이야. 많이 알고자하면 학교에 열심히 다녀야 하고, 선생님 말씀을 잘 들어야 하는 거야. 그렇게 해야 많이 배울 수가 있고, 많이 알아야 행할 수가 있으니까 말이야. 그래서 엄마 아빠가 너희들을 학교에 보내고 유치원에 보내는 거야.

짱이 아빠, 하리는 내가 글자를 가르쳐주면 되잖아요?

하리 형이 선생님은 아니잖아. 그렇지? 아빠. 하리는 선생님 말 잘 들어요.

아빠 그럼. 우리 하리는 얼마나 착한데. 그런데 하리야 선생님 말씀은 당연히 잘 들어야 하는 거고, 형 말도 잘 들으면 더 착한 하리가 될 수 있어. 아무튼 많이 알도록 노력해야 하는 거야. 다들 잘 알았지?

   예.

   비교부지(非敎不知)한데 비지하행(非知何行)이리오? '가르치
지 않으면 알지를 못하니, 알지 못하는데 어찌 행하겠는가?'

사 자 소 학 (四 字 小 學)

110

能孝能悌 莫非師恩

능 효 능 제 막 비 사 은

효도할 수 있고 공손할 수 있는 것은,
선생님의 은혜가 아닌 것이 없다.

능(能) : 할 수 있다. 효(孝) : 효도하다, 효도. 제(悌) : 공손하다.
막(莫) : 없다. 비(非) : 아니다. 사(師) : 스승, 선생님. 은(恩) : 은혜.

아빠 능효능제(能孝能悌)는 막비사은(莫非師恩)이니라. '능할 능(能)', 여기에서 '능하다'라는 것은 '할 수 있다'라는 뜻이야. '효도 효(孝)', '할 수 있을 능(能)', '공손할 제(悌)'. '아우 제(弟)' 옆에 '마음 심(心)'이 있으면 '공손할 제(悌)'가 되는 거야. 아우는 공손해야 하니까….

짱이 아빠, '마음 심(心)'이 있다면서, 없잖아요?

하리 형, 형은 '마음 심(心)' 자도 모르냐?

짱이 누가 '마음 심(心)' 자를 모른다고 했어? 알지도 못하면서….

아빠 짱이야, '심(心)' 자는 홀로 독립적으로 쓰일 때는 이렇게 '심(心)'으로 쓰지만, 다른 글자 옆에 붙어 쓰일 때는 심방변[忄]으로 변하는데, 그래도 '심(忄)' 자라고 하는 거야. '능효능제(能

孝能悌)'는 '효도를 할 수 있고, 공손할 수 있다'라는 뜻이야. '막비사은(莫非師恩)'은 '없을 막(莫)', '아닐 비(非)', '스승 사(師)', '은혜 은(恩)'. '사은(師恩)'은 '선생님의 은혜'라는 뜻이고, '막비(莫非)'는 '아닌 것이 없다'라는 뜻이니까, '막비사은(莫非師恩)'이란 '선생님의 은혜가 아닌 것이 없다'라는 뜻이 되겠네. 이 말은 '모두 선생님의 은혜'라는 뜻이야. 전부 붙여서 해석하면, '효도할 수 있고, 공손할 수 있는 것은 선생님의 은혜가 아닌 것이 없다'가 되겠지? 모두가 선생님의 은혜라는 말이야. 개나 돼지들은 배우지 않으니까, 효도니 예절이니 하는 것을 전혀 모르잖아. 그러나 사람들은 배우니까 모든 것을 다 알지. 그러니까 인간답게 살 수 있는 거야. 그런데 그 모든 것을 누가 가르쳐 주시느냐 하면 선생님이잖아. 그래서 스승님의 은혜는 높다는 말을 하는 거야. 선생님은 어떤 분이냐 하면, 학교에서 너희들을 가르치는 선생님은 물론이고, 다른 곳에서 가르쳐주는 사람도 모두 선생님이 되는 거야. 부모님, 큰아버지, 할머니, 삼촌, 이웃집 아저씨도 모두 선생님이 될 수 있어. 그러나 가장 많이 가르쳐 주시는 분은 학교 선생님이지? 그래서 '선생님'이라고 하면 일단 학교 선생님을 말하는 거야. 부모님은 너희들을 낳아서 길러주시고, 키워주시니까 또 존경해야 하고…. 알겠지?

짱이, 하리 예.

아빠 능효능제(能孝能悌)는 막비사은(莫非師恩)이니라. '효도를 할 수 있고 공손할 수 있는 것은, 선생님의 은혜가 아닌 것이 없느니라.'

사 자 소 학 (四 字 小 學)

111

能知能信 莫非師功

능 지 능 신 막 비 사 공

알 수 있고 믿을 수 있는 것은,
선생님의 공이 아닌 것이 없다.

능(能) : 할 수 있다. 지(知) : 알다. 신(信) : 믿다, 확신하다.

막(莫) : 없다. 비(非) : 아니다. 사(師) : 스승, 선생님. 공(功) : 공, 은공, 힘씀.

아빠와 함께

아빠 능지능신(能知能信)은 막비사공(莫非師功)이니라.

짱이 '능할 능(能)', '알 지(知)', '능할 능(能)', '믿을 신(信)', '말 막(莫)', '아닐 비(非)', '스승 사(師)', 다음 글자는 모르겠어요.

아빠 아주 잘 했어. '공(功)'은 '공을 세우다'라고 할 때의 '공'을 나타내는 말이야. '힘씀', '정성', 또는 그냥 '공'이라고 하면 돼. '은공(恩功)', '성공(成功)' 할 때도 이 '공(功)'자를 쓰거든. 그럼 '능지능신(能知能信)'은 무슨 말일까?

짱이 '알 수 있고 믿을 수 있다.'

아빠 그렇지. 알 수 있고 믿을 수 있는 것은, '사공(師功)' 즉 '선생님의 공'이 아닌 것이 없다는 뜻이야. '공(功)'이란 정성을 드려서 잘 되도록 힘쓰는 거야.

짱이 아빠, '은혜'라는 말과 같네요.

아빠 그렇지. 그래서 은공(恩功)이라고도 하지. '막비사공(莫非師功)'이란 '선생님의 공이 아닌 것이 없다'는 뜻이야. '모두 다 선생님의 공'이라는 말이야. 여기에서 '능신(能信)'은 '믿을 수 있다'라는 말로, '확신할 수 있다'는 뜻이야. 또 '신(信)'은 친구와 관계되는 말이니까, '친구를 사귈 수 있다'고 해도 되겠지. 이 모든 것이 다 선생님의 공이라는 말이야. 알겠지?

짱이, 하리 예.

아빠 그러니까 당연히 선생님을 공경해야 하는 거야. 능지능신(能知能信)은 막비사공(莫非師功)이니라. '알 수 있고 확신할 수 있는 것에는 선생님의 공이 아닌 것이 없느니라.'

사 자 소 학 (四 字 小 學)

112

非爾自行 惟師導之
비 이 자 행 유 사 도 지

너희들이 스스로 행하게 된 것이 아니라,
선생님께서 너희들을 이끌어 주신 것이다.

비(非) : 아니다. 이(爾) : 너, 너희. 자(自) : 스스로, 저절로. 행(行) : 행하다.

유(惟) : 오직. 사(師) : 스승, 선생님. 도(導) : 이끌다.

지(之) : 그 사람.(여기에서는 앞의 爾를 가리킴.)

비이자행(非爾自行)이고 유사도지(惟師導之)니라. 이 말은 너희들이 할 수 있는 것은 너희들이 저절로 안 것이 아니라, 모두 선생님께서 가르쳐 주셨기 때문이라는 뜻이야. '아닐 비(非)', '너 이(爾)', '스스로 자(自)', '행할 행(行)', '오직 유(惟)', '스승 사(師)', '인도할 도(導)', '그것 지(之)'. '이자행(爾自行)'은 '네가 스스로 행하다'는 뜻인데, 앞에 '비(非)'가 있으니까 '그런 것이 아니다'는 뜻이 되겠지. 즉 '네가 스스로 행한 것이 아니라', '유사도지(惟師導之)'니라. '오직 선생님께서 너희들을 이끌어 주신 것이다'라는 뜻인데, 짱이가 모르는 것이 있으면 선생님께서 가르쳐 주시잖아. 하리야, 하리가

유치원에 다니기 전에는 인사할 줄 잘 몰랐지. 그런데 지금은 어른을 뵙거나 선생님을 만나면 큰 소리로 "안녕하십니까?" 하고 인사를 잘 하던데. 아빠는 하리가 큰소리로 인사하는 모습이 참 보기 좋더라.

하리 아빠, 선생님이 가르쳐 주셨어요. 처음 만나면 큰 소리로 "안녕하십니까?" 하라고 했어요.

아빠 그 봐. 하리가 잘 모르면 선생님이 가르쳐 주시잖아. 하리, 유치원에 안 갔으면 알 수 있었겠어?

하리 아니오.

짱이 아빠, 나는 학교 한번도 결석하지 않았어요. 하지만, 하리는 지난번에도 가기 싫다고 떼쓰다가 엄마한테 야단맞았어요.

아빠 하하하, 그러면 안되지. 학교는 물론 유치원도 빠지지 말아야 하는 거야. 그래? 안 그래?

하리 그래요. 하지만 지난번에는 배가 아팠어요.

아빠 그래서 그랬구나. 우리 하리가 얼마나 착한데. 선생님께서는 많은 것을 가르쳐 주시고 너희들을 올바른 곳으로 이끌어 주시거든. 너희들이 공부할 때 가르쳐 주시는 것과 같이. 그래서 학교를 빠지지 말고 열심히 배워야 하는 거야. 알겠지?

짱이, 하리 예.

아빠 비이자행(非爾自行)이오 유사도지(惟師導之)니라. '네가 스스로 행하게 된이 아니라, 오직 선생님께서 이끌어 주신 것이니라.'

사 자 소 학 (四 字 小 學)

113

其恩其功 亦如天地

기 은 기 공 역 여 천 지

그 은혜와 공덕은 또한 천지와 같다.

기(其) : 그의. 은(恩) : 은혜. 공(功) : 은공, 공덕, 힘씀.
역(亦) : 또한. 여(如) : 같다. 천(天) : 하늘. 지(地) : 땅.

아빠 기은기공(其恩其功)은 역여천지(亦如天地)니라. '그 기(其)', '은혜 은(恩)', '그 기(其)', '은공 공(功)'. '기은(其恩)'은 '그의 은혜'라는 뜻이고, '기공(其功)'은 '그의 공덕'이라는 뜻인데, 여기에서 '그'란 바로 '선생님'을 가리키는 거야. 그렇다면 '선생님의 은혜와 공덕'이라는 말이 되겠지. '역여천지(亦如天地)'는 '또 역(亦)', '같을 여(如)', '하늘 천(天)', '땅 지(地)'.

짱이 어? 아빠, '땅 지(地)'가 아니고, '따 지(地)'잖아요. '하늘 천(天)', '따 지(地)'.

아빠 응! 그것은 옛날 말이야. 옛날에는 '땅'을 '따'라고 했어. '땅 지'보다 '따 지'가 더 말하기 쉽잖아. 그래서 그런 거야. 그런데 여기에서 '선생님의 은공이 또한 하늘과 땅과 같다'라는 말을 하면서, 왜 '또한'이라는 말을 썼을까?

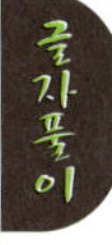

짱이 　?

아빠 　‘또한’이라는 말은 ‘그리고’라는 뜻인데, 이외에 누군가 있으
　　　니까 ‘또한 선생님의 은혜와 공이 하늘과 땅과 같다’고 했겠
　　　지?

하리 　아빠, 그것도 몰라요. 부모님이지.

짱이 　맞아. 앞에서 ‘부모님의 은혜는 하늘같이 높고, 부모님의 덕은
　　　땅과 같이 두텁다’라고 했잖아.

하리 　아! ‘은고여천(恩高如天) 덕후여지(德厚如地).’

아빠 　야! 잘 하는데. 그래. ‘부모님의 은혜와 덕이 하늘과 같이 높고
　　　땅과 같이 두텁다’라고 했으니까, 여기에서 ‘또한’이라는 말을
　　　쓴 거야. 그런데 선생님의 은공도 하늘과 땅과 같다고 하였으
　　　니, 얼마나 고마우신 분이야. 선생님의 은혜가 얼마나 크다고?

하리 　이만큼요.

아빠 　하늘과 땅 만큼 크지.
　　　(이 때 큰놈이 작은놈에게 면박을 준 모양이다.)

하리 　형! 어린이가 어떻게 알 수 있어?

아빠 　그래서 아빠가 가르쳐 줬는데, 방금 아빠가 말씀하실 때 하리
　　　는 딴짓 했잖아. 그러니까 못 알아듣지. 공부할 때 딴짓 하면
　　　되겠어? 학교, 유치원에서도 마찬가지야. 잘 알겠어?

짱이, 하리 　예.

아빠 　기은기공(其恩其功)은 역여천지(亦如天地)니라. ‘그 은혜와 공
　　　덕은 또한 천지와 같으니라.’

114

欲孝父母 何不敬師

욕 효 부 모 하 불 경 사

부모님께 효도하고자 하면서,
어찌 선생님을 존경하지 않을 수 있겠는가?

욕(欲) : 하고자 하다. 효(孝) : 효도. 부(父) : 아버지. 모(母) : 어머니.

하(何) : 어찌. 불(不) : 아니. 경(敬) : 공경하다, 존경하다. 사(師) : 스승, 선생님.

아빠 욕효부모(欲孝父母)면서 하불경사(何不敬師)리오? '하고자 할 욕(欲)', '효도 효(孝)', '어찌 하(何)', '아니 불(不)', '존경할 경(敬)', '스승 사(師)'. '욕효부모(欲孝父母)'는 무슨 뜻일까?

짱이 '부모님에게 효도하고자?'

아빠 그렇지. 잘 했어. 그런데, 끝이 조금 이상하지? '부모님께 효도를 하고자 하면서'라고 해야지. 왜냐하면 뒤에 '어찌'라는 말이 있으니까 '하면서'로 연결해야 하는 거야. '하불경사(何不敬師)'는 '어찌 선생님을 존경하지 않을 수가 있겠는가?' 이 말은 '존경해야 한다'는 뜻이야. 부모님께서는 우리를 낳고 키워 주셨으니까 당연히 효도를 해야겠지. 마찬가지로 선생님께서는 가르쳐주시고 이끌어 주시니까 또한 당연히 존경해야 한

다는 말이야. 부모님께 효도하려면 어떻게 해야 할까?

하리 착하고, 예쁜 말 쓰고, 말을 잘 들어야 돼요.

아빠 그렇지. 그럼 선생님은 어떻게 존경해야 할까?

하리 기쁘게 하고, 착하게 하면 돼요.

아빠 물론 그렇게도 해야 하고, 또 선생님께 인사를 잘해야 하는 거야. 선생님 말씀을 잘 듣고 인사를 잘하면 존경한다고 말할 수가 있는 거야.

하리 아빠, 그래도 하리가 잘 했잖아요? 형은 아무 말도 안 했어요.

아빠 하하하, 그래, 우리 하리 잘 했어.

짱이 아빠, 저도 알고 있었어요.

아빠 짱이야, 알고만 있고 말하지 않으면 소용이 없어. 수업 시간에도 발표를 잘 해야 하는 거야. 그래야 나중에 커서 자기 의사표시를 정확하게 할 수 있게 되는 거야. 아빠는 우리 짱이가 좀 더 활발하고 발표도 잘하는 어린이가 되었으면 좋겠어. 물론 우리 짱이가 총명한 줄은 알지만 말이야. 앞으로는 씩씩하게 발표할 수 있겠지?

짱이 예.

하리 하리는 발표 잘 할 수 있는데….

아빠 그럼, 그래서 아빠는 하리를 굉장히 든든하게 생각하고 있어. 욕효부모(欲孝父母)면서 하불경사(何不敬師)리오? '부모님께 효도하고자 하면서 어찌 선생님을 존경하지 않을 수 있겠는가?'

사 자 소 학 (四 字 小 學)

115

報賜以力 人之道也
보 사 이 력 인 지 도 야

온 힘을 다하여 베풀어주심에 보답하는 것은
사람의 도리이다.

보(報) : 갚다, 보답하다. 사(賜) : 베풀다, 주다. 이(以) : …로써.

력(力) : 힘. 인(人) : 사람. 지(之) : …의. 도(道) : 도리, 길.

야(也) : 어조사(단정의 감정을 나타내는 글자).

아빠와 함께

아빠 보사이력(報賜以力)은 인지도야(人之道也)이니라. '갚을 보
(報)', '베풀 사(賜)' 또는 '줄 사(賜)', '…로써 이(以)', '힘 력
(力)', '사람 인(人)', '…의 지(之)', '도리 도(道)' 또는 '길 도
(道)', '어조사 야(也)'. '보사(報賜)'는 '베풀어 준 것, 곧 은혜
를 갚다'라는 뜻이고, '이력(以力)'은 '온 힘으로써'라는 뜻이
니까, 보사이력(報賜以力)은 '온힘을 다하여 은혜에 보답하
다'라는 뜻이 되겠네. 여기에서 '은혜'란 '베풀어 주신 것'이
라고 해도 되는데, 바로 '선생님께서 가르쳐주신 은혜' 또는
'베풀어주신 은혜'를 말하는 거야.

하리 아빠, 선생님은 아는 것이 굉장히 많아요. 하리가 모르는 것이

있으면 가르쳐줘요.

짱이 그러니까 선생님이지. 너는 당연한 말을 하고 있냐?

아빠 그래도 짱이야, 하리는 어리잖아. 선생님께서는 너희들을 가르쳐 주시려고 공부를 많이 하셨잖아. 하리도 공부를 많이 하면 나중에 훌륭한 선생님이 될 수 있을 거야. 자, 다음을 보자. '인지도야(人之道也)'는 '사람의 도리'라는 말이야. '사람의 도리'란 '사람으로서 마땅히 해야할 일'을 말하는데, '사람이라면 당연히 선생님의 은혜가 고마운 줄 알고 보답해야 한다'는 말이야. 여기에서 '야(也)'는 '어조사'라고 하는데, 특별한 뜻이 있는 것은 아니고, 이 말이 옳은 말이라는 느낌을 나타내는 글자야. 여기에서는 문장 끝에 사용되어 앞에서 한 말이 '그렇다'라는 뜻을 더욱 뚜렷이 해주는 거야.

짱이 아빠, 이 '야(也)'자는 《천자문(千字文)》의 마지막 글자예요.

아빠 와, 어떻게 알았어?

짱이 그냥 《천자문》 책에서 보았어요.

하리 아빠, 저도 알아요. 이 글자에 '흙 토(土)'가 있으면 '땅 지(地)'예요.

아빠 와, 우리 하리도 굉장한데. 너희들 말이 모두 맞다. 보사이력(報賜以力)은 인지도야(人之道也)이니라. '가르쳐 주심에 온힘으로 보답하는 것은 사람의 도리이니라.'

116

師乏衣衾 卽必獻之

사 핍 의 금 즉 필 헌 지

선생님께서 옷과 이불이 없으면 즉시 드려야 한다.

사(師) : 스승, 선생님. 핍(乏) : 모자라다, 없다. 의(衣) : 옷. 금(衾) : 이불.

즉(卽) : 곧, 즉시. 필(必) : 반드시. 헌(獻) : 드리다. 지(之) : 그 사람, 그것.

아빠 사핍의금(師乏衣衾)이면 즉필헌지(卽必獻之)니라. '스승 사(師)', '빠질 핍(乏)' 또는 '모자랄 핍(乏)', '옷 의(衣)', '이불 금(衾)', '곧 즉(卽)', '반드시 필(必)', '드릴 헌(獻)', '그것 지(之)'. 여기에서 '의금(衣衾)'이란 '옷과 이불'이라는 뜻이야. 그러니까 '사핍의금(師乏衣衾)'이란 '선생님이 옷과 이불이 없다'는 뜻이겠지? 그러면 어떻게 해야 할까? '즉필헌지(卽必獻之)'니라. '바로 그것을 드려야 한다', '선생님이 입을 옷이 없으면 선생님께 옷을 갖다 드리고, 이불이 없으면 이불을 갖다 드려야 한다'는 뜻이야. 옛날에는 선생님들이 학생들만 가르쳐서 대부분 먹을 것과 입을 것이 넉넉하지 못했어. 옷과 이불이 없다면, 밖으로 나올 수도 없고 또 잠도 제대로 못 주무셨을 것 아냐. 그러면 학생들을 제대로 가르칠 수 있었겠어?

짱이 아니오.

아빠 그래서 선생님께서 옷이나 이불은 물론, 먹을 양식이 없다면
학생들이 조금씩이라도 갖다 드렸던 거야.

하리 아빠, 참 이상해요. 우리 선생님은 좋은 옷을 입었어요. 우리
선생님 얼마나 예쁜데….

짱이 지금이 아니라, 옛날에 그랬다는 말이야.

아빠 그래, 짱이 말이 맞아. 옛날에는 글을 가르치는 사람을 '훈장
님'이라고 했거든. 이 분들은 공부만 하고 아이들만 가르치니
까, 돈을 벌 수가 없었잖아. 그래서 학생들이 먹을 것도 갖다
드리고 입을 것도 갖다 드렸어. 그래서 이런 말을 한 거야. 그
러나 요즈음은 나라에서 선생님들에게 월급을 주니까, 입을 옷
이 없거나 먹을 것이 없어서 고생하시는 분은 없단다. 그렇기
는 하지만, 요즈음도 선생님들은 큰 부자는 없어. 선생님들은
학생들을 가르치면서 학생들이 훌륭하게 커주기만을 바라시
거든.

짱이 아빠, 그럼 요즈음은 이 말이 필요 없겠네요?

아빠 아니지. 지금은 옷이나 이불을 갖다 드릴 필요는 없을지라도,
선생님에 대한 관심과 존경하는 마음은 여전히 가지고 있어야
겠지. 늘 선생님을 존경하는 마음과 관심을 가지고 있으면 선
생님께서 무엇을 원하시고, 또 어떻게 해야 하는지를 알 수 있
을 거야. 그만큼 선생님께 관심을 가지고 존경하라는 말이야.
알겠어?

하리 하리는 선생님을 보면 "안녕하세요?" 하고 인사해요.

짱이 야! 선생님 보고 인사 안 하는 사람도 있냐?

사 자 소 학 (四 字 小 學)

하리 있다, 뭐.

아빠 그래, 됐어. 그만해. 너희들이 인사를 잘 하고 선생님 말씀을
잘 들으면 되는 거야. 앞으로도 계속 그렇게 해야 한다.

짱이, 하리 예.

아빠 사핍의금(師乏衣衾)이면 즉필헌지(卽必獻之)니라. '선생님께
서 옷과 이불이 모자라거나 없으면 즉시 갖다 드려야 한다.'

117

師有疾病 卽必藥之
사 유 질 병 　 즉 필 약 지

선생님께서 병환이 들면,
즉시 약을 지어 드려야 한다.

글자풀이

사(師) : 선생님, 스승. 유(有) : 있다. 질(疾) : 질환, 아픔. 병(病) : 병.
즉(卽) : 곧. 필(必) : 반드시. 약(藥) : 약. 지(之) : 그 사람.

아빠와 함께

아빠 사유질병(師有疾病)이면 즉필약지(卽必藥之)니라.

짱이 '사유질병(師有疾病)'은 '선생님께 질병이 있으면'이라고 하면 되네요.

아빠 그래 잘 했어. 이 말은 '선생님께서 병이 나면, 곧 편찮으시면', '즉필약지(卽必藥之)'니라. '즉시 반드시 약을 지어 드려야 한다'는 뜻이야.

하리 아빠, 아프면 병원에 가야죠. 선생님도 주사를 맞으면 안 아프잖아요.

짱이 옛날에 병원이 어디 있냐?

아빠 그래, 이건 형 말이 맞아. 옛날에는 주사가 없었어. 그래서 아프면 약을 지어 집에서 다려 먹었어. 그런데 선생님이 편찮으

시면, 약을 지으러 가지도 못하고 누워 계시잖아. 그럴 때 약
방에 가서 선생님이 어떻게 편찮으신지 말하고 약을 지어다
드려야 하는 거야. 선생님이 편찮으셔서 누워 계셔도 모른 체
하고 있으면 되겠어? 우리를 가르치시느라 병이 난 것인데….
선생님께서 편찮으시면 어떻게 해야 한다고?

짱이 '즉시 약을 지어 드려야 한다.'

하리 그런데 '편찮으신' 게 뭐예요?

아빠 응. '편찮다'라고 하는 것은 '아픈' 것을 말해.

하리 그런데 왜 '편찮다'라고 하세요?

아빠 어른이 아플 때는 '아프다'라고 하지 않고, '편찮다'라고 하는
거야. 선생님이나 부모님, 할머니 등 너희들보다 나이가 많은
사람이 아플 때는 '편찮다'라고 해야 돼. 이제 알겠어?

하리 예.

아빠 사유질병(師有疾病)이면 즉필약지(卽必藥之)니라. '선생님께
서 편찮으시면 즉시 약을 지어 드려야 하느니라.'

118

問爾童子 或忘師德

문 이 동 자 혹 망 사 덕

너희 어린이들에게 묻노니,
혹시라도 선생님의 은덕을 잊었는가?

문(問) : 묻다. 이(爾) : 너, 너희들. 동(童) : 아이. 자(子) : 아들.

혹(或) : 혹시. 망(忘) : 잊다. 사(師) : 선생님. 덕(德) : 은덕.

아빠와 함께

아빠 문이동자(問爾童子)하니 혹망사덕(或忘師德)인가? '물을 문(問)', '너 이(爾)', '아이 동(童)', '아들 자(子)', '혹시 혹(或)', '잊을 망(忘)', '스승 사(師)', '은덕 덕(德)'.

하리 아빠! '물을 문(問)'자, 저 알아요. '문 문(門)'자에 '입 구(口)'가 들어간 거예요. 엄마가 가르쳐 줬어요.

짱이 입으로 질문을 하니까, 그렇죠? 그리고 '들을 문(聞)'자는 '문 문(門)'에 '귀 이(耳)'가 들어간 거예요. 귀로 들으니까….

아빠 와! 잘하는데. 그렇게 기억해 놓으면 잊지 않을 거야. 그럼 '동자(童子)'는 누구일까?

짱이 '아이들'요.

아빠 그래. 아이들을 가리키는 말인데, '이동자(爾童子)'란 '너희 아

사 자 소 학 (四字小學)

이들'이라는 뜻이야. 그런데 앞에 다시 '문(問)'자가 있으니까, '너희 어린이들에게 묻는다'라는 말이야. 그런데 무엇을 묻느냐 하면, 혹망사덕(惑忘師德)인가? 즉 '혹시라도 선생님의 덕을 잊었는가?' 이 말은 '선생님의 덕을 잊지 말고 기억하라'는 말이야. '선생님의 덕을 잊지 않았겠지?'로 해석하면 우리말로 더 자연스럽겠네, 그렇지?

하리 아빠, 그런데 '덕(德)'이 뭐예요?

아빠 '덕(德)'은 어떤 사람이 남기는 '은공'으로서 '은혜'를 말해. 선생님은 우리를 가르쳐 주시고, 또 우리가 훌륭하게 자랄 수 있도록 해 주시니까 '은혜'가 크다고 할 수 있지. 이 '은혜'가 바로 '덕(德)'이야. '은덕(恩德)'이라고 해도 돼. 이것을 잊지 말라는 말이야. 알겠지?

짱이, 하리 예.

아빠 문이동자(問爾童子)하니 혹망사덕(或忘師德)인가? '너희 어린이들에게 묻노니, 혹시라도 선생님의 은덕을 잊는 것은 아니겠지?'

行勿慢步　坐勿歆身
父母衣服　勿踰勿踐
膝前勿坐　親面勿仰
器有飲食　毋與勿食
親前勿袒　有命必從
子登高樹　父母憂之
髮膚爪骨　勿毀勿傷
出必告之　反必面之
衣服帶鞋　不失不裂
衣服雖惡　與之必着
毋與人鬥　父母不安
父母臥命　俯而聽之
坐命跪聽　立命立聽
父母不食　思得良饌
平生一欺　其罪如山
若告西遊　不復東征
我身能惡　辱及父母

05

修身
수신 편

〈독서삼매도〉

　'수신(修身)'이란 "자신을 닦는다"는 뜻입니다. "자신을 닦는다"는 것은 사람들이 자신의 몸에 붙은 더러운 때를 닦아 내듯, 마음속에 있는 욕심을 닦아 없애 올바른 생각을 갖도록 하는 것입니다. 세상을 살다보면, 누구나 탐욕에 빠지기가 쉽습니다. 맛있는 음식을 먹고 싶고, 좋은 옷을 입고 싶으며, 좋은 집과 물건을 가지고 싶어 합니다. 사람의 욕심에는 끝이 없습니다. 따라서 끝이 없는 그 욕심을 좇다보면, 결국 우리의 몸을 망치게 되고, 급기야 인생 전체를 실패로 끝낼 수 있습니다. '수신'은 바로 자신을 경계하여, 욕심을 멀리하고 바른 삶을 살도록 하는 자기 노력입니다.

119

莫以不見 敢邪此心

막 이 불 견 감 사 차 심

보지 않는 사람이 없으니,
감히 이 마음을 나쁘게 할 수 있겠는가.

글자풀이

막(莫) : 없다. 이(以) : …을, …로써. 불(不) : 아니. 견(見) : 보다, 보이다.

감(敢) : 감히. 사(邪) : 나쁘다, 바르지 않다. 차(此) : 이. 심(心) : 마음.

아빠와 함께

아빠 막이불견(莫以不見)하니 감사차심(敢邪此心)이런가. '없을 막
(莫)', '…을 이(以)', '아니 불(不)', '볼 견(見)'. '막이불식(莫以
不見)'은 '그것을 보지 않는 사람이 없다'라는 뜻이야.

짱이 아빠, '사람'이라는 말은 없잖아요?

아빠 '사람'이라는 말은 없어도, 글의 내용으로 보면 알 수 있어.

하리 그것을 어떻게 알 수 있어요?

아빠 지금은 알 수 없지만, 하리가 공부를 많이 하면 저절로 알 수
있게 되는 거야. 이렇게 되는 것을 '문리가 트이다', 곧 '한문
을 잘 한다'라고 하는 거야. 그런데 어떻게 보지 않는 사람이
없느냐 하면, 위로는 하늘이 보고, 아래로는 땅이 보고, 중간으
로는 사람과 나무, 꽃 등 삼라만상이 모두 보고 있잖아. 그래서

보지 않는 사람이 없다고 한 거야.

하리 아빠, 그런데 나무하고 꽃은 눈이 없잖아요. 땅도 마찬가지죠.

아빠 하늘에는 '하느님'이 있듯이, 땅에는 또 '땅의 신'이 있어. 나무에는 '나무의 신'이 있고, 꽃에는 '꽃의 신'이 있고…. '신(神)'이란 곧 사람의 정신과 같은 거야. 아빠가 하루 종일 하리와 형하고 떨어져 있어도, 저녁에 너희들을 만나면 너희들이 하루를 즐겁게 지냈는지 지내지 못했는지, 그런 것 다 알 수 있잖아? 그것하고 똑같은 거야. 그러니까 절대 거짓말을 한다거나 나쁜 짓을 하면 안 돼. 텔레비전에 보면 도둑이 몰래 남의 물건을 훔쳐도, 나중에 경찰이 그 도둑을 다 잡아내잖아? 그래? 안 그래?

짱이, 하리 그래요.

아빠 그 봐. 그게 다 누군가는 그것을 보고 있다가 나중에 사람들에게 일러주기 때문이야. 그럼 이제 다음을 보자. 감사차심(敢邪此心)이라. '감히 감(敢)', '나쁠 사(邪)', '이 차(此)', '마음 심(心)'. '차심(此心)'은 무슨 뜻일까?

짱이 '이 마음'이라고 해야겠네요?

아빠 그럼, '이 마음'이라고 할 때 '이'는 무엇을 가리키는 말일까?

하리 잘 몰라요.

아빠 우리가 앞에서 배운 것들, 즉 '선생님의 은덕을 잊지 않는 마음', '부모에게 효도하는 마음' 등등 '착한 마음'을 가리키는 거야. '이런 마음을 나쁘게 해서는 안 된다'라는 말인데, 앞에 '감(敢)' 자가 있으니까 '감히 이러한 마음을 나쁘게 할 수 있겠는가?'라는 말이 되겠지? 이 말은 바로 '부모님과 선생님의 은덕을 생각하고 늘 감사하게 여기는 마음을 가져야 한다'는 뜻이야. 보는 사람이 없다고 해서 선생님의 고마움을 잊고 못된 행동을 하거나 나쁜 마음을 가져서는 안 되겠지. 안 그래?

짱이, 하리 그래요.

아빠 그래. 사실 이 말은 우리가 세상을 살면서 누가 보든 안 보든 늘 착한 마음을 가지도록 노력해야 한다는 뜻이야. 말하자면, 자기자신을 속이면 안된다는 뜻이야. 잘 명심해. 막이불견(莫以不見)하니 감사차심(敢邪此心)하라. '보지 않는 사람이 없으니, 이 마음을 감히 나쁘게 할 수 있겠는가?'

> **참 고**
>
> 여기 '莫以不見 敢邪此心(막이불견 감사차심)'이라는 이 문장은 또 다음과 같이 풀이할 수도 있다.
> '莫以不見(막이불견)'에서 '見(견)'을 '보이다'로 해석하여, '보이지 않는 바가 없으니'로 해석하는 것이다. 그러면 전체 문장은 '보이지 않는 바가 없으니, 감히 이 마음을 나쁘게 하겠는가'로 풀이된다. 여기에서 '以(이)'는 특별한 개념이 없으며, '莫以(막이)'를 일종의 상투적인 표현으로 보아 글자수를 맞추기 위한 경우로 볼 수 있다. 어떻게 해석하든, 자기자신에게 솔직하고 성실해야 한다는 뜻은 같다.

사 자 소 학 (四 字 小 學)

120

長者賜果 核子在手
장 자 사 과 핵 자 재 수

어른이 과일을 주시면,
먹고 남은 씨는 손에 두어라.

장(長) : 어른. 자(者) : 사람. 사(賜) : 주시다. 과(果) : 과일.

핵(核) : 씨. 자(子) : 아들, 자식. 재(在) : 있다, 두다. 수(手) : 손.

아빠와 함께

아빠 장자사과(長者賜果)하면 핵자재수(核子在手)니라. '어른 장(長)', '사람 자(者)', '주실 사(賜)', '과일 과(果)'.

짱이 아빠, 이상해요. 왜 '긴 장(長)'을 '어른 장(長)'이라고 해요?

하리 형, 아빠가 말하는 것은 다 맞아. 그것도 모르냐?

짱이 아니야. 분명히 '긴 장(長)'이라고 배웠단 말이야. 모르는 것은 너야!

아빠 그래, 의심이 생기면 형처럼 물어보아야 하는 거야. 하리야, 아빠도 가끔 틀릴 수 있어. 사람은 누구나 틀릴 수 있는 거야. 그러니까 틀린다고 해서 반드시 잘못하는 것은 아니야. 그러나 자신이 틀렸다고 생각되면 빨리 고치는 것이 중요해. 그렇게 해야 발전이 있게 되지. 그리고 모르는 것이 있으면 자꾸 질문을 해

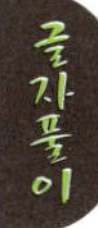

야 새로운 것을 알 수 있고, 또 의심도 풀 수 있는 거야. 여기 '장
(長)'자는 물론 짱이 말대로 '길다 짧다' 할 때의 '긴 장(長)'이
라고 해도 돼. '긴 소리'라는 뜻의 '장음(長音)'과 '장거리' 할
때는 '긴 장(長)'이라고 하는 거야. 그러나 '장(長)'자는 '어른
장(長)'이란 뜻도 있어. '사장(社長)', '회장(會長)', '교장(校
長)'이라고 할 때는 바로 '어른 장(長)'이라고 해야 하는 거야.

하리 그 봐. 아빠가 말한 게 맞지? 흥.

아빠 하리, 그렇다고 '흥'이 뭐냐? 사람은 누구나 잘못 말할 수도 있
고, 틀릴 수도 있다고 했잖아. 다른 사람이 한번 틀렸다고 그렇
게 으시대는 게 아냐. 더군다나 형은 틀린 것도 아니고. 하리가
틀렸을 때 다른 친구가 너보고 '흥'하면 좋겠어?

하리 ….

아빠 그리고 여기 '자(子)'자도 여러 가지 뜻이 있어. 항상 '아들 자
(子)'라고 생각하면 안 돼. 여기에서는 앞의 '핵(核)'자와 함께
쓰여서 별다른 뜻이 없는 글자로 사용되었어. 가끔 이렇게 어
떤 말 뒤에 이렇게 '아들 자(子)'를 쓰는데, 이런 경우는 '아
들'이라는 뜻이 아니란다. 그냥 붙여쓰는 글자라고나 할까? 예
들 들면 과자, 주전자, 모자 할 때 모두 '자'자가 있지? 이 '자'
자는 모두 한자로 '아들 자(子)'를 쓰는데, '아들'이라는 뜻이
아니고 그냥 뜻을 분명히 하기 위해서 쓴 것이란다. 또 '자
(子)'자는 '자식'이라는 뜻도 있잖아? 한자(漢字)는 한 글자가
여러 가지 의미를 지니고 있기 때문에, 그때그때 어떤 뜻으로
사용되었는지, 잘 살펴봐야 돼. 이제 알겠지?

짱이 예. 그럼 '장자(長者)'는 무슨 뜻일까?

사 자 소 학 (四 字 小 學)

짱이　‘어른 사람’.

아빠　그렇기는 하지만, 그런데 ‘어른 사람’이라는 말이 어디 있어? 그
냥 ‘어른’이라고 하면 되는 거야. ‘사과(賜果)’는 무슨 뜻일까?

하리　‘사과’는 ‘사과’지!

짱이　하하하…. 먹는 ‘사과’가 아니라, 여기에서는 ‘과일을 주신다’
란 말이야.

아빠　우리 하리는 무엇이든 잘 먹으니까, 먹는 ‘사과’만 생각나지?
여기에서는 형 말대로 먹는 사과가 아니고 ‘과일을 주신다’는
뜻이야. 즉 ‘어른들께서 과일을 주시면’, 핵자재수(核子在手)
하라. ‘핵(核)’은 ‘씨’를 이르는 말이야. 하리, ‘씨’가 무엇인지
알아?

하리　저도 알아요. 복숭아나 사과를 먹고 나면 속에서 나오는 것 맞죠?

아빠　그래, 잘 알고 있네. ‘핵(核)’자만 써도 ‘씨’라는 뜻이 되지만,
여기에서는 뒤에 또 ‘아들 자(子)’자를 같이 써서 ‘씨’라는 뜻
을 더욱 분명하게 한 거야. ‘핵자재수(核子在手)’란 ‘씨는 손
에 가진다’는 말이야. 이 말은 어른이 과일을 주시면 그것을
먹고 남은 씨를 아무 곳이나 버리지 말고, 손에 가지고 있다가
휴지통에 버리라는 뜻이야. 또 어른이 주신 것은 못 먹는 씨일
지라도 함부로 하지 말라는 뜻도 있는 거야. 알겠어?

하리　아빠, ‘씨’는 심어야 돼요. 그러면 과일을 많이 먹을 수 있어요.

아빠　그래. 하리 말도 맞아. 우리 귤 먹고 그 씨를 심었더니, 귤나무
가 많이 났지? 자, 그럼 정리할게. 장자사과(長者賜果)하면 핵
자재수(核子在手)니라. ‘어른이 과일을 주시면, 먹고 남은 씨
는 손에 가지고 있어야 한다.’

121

長者賜肉 骨不投狗

장　자　사　육　　골　불　투　구

어른이 고기를 주시면,
뼈라도 개에게 던져주지 말라.

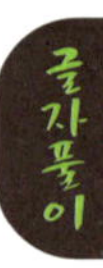

장(長): 어른. 자(者): 사람. 사(賜): 주시다. 육(肉): 고기.

골(骨): 뼈. 불(不): 아니. 투(投): 던지다. 구(狗): 개.

아빠와 함께

아빠 　장자사육(長者賜肉)이어든 골불투구(骨不投狗)하라. '장자사육(長者賜肉)'은 앞의 '장자사과(長者賜果)'와 글자 하나가 다르니까 알 수 있겠지? '과일 과(果)' 대신에 '고기 육(肉)'이 쓰였으니, 무슨 뜻이지?

짱이 　'어른이 고기를 주시면'.

아빠 　그래. 잘 했어. '골불투구(骨不投狗)'는 '뼈 골(骨)', '아닐 불(不)', '던질 투(投)', '개 구(狗)'.

짱이 　아! 알았다. '뼈를 개에게 던지지 않는다.'

아빠 　야! 이제 짱이 잘 하는데….

하리 　아빠, 그런데 왜 개에게 뼈를 던지면 안 돼요? 강아지는 뼈를 좋아하잖아요.

아빠 물론 강아지는 뼈다귀를 좋아하지. 그러나 어른이 주신 것이
니까 함부로 버리거나 던지면 안 된다는 뜻이야. 또 개에게 주
었을 때 개가 잘못해서 목에 걸리는 수가 있거든.

하리 아빠, 목에 뼈가 걸리면 개가 죽어요? 그럼 뼈는 어떻게 해요?

짱이 쓰레기통에 버리면 되잖아.

아빠 지금은 물론 엄마가 알아서 쓰레기봉투에 넣어서 잘 버리지
만, 옛날에는 사람들의 눈에 잘 띄지 않는 곳이나 땅에 묻었거
든. 함부로 버리면 집안도 더러워지지만, 또 어른이 주신 것인
데, 뼈일지라도 함부로 버리면 되겠어? 그래서 이렇게 말한 거
야. 잘 알겠지?

짱이, 하리 예.

아빠 어른이 주시는 것은 잘 간직하고, 함부로 하면 안된다는 말이
야. 장자사육(長者賜肉)이어든 골불투구(骨不投狗)하라. '어
른이 고기를 주시거든 뼈라도 개에게 던져주지 말라.'

122

視勿側視 應勿噭應

시 물 측 시 응 물 교 응

볼 때는 곁눈으로 보지 말고,
대답할 때는 시끄러운 소리로 대답하지 말라.

시(視) : 보다. 물(勿) : 하지 말라. 측(側) : 옆, 곁.

응(應) : 대답하다. 교(噭) : 큰소리치다, 떠들다.

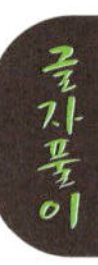

아빠 시물측시(視勿側視)하고 응물교응(應勿噭應)하라. '볼 시(視)',
'말 물(勿)', '옆 측(側)', '볼 시(視)'. '시(視)'는 '본다'는 뜻인
데, '시력(視力)', '시야(視野)'라고 할 때 바로 이 글자를 써.
그럼 '측시(側視)'는 무슨 뜻일까?

땅이 '옆 눈'.

아빠 아니지. '옆으로 보다'라고 해야지. '측(側)'이 '옆'이라는 것은
맞아. '우측(右側)', '좌측(左側)'이라는 말 알지?

땅이 알아요. '오른 쪽', '왼 쪽'이잖아요. '오른 우(右)', '왼 좌(左)'.

아빠 그래. 그런데 엄밀하게 말하면, '우측(右側)'이란 '오른 쪽 옆'
이고, '좌측(左側)'이란 '왼 쪽 옆'이라고 해야 돼.

땅이 아! 그래서 우측통행, 좌측통행이라고 하는구나.

아빠 그렇지. 그러니까 '측시(側視)'란 '옆으로 눈을 돌려서 이렇게 보는 것'을 말하는 거야. '곁눈질'이라고 해도 되고….

하리 아빠, 그렇게 보는 것은 나쁜 짓이잖아요?

아빠 그래. 이 글이 지금 그것을 말하고 있어. 그러니까 볼 때는 앞으로 똑바로 보아야 하는 거야. '시물측시(視勿側視)'란 '볼 때는 옆으로 보지 말라'는 뜻이야. 볼 때는 어떻게 보라고?

짱이 '똑바로'요.

아빠 하리도 알겠지?

하리 예.

아빠 그럼 또 다음을 보자. '응무교응(應勿嚷應)'이라고 했네. '대답할 응(應)', '말 물(勿)', '큰소리 교(嚷)', '대답할 응(應)'. '응무교응(應勿嚷應)'이란 '대답할 때는 큰 소리로 대답하지 말라'는 뜻이야.

하리 그런데 왜 아빠는 '맨날맨날' 큰 소리로 말하라고 해요?

아빠 응, 이 말은 아빠가 잘못 표현했구나. '큰소리로 대답하지 말라'가 아니고, '시끄러운 소리로 말하지 말라'라고 해야겠다. 여기에서 '교(嚷)'는 '큰소리칠 교(嚷)', '떠들 교(嚷)'니까, 시끄러운 소리나 고함소리를 치면 안 된다는 뜻이야. 이 말은 짱이가 잘 좀 기억했으면 좋겠어. 가끔 엄마가 야단치거나 짱이가 게임하고 놀 때, 엄마가 다른 일 시키니까 큰 소리로 퉁명스럽게 대답하는 것 같더라. 그러면 되겠어?

짱이 안 돼요.

아빠 그런데 왜 알면서 그래? 알면서도 행하지 않으면 더 나쁜 거야. 앞으로는 그렇게 하지 않겠지?

짱이 예.

하리 아빠, 대답할 때는 얌전한 소리로 해야 되지요? 큰 소리로 대답
하면 엄마가 깜짝 놀라잖아요.

아빠 그럼. 그러니까 엄마 아빠가 너희들을 부르실 때는, 크지도 작
지도 않은 소리로 ‘예’ 하고 대답하는 거야. ‘예’ 하는 소리는
우리 하리가 정말 잘하더라. 앞으로도 어른이 부르면 공손하게
그렇게 대답하는 거야. 알았지?

하리 예.

아빠 짱이도?

짱이 예.

아빠 시물측시(視勿側視)하고 응물교응(應勿噭應)하라. ‘볼 때는 곁
눈으로 보지 말고, 대답할 때는 시끄러운 소리로 대답하지 말
라.’

123

坐勿如箕 寝勿伏焉

좌　물　여　기　침　물　복　언

앉을 때는 다리를 벌리지 말고,
잠잘 때는 엎드리지 말라.

좌(坐) : 앉다. 물(勿) : 하지 말라. 여(如) : 같다. 기(箕) : 키. 침(寢) : 자다, 눕다.
복(伏) : 엎드리다. 언(焉) : 어조사(단호한 어감을 나타내는 글자)

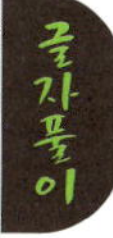

아빠 좌물여기(坐勿如箕)하고 침물복언(寢勿伏焉)하라.

짱이 아빠, 제가 할 수 있을 것 같아요. '앉을 좌(坐)', '말 물(勿)',
'계집 녀', 그리고 모르겠어요.

하리 형, 틀렸다. 뭐?

짱이 뭐가 틀렸다는 거야?

하리 형은 '계집 녀'라고 했잖아. '계집 녀(女)'는 옆에 '입 구(口)'
가 없다, 뭐?

아빠 하하하, 이번에는 동생이 이겼는데. 하리 말이 맞다. 이 글자
는 '여(如)'로 '같다'는 뜻이야. '같을 여(如)'라고 해. 앞에서
몇 번 나왔는데…. 그리고 애들아, '여(女)' 자를 '계집 녀(女)'
라고 하지 말고, '여자 여(女)'라고 해. '남(男)'은 '남자 남

(男)'이라고 하고. 알았지?

하리 왜 '계집 녀(女)'라고 하면 안 돼요?

아빠 '계집'이란 말은 오늘날 좋은 뜻이 아니야. 옛날에는 여자들을 업신여겨서 이렇게 말했는데, 요즘은 그렇지 않으니까 당연히 말을 바꾸어야지. 그렇지 않겠어?

짱이, 하리 그래요.

아빠 그래. 앞으로 누가 물을 때도 마찬가지야. 그럼 다시 책을 보자. 마지막 글자는 '기(箕)'인데, '키'라는 뜻이야. 그런데 너희들 '키'가 무엇인지 모르지?

하리 '키가 크다' 할 때 '키'잖아요. 그걸 누가 몰라요?

아빠 그런 '키'가 아니라, 너희들 시골 할머니집에 갔을 때, 할머니께서 콩이나 벼 같은 것을 넓고 길쭉한 소쿠리 같은 데에 넣고, 아래위로 까불러서 깍지나 먼지를 날려보내고 곡식 알맹이만 깨끗하게 남기는 것 보았지? 그때 사용하는 기구를 '키'라고 하는 거야. 생각 안 나?

짱이 잘 모르겠어요.

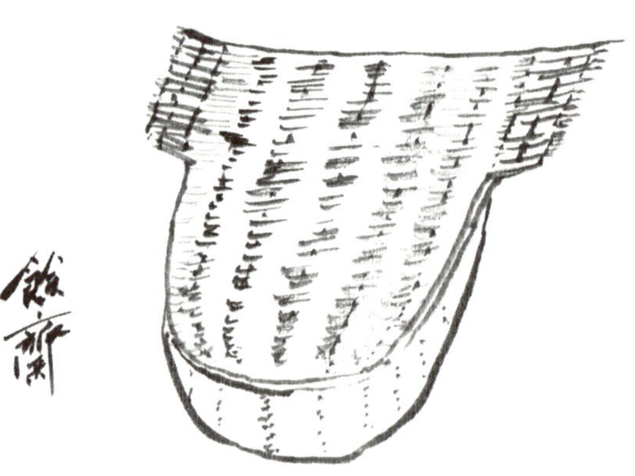

사 자 소 학 (四 字 小 學)

아빠 너희들도 분명히 봤을 텐데…. 옛날 드라마에서 아이가 이불에 오줌싸면 머리에 키를 쓰고 소금 얻으러 다니는 것, 그게 "키"야. 혹 못 봤으면, 다음에 할머니집에 갈 때, 할머니께 '할머니, 키질 한번 해보세요'라고 말씀드려 봐. 그러면 볼 수 있을 거야. 잊어버리지 말고, 알았지?

짱이, 하리 예.

아빠 '키'란 한쪽 끝은 소쿠리같이 오목하게 생겼고, 다른 한쪽은 부채를 펼친 것처럼 넓게 생겼는데, 이렇게 다리를 쫙 벌리고 앉은 것 같아. 그 모습이 꼭 다리를 쫙 벌리고 앉은 모습과 아주 비슷하게 생겼지. 그래서 여기 좌물여기(坐勿如箕)라고 한 거야. 이 말은 바로 '앉을 때는 키 모양과 같이 다리를 벌리고 앉지 말라'는 뜻이야. 앉을 때는 당연히 다리를 오무리고 얌전하게 앉아야지. 그렇게 해야 보기도 좋고, 또 다른 사람들에게 방해도 되지 않고…. 알았습니까?

짱이, 하리 알겠습니다.

아빠 그럼, 다음을 보자. '침물복언(寢勿伏焉)'. '잠잘 침(寢)' 또는 누울 침(寢)', '말 물(勿)', '엎드릴 복(伏)', '언(焉)' 자는 어조사인데, 단호한 느낌을 표시하는 글자야. 그러니까 '침물복언(寢勿伏焉)'은 '잠잘 때는 엎드리지 말라'로 해석되겠지.

하리 그런데 왜 엎드리면 안 돼요?

아빠 '엎드려서 자면 가슴을 눌리게 되니까, 숨쉬기도 힘들고 또 건강에도 안 좋거든. 물론, 자는 모습도 보기에 좋지 않고….

짱이 아빠, '복(伏)' 자는 참 재미있는 것 같아요. '사람 인(亻)'에 '개 견(犬)'자가 합쳐졌잖아요. 사람이 개처럼 이렇게 하면

‘엎드릴 복(伏)’ 자가 되네요.

아빠 하하하, 그렇구나. 짱이 말대로 생각하면 ‘복(伏)’ 자는 잊어버리지 않겠다.

하리 아빠, 우리 형 아주 똑똑해요. 그렇죠?

아빠 그럼, 형도 똑똑하고, 하리도 똑똑하고. 그래서 아빠는 너희들이 자랑스럽지. 뭐든지 열심히 해야 돼. 알았지?

짱이, 하리 예.

아빠 좌물여기(坐勿如箕)하고 침물복언(寢勿伏焉)하라. ‘앉을 때는 다리를 벌리지 말고, 누울 때는 엎드리지 말라.’

사 자 소 학 (四 字 小 學)

124

放糞溲溺 不向日月
방 분 수 뇨 불 향 일 월

대변을 보고 소변을 볼 때는,
해와 달을 향하지 말라.

글자풀이

방(放) : 놓다. 버리다. 분(糞) : 대변, 똥. 수(溲) : 오줌, 오줌을 누다.
뇨(溺) : 오줌. 불(不) ; 아니, 말라. 향(向) : 향하다. 일(日) : 해. 월(月) : 달.

아빠와
함께

아빠 방분수뇨(放糞溲溺)할제 불향일월(不向日月)하라. '놓을 방
(放)', '똥 분(糞)', '오줌 눌 수(溲)', '오줌 뇨(溺)'.

짱이 아, 그래서 '분뇨차'라고 하는구나.

아빠 뭐가 분뇨차인데?

짱이 아빠, 지난번 길에서 똥 푸는 차를 봤는데, 사람들이 '분뇨차
온다'면서 도망가는 것을 봤거든요. 그때는 왜 '분뇨차'라고
하는지 잘 몰랐는데, 이제 알겠어요.

아빠 그 봐. 한자를 배우니까 좋지? 모르는 뜻도 알 수가 있고…. 우
리말은 한자(漢字)로 된 말이 많아서, 한자를 모르면 무슨 뜻
인지 잘 몰라. 그래서 한자를 배우면 이해력도 좋아지고, 또
이처럼 예절도 배울 수가 있어서 좋은 거야. '방분수뇨(放糞

洩溺)'에서 '뇨(溺)'는 원래 '빠질 익(溺)'인데, 여기에서는 '오줌'이란 뜻으로 사용되었기 때문에 '뇨'라고 읽어야 해. '방분수뇨(放糞洩溺)'란 바로 '대변을 누고, 소변을 보다'는 뜻이야. 그 때는 어떻게 해야 할까?

짱이 화장실에 가야 해요.

아빠 물론 그렇지. 그렇지만 화장실이 없는 곳이거나, 들판에서 '끙가'가 마렵거나 소변을 보고 싶을 때는 어떻게 하지?

하리 '끙가'는 참아야지요. 오줌은 눌 수 있어도….

아빠 물론 참을 수 있으면 참지만, 참을 수 없을 만큼 급하면?

하리 하리는 '앉는 화장실' 없으면 못해요.

짱이 아빠, 하리는 할머니집에 가서도 아기들이 쓰는 변기 쓴다!

아빠 그래? 하하하, 그런데 그것은 좀 고쳐야겠더라.

하리 하리는 할 수 없는데, 어떻게 해요?

아빠 하리는 유치원에 다니니까 이제 아기가 아니지. 그러니까 양변기가 없어도 화장실에 갔으면 좋겠는데….

하리 …

아빠 좋아. 그럼 밖에서 들판이나 논밭 같은 곳에서 대소변을 볼 때, 《사자소학》에서는 어떻게 하라고 했는지 보자. '불향일월(不向日月)'이라. '아니 불(不)', '향할 향(向)', '해 일(日)', '달 월(月)'.

하리 아빠, 이건 '날 일(日)'이잖아요.

아빠 물론 '날 일(日)'도 되지만, 원래는 '해 일(日)'이라고 해야 돼. '일(日)'자는 '해'를 본떠 만든 글자거든. '일월(日月)'은 바로 '해와 달'을 말하는 거야. 그럼 '불향(不向)'은 무슨 뜻일까?

사 자 소 학 (四 字 小 學)

짱이 아빠, ‘향(向)’자가 ‘향할 향(向)’이라고 했지요. 그럼, ‘향하지 않는다.’

아빠 그래. 들에서 대소변을 볼 때는, ‘해와 달을 향하지 않는다’라는 말이지.

짱이 왜요?

아빠 해와 달은 밝고 환하지. 그렇게 밝고 환한 곳을 향해 대소변을 보는 모습을 다른 사람들에게 보이면 보기가 좋을까?

짱이 아니오.

아빠 다른 사람들에게 혐오감을 줄 뿐만 아니라, 부끄러울 것 아니냐. 그래서 해와 달을 향해서 똥오줌을 누지 말라고 한 거야. 또 해와 달은 우리들에게 없어서 안 될 소중하고 신성한 존재지. 이렇게 소중하고 신성한 해와 달을 향해서 사람의 더러운 배설물을 내보내면 되겠어? 이 말은 해와 달, 즉 이 ‘자연’에 대해서 늘 경건하게 대하고, 대소변을 볼 때도 사람들의 눈에 잘 띄지 않는 은밀한 곳에서 해야 하듯이, 자신의 행동을 항상 조심하고 신중해야 한다는 말이야. 일단 이렇게만 알아두자. 알았지?

짱이, 하리 예.

아빠 방분수뇨(放糞溲溺)할제 불향일월(不向日月)하라. ‘대소변을 볼 때는 해와 달을 향하지 말라.’

125

嗟嗟小子 敬受此書
차 차 소 자 경 수 차 서

아아, 얘들아! 삼가 이 책의 가르침을 받을지어다.

차(嗟) : 감탄하다, 탄식하다, 또는 그런 소리. 소(小) : 작다.

자(子) : 아이, 자식, 아들. 경(敬) : 공경하다. 수(受) : 받다, 가르침을 받다.

차(此) : 이. 서(書) : 책.

아빠 애들아, 드디어 《사자소학》의 마지막 문장을 공부하게 되었구나. 마지막에는 뭐라고 하였는지 보자. 차차소자(嗟嗟小子)들아 경수차서(敬受此書)하라. '감탄할 차(嗟)', '작을 소(小)', '아들 자(子)'. 여기에서 '차차(嗟嗟)'는 '아! 하고 감탄하는 소리'를 말하는 거야. '소자(小子)'는 글자대로 풀이하면 '작은 자식' 또는 '작은 아이'가 되겠는데, 바로 '어린이'들을 말하는 거야. 그러니까 '차차소자(嗟嗟小子)'는 '아아, 아이들아!'라는 뜻이 되겠지? '경수차서(敬受此書)'는 '공경할 경(敬)', '받을 수(受)', '이 차(此)', '책 서(書)'인데, 여기에서 '수(受)'는 '가르침을 받다'는 뜻이야. 그러니까 '경수차서(敬受此書)'는 '이 책의 가르침을 '경수(敬受)', '공경스럽게 받아라'는 뜻이

되겠지. 짱이야, 여기에서 '이 책'이란 무슨 책을 말하는 것일
까?

짱이 《사자소학》인가요?

아빠 그래, 맞아. 바로 우리가 공부한 《사자소학》을 말하는 것인데,
지금까지 살펴본 바와 같이, 이 책에는 너희들이 꼭 알아야 하
고 지켜야 할 말들이 기록되어 있잖아? 그래서 이 책 맨 끝에
이 말을 써 놓은 거야. 지금까지 공부한 《사자소학》이 짱이가
생각하기에는 어떤 것 같니?

짱이 좋은 말이 아주 많은 것 같아요.

하리 아빠, 형 말이 맞죠?

아빠 그래, 사람들이 살아가는데 꼭 필요한 말들이 가득 들어있지?
어린이라면 누구나 알아두어야 하는 예절들이고. 그래서 이
책을 소중하게 생각하고, 또 책에서 말한 바를 잘 지키도록 노
력해야 하는 거야. '이 책의 가르침을 공경스럽게 받아라'라는
말은 바로 이 뜻이야. 그럼 마지막으로 정리할게. '차차소자
(嗟嗟小子)들아, 경수차서(敬受此書)하라' '아아, 아이들아!
삼가 이 책의 가르침을 받을지어다.'

짱이, 하리 야호! 끝났다.

아빠 너희들 지금까지 정말 수고 많이 했어. 그동안 가끔 하기 싫기
도 하고, 또 지루하기도 했겠지만, 오늘 이렇게 끝내니 기분이
어때?

짱이 좋아요.

아빠 그래. 어떤 일을 끝낸다는 것은 참 기분좋은 일이야. 그러니까

앞으로 너희들도 무슨 일을 하든, 시작한 일은 반드시 끝맺음을 잘 해야 돼. 알았지?

짱이 예.

하리 아빠, 이제는 또 무슨 공부를 할 거예요?

아빠 응, 그 동안 너희들이 고생을 많이 했으니까, 당분간은 좀 쉬도록 하자. 쉬면서 또 아빠가 무슨 책을 보는 것이 좋을지 한번 생각해볼게. 그때까지 짱이하고 하리는 마음껏 놀도록 해. 그러나 나중에 다시 아빠가 또다시 같이 공부하자고 할 때는 열심히 해야 돼. 알았지?

짱이, 하리 예.

아빠 그 동안 수고했어. 우리 며칠 있다가 근사하게 책거리 한번 하자.

짱이 '책거리'가 뭐예요?

아빠 옛날에는 책을 한 권 다 배우면, 선생님의 가르침에 보답하기 위하여 맛있는 음식을 장만하여 선생님을 대접하였는데, 이것을 '책거리'라고 하는 거야. 원래는 너희들이 아빠를 대접해야 하지만, 아직 너희들이 어리고 또 잘 따라해 주었으니까, 대신 아빠가 해 주는 거야.

하리 아빠, 그럼 뭐 사주실 건데요?

아빠 그건 비밀!

하리 아빠, 궁금해요.

아빠 궁금해도 참아야지. 그럼, 우리 마지막으로 인사 한번 하자. 차렷! 경례!

짱이, 하리 감사합니다.

사 자 소 학 (四 字 小 學)